Triumph dem tapferen Troubadour

Gerald Morris

Triumph dem tapferen Troubadour

Aus dem Amerikanischen von
Gabriele Haefs

CARLSEN

Außerdem von Gerald Morris im
CARLSEN Verlag lieferbar:

Der kecke Knappe und sein König
Rache dem ruchlosen Ritter
Die letzte Lanze für die Lady
Platz für Parzivals Pagen

Für Ethan, mit Vergnügen

1 2 3 06 05 04

Published by special arrangement with Houghton Mifflin Company, Boston 2003
Originaltitel: THE BALLAD OF SIR DINADAN
Aus dem Amerikanischen von Gabriele Haefs
Umschlag: Dieter Wiesmüller
Gesetzt aus der Goudy bei
Dörlemann Satz, Lemförde
Druck und Bindung: Pustet, Regensburg
ISBN 3-551-55298-3
Printed in Germany

Lieb mich ein wenig, lieb mich lang,
darum bittet mein Gesang.
Ist die Liebe stark und heiß,
verfliegt sie wie der Sonne Gleiß.
Doch auch die Kälte scheue ich,
über Dauer freu ich mich.
Lieb, die währt ein ganzes Leben,
wird auf ewig uns erheben.

Lieb mich ein wenig, lieb mich lang,
darum bittet mein Gesang.

Brennt die Liebe gar zu sehr,
lebt sie morgen schon nicht mehr.
Lieb mich ein wenig, aber treu,
so liebst du nicht so bald aufs Neu.
Bin mit wenig ganz zufrieden,
nur sehr treu musst du mich lieben.
Bist ein Freund auf Treu und Ehr',
will ich wahrlich gar nicht mehr.

Lieb mich ein wenig, lieb mich lang,
darum bittet mein Gesang.

Anonymes elisabethanisches Lied, ca. 1570

Schottland
N
Insel Anglesey
Wildnis von Wirral
Holyhead
Chester
Caernarvon
York
Lincoln
Nottingham
Wales
England
Oxford
London
Camelot
Cornwall

Inhalt

Vorspiel

Dich ruf ich, Muse des Gesangs,
oder des Epos, auch egal,
sing mir ein Lied, doch nicht zu lang,
sonst wird es leicht zur Qual.

Dann will ich singen von Dinadan,
einem Jüngling, voll von Mut und Kraft,
dessen großes Abenteuer begann
unter just diesem Dach.

»Das reimt sich nicht«, sagte Thomas. »Kraft und Dach, meine ich.«

»Na ja, aber fast«, widersprach Dinadan und ließ seine Laute sinken. »Du hast doch selber schon so gereimt, in der Geschichte, die du letztes Jahr zu Michaelis erzählt hast, über Sir Gawain und den weißen Hirsch.«

»Jetzt werd nicht frech«, sagte Thomas verärgert. »Ich hätte doch nie …«

»Du hast gesagt: Weh mir, denn unter diesem *Dach* verrann des kühnen Ritters *Kraft.*«

Thomas runzelte die Stirn. »Das soll ich gesagt haben?« Dinadan nickte, und der alte Troubadour grinste. »Dass du das nach der ganzen Zeit noch weißt. Du hast wirklich ein gutes Gedächtnis für Geschichten. Aber na gut, da habe ich bei einem Reim mal ein wenig gepfuscht. Ein Thomas der Reimer kann sich das eben leisten.«

»Thomas der Pfuscher wohl eher«, sagte Dinadan mit liebevollem Lächeln.

»Ja, und noch was. Dein fehlender Respekt vor Leuten, die älter sind und mehr geleistet haben als du, erinnert mich gerade daran«, sagte Thomas mit aufgesetzter Strenge. »Dein Gedicht ist nicht förmlich genug. Wenn du ein Heldenlied singen willst, dann verwende längere Verse, eine gewählte Ausdrucksweise. Nichts von ›auch egal‹ oder so. Wenn du dein Lied nicht ernst nimmst, wird niemand dich als Sänger ernst nehmen.«

»Das wird doch ohnehin niemand tun«, sagte Dinadan düster. »Ich bin ja kein Troubadour. Ich bin der Sohn eines Edelmanns, verflixt noch mal.«

»Na, tu doch nicht so, als sei das ein Fluch«, sagte Thomas belustigt. »Du wirst ja schließlich bald zum Ritter geschlagen, nicht wahr?«

»Wahrscheinlich, aber wozu das alles? Ich werde einen schrecklichen Ritter abgeben, und das weißt du genau. Ich kann doch überhaupt nichts.«

Thomas hob eine Augenbraue. »Glaubst du wirklich? Dann hör mir zu. Du bist ein besserer Musikant, als ich es in tausend Jahren werden könnte. Ich habe noch niemals jemanden so Laute spielen hören wie dich. Ich würde dir zu gern auch Unterricht auf der Leier geben. Ich weiß, das gilt jetzt als altmodisch, aber …«

»Warum sollte ich noch ein Instrument lernen?«, fragte Dinadan verzweifelt. »Ich kann ja doch nie Troubadour werden.«

Thomas sagte streng: »Das Leben als Troubadour ist hart, Dinny. Jeder Troubadour, den ich kenne, würde nur zu gern mit dir tauschen.«

Dinadan blieb ernst. »Du auch? Möchtest du wirklich an meiner Stelle sein?«

Thomas schüttelte langsam den Kopf. »Nein, Dinny. Um keinen Preis auf der Welt.«

Und wirklich, um seine Lebensumstände war Dinadin zwar durchaus zu beneiden – er war der Sohn eines bekannten Edelmannes, des Barons Sir Meliodas von den Marschen –, aber in Wahrheit brachten alle, die ihn kannten, dem Jungen nur Mitleid entgegen. Dinadan war nicht nur der jüngere Sohn und damit ohnehin weniger wert als sein älterer Bruder, er machte auch als jüngerer Sohn nicht gerade eine gute Figur. Dinadan zeigte keinerlei Begabung für die ritterlichen Künste wie den Umgang mit Lanze oder Schwert, für höfische Plaudereien mit den Damen oder überhaupt für irgendeinen Zeitvertreib des Adels. Vielleicht hätten sein scharfer Verstand und sein Witz Dinadan zum Liebling seiner Mutter werden lassen. Das stellte er sich wenigstens vor, aber sie war gestorben, als Dinadan noch ein kleines Kind war, und Sir Meliodas fand Intelligenz überflüssig. Weshalb der Baron seinen zweiten Sohn schon vor langer Zeit abgeschrieben hatte und jetzt fast nur noch für Neuigkeiten über Dinadans älteren Bruder lebte, den vollkommenen Ritter Sir Tristan.

Tristan, der fast dreizehn Jahre älter war als Dinadan, war acht Jahre zuvor von zu Hause aufgebrochen, um Ruhm und Reichtum zu erlangen, und inzwischen wurde er schon im selben Atemzug genannt wie Sir Keie und Sir Gawain. Tristan war nie wieder nach Hause zurückgekehrt, aber sein liebender Vater fragte alle Reisenden nach den Heldentaten seines Sohnes aus. Tristan hatte einen Riesen besiegt. Tristan hatte auf einer befestigten Insel einen schurkischen Ritter erschlagen, da dieser Ritter eine Dame beleidigt hatte. Nur wenige Monate zuvor war die Nachricht eingetroffen, dass Tristan einen berühmten Ritter namens Sir Morold getötet habe.

Dinadan war nicht neidisch. Er lauschte den Berichten über Sir Tristans Heldentaten mit fast ebenso großem Interesse und Stolz wie sein Vater. Dinadan hatte Tristans jüngsten Sieg sogar zum Thema seines ersten Heldenepos gemacht. Obwohl Dinadan nicht viel über Tristans Auseinandersetzung mit Sir Morold wusste, hatte er sich genug Einzelheiten ausgedacht, um daraus eine mitreißende Geschichte zu machen: Sir Morold spielte darin die Rolle des abtrünnigen Ritters, den Sir Tristan zum Wohle Englands einfach erschlagen musste. Dinadan sehnte sich nach dem Tag, an dem er dieses Epos dem Mann vortragen könnte, der ihn dazu inspiriert hatte, eben dem berühmten Sir Tristan persönlich.

Aber dieser Traum würde sich wohl nicht erfüllen. Söhne aus Adelshäusern wurden keine Troubadoure.

Sie lernten vielleicht auf der Leier zu spielen – ein überaus kompliziertes Instrument – und möglicherweise schrieben sie ebenso komplizierte und feingeistige Verse für irgendeine Dame, das war aber auch alles. Sie bekamen keinen Unterricht im Lautenspiel, ihnen wurde nicht beigebracht, in sorgfältig moduliertem Tonfall Heldengeschichten vorzutragen, in Versen, die alle genau gleich lang waren, so, wie Dinadan das jetzt lernte. Sie freundeten sich nicht mit Troubadouren im Ruhestand an, wie dem alten Thomas dem Reimer, und sie stahlen sich ganz bestimmt nicht von zu Hause fort, wie Dinadan das an den meisten Nachmittagen machte, wenn er sorglos durch die Wälder ritt, dabei mit übereinander geschlagenen Beinen im Sattel saß, die Laute schlug und sich selbst etwas vorsang.

»Vielleicht ist das Leben als Ritter ja doch nicht so schlecht«, sagte Thomas. Dinadan sagte nichts dazu, und deshalb fügte der Troubadour hinzu: »Und dann hast du ja immer noch die Kirche. Jüngere Söhne werden ja manchmal Geistliche.«

Dinadan schnitt eine Grimasse. »Meinst du, das soll ein Trost sein?«

»So schlimm ist das auch wieder nicht. Nach ein paar Jahren kannst du zum Bischof ernannt werden, und dann kannst du leben wie jeder andere – oder sogar besser. Ich habe einigen Bischöfen bei ihren Banketten aufgespielt, und so, wie die sich aufgeführt haben, hättest du sie nie für fromme Beter gehalten.«

»Ich glaube, das würde mir alles nicht liegen«, sagte

Dinadan trocken. »Die Kirche ist mir nicht heilig genug, um Geistlicher zu werden, aber zu heilig, um Bischof zu werden.«

Thomas grinste beifällig. »Gut gesagt, Dinny. Du wärst wirklich ein guter Troubadour.«

Wie es sich dann herausstellte, hatte Dinadan allen Grund gehabt, sich vor seiner Zukunft zu fürchten. An diesem Abend, als sie beim Essen saßen und Sir Meliodas den dritten Fleischgang und die sechste Runde Rotwein auffahren ließ, fiel sein Blick zufällig auf seinen jüngeren Sohn, der schweigend vor ihm saß, und der Edelmann kam mühsam auf die Füße. »Was will dieser alberne Müßiggänger eigentlich noch hier?«, fragte er mit lauter Stimme.

Alle in der Bankethalle verstummten, das Gesinde blieb stehen und schlug die Augen nieder. Niemand wollte die Aufmerksamkeit des Herrn auf sich lenken, solange der in dieser Stimmung war. Dinadan wartete, bis vollständiges Schweigen herrschte, dann fragte er mit leiser Stimme: »Sollte ich irgendwo anders sein, Vater?«

»Aber das bist du ja nicht!«, brüllte Sir Meliodas. »Das ist ja gerade das Problem. Wie alt bist du jetzt? Siebzehn?«

»Achtzehn, Vater.«

»Ein Jüngling von siebzehn sollte machen, dass er in die Welt hinauskommt!«, erklärte Sir Meliodas. »Als dein Bruder in deinem Alter war, hatte er schon zwei Riesen getötet.«

»Das war nur einer, und mein Bruder war dreiundzwanzig«, widersprach Dinadan.

»Wie vielen Ungeheuern bist du gegenübergetreten, ha?«

»Nur einem«, erwiderte Dinadan. »Aber das habe ich nicht umgebracht.«

»Na also! Siehst du? Du bist nur ein zimperliches Frauenzimmer in Knabenkleidung. Du solltest sonst wo sein und Ruhm ernten und rittliche ... rittiche ... rit ... solltest irgendwelche Dinge tun. Bei Gott, ich möchte dich lieber in einer ruhmreichen Schlacht fallen sehen als dich hier so zaghaft zu Hause herumlungern haben.«

»Ebenfalls, möchte ich doch sagen«, murmelte Dinadan.

»He, wo ist mein Diener?«, rief Sir Meliodas und schaute sich aus glasigen Augen um. Sein Verwalter, Stearnes, trat vor und Sir Meliodas sagte: »Hol mir mein Schwert, Stearnes. Wir werden aus diesem Milchbubi einen Mann machen.«

Stearnes schluckte, warf einen Blick zu Dinadan hinüber und sagte: »Herr, ich bitte Euch, geht schlafen. Ihr wollt Eurem Sohn doch nichts tun.«

»Sei nicht so blöd«, sagte Sir Meliodas. »Natürlich werde ich ihm nichts tun. Ich werde ihn zum Ritter schlagen.«

»Ihn zum Ritter schlagen?«, fragte Stearnes.

»Mich zum Ritter schlagen?«, fragte Dinadan.

»Genau! Wenn du nicht losziehen und dir den Ritterschlag selber verdienen willst, dann nehme ich dir die

Mühe ab, und Schande über dich, wenn du deinem Rang dann nicht alle Ehre machst. Also los, Mann! Wir werden dem Jungen endlich den Kopf zurechtsetzen oder ihn bei diesem Versuch umbringen!«

Und so wurde Dinadan zum Ritter geschlagen. Die Zeremonie wurde ohne Würde und auf konfuse Weise von dem immer benebelteren Sir Meliodas durchgeführt, der die nötigen Worte sprach und dabei betrunken umhertorkelte und wild mit dem Schwert um sich schlug. Dinadan blieb standhaft, er weigerte sich zu fliehen oder sich auf irgendeine Weise an diesem Spiel zu beteiligen. Im letzten Moment riskierte Stearnes Kopf und Kragen und warf sich vor das Schwert, um Sir Meliodas am Arm zu packen, ehe der Dinadans Schultern mit der Klinge berühren konnte. Sonst hätte Dinadan sein Leben als Ritter wohl mit einem oder zwei fehlenden Gliedern antreten müssen. Als die Zeremonie vorbei war, murmelte Sir Meliodas mit großer Mühe: »Erhebt Euch, Sir Dimbledum ... Dumbledin ... Dinderlin ... ach, scheiß drauf«, dann verlor er das Bewusstsein und sackte unter den Tisch. Dinadan, dessen Wangen vor Scham und Wut brannten, schaute in die schockierten Gesichter des Gesindes. Er hätte allerlei bissige Kommentare über seinen jämmerlichen, bewusstlosen Vater machen können, aber er verkniff sich alle.

»Ich wünsche euch alles Gute«, sagte er dann endlich. »Ich breche jetzt auf.«

Zwei Stunden darauf, als die Nacht am dunkelsten

war, ritt Dinadan durch das Burgtor seines Vaters und schwor sich, nie wieder einen Fuß zwischen diese Mauern zu setzen. Er hatte das zweitbeste Streitross seines Vaters mitgenommen und es mit seiner Rüstung und seinen Waffen beladen, er selbst saß auf einer sanften Stute mit übereinander geschlagenen Beinen im Sattel und zupfte an seiner Laute.

In Wirklichkeit ritt Dinadan eigentlich nicht mit übereinander geschlagenen Beinen, jedenfalls nicht so, wie jemand mit übereinander geschlagenen Beinen auf dem Boden sitzen würde. Er rutschte zur Seite, hob ein Knie über das Sattelhorn und schob das andere Bein darunter. Dann machte er eine Vierteldrehung nach rechts, was sehr gefährlich aussah, doch er war noch nie vom Pferd gestürzt. Er hatte diese besondere Haltung entwickelt, um beim Reiten Laute spielen zu können, und inzwischen war sie ihm in Fleisch und Blut übergegangen. Er konnte fast im Galopp reiten und spielte dabei nicht eine einzige Note falsch.

Doch nicht einmal Dinadan konnte in alle Ewigkeit musizieren, und er hatte sein Instrument weggesteckt und saß rittlings auf dem Pferd, als er auf ein fröhlich buntes Lager stieß. Die Sonne stand hoch am Himmel, und Dinadan nahm an, dass er nun schon über acht Stunden unterwegs war, ohne etwas gegessen zu haben. Deshalb freute er sich über den Anblick der leuchtenden Zelte, vor jedem ein flackerndes Feuer. Einige bärtige Männer in Kettenpanzern schauten ihm entgegen, und als er sie fast erreicht hatte, erhob sich einer, um ihn zu begrüßen.

Wobei »begrüßen« vielleicht das falsche Wort war, überlegte Dinadan, als er in das abweisende Gesicht des Kriegers schaute, doch dann fiel der Blick des Mannes auf Dinadans zweites Pferd, auf dem Waffen und Rüstung aufgetürmt waren. »Ritter, was?«, fragte der Mann mit grober Stimme.

Dinadan zögerte. »Ich glaube schon«, sagte er.

»Das glaubt Ihr?«, wiederholte der Mann und schnitt eine Grimasse. »Seid Ihr nun einer oder seid Ihr keiner?«

»Ich bin einer. Ich heiße Sir Dinadan.« Er würde wohl eine Weile brauchen, um sich an diesen Titel zu gewöhnen.

Der Krieger musterte den schmächtigen Dinadan mit offenkundiger Verachtung, aber dann rief er über seine Schulter: »Garth! Sag Ihrer Ladyschaft, dass ein gewaltiger fahrender Ritter hier nach Abenteuern sucht!« Die anderen lachten, aber einer sprang dann doch auf und lief zum größten Zelt, das mitten im Lager aufgeschlagen war.

Dinadan versuchte sich zu erinnern, was er gesagt haben mochte, das sich als Abenteuerlust deuten lassen könnte, aber dann trat aus dem Zelt die schönste Frau, die er je gesehen hatte. Ihre goldenen Haare fielen weich und glänzend über ihre Schultern, und sie trug ein lockeres Kleid, das sich an den faszinierendsten Stellen eng an ihren Körper schmiegte. »Dem Himmel sei Dank«, sagte die Frau, seufzte tief und betrachtete Dinadan wie das letzte Sahnetörtchen auf einem Kuchenteller. »Unsere Gebete sind erhört worden!«

Ein hochgewachsener Mann in leichter Rüstung war hinter der Dame aus dem Zelt getreten und schaute Dinadan an. »Seid Ihr sicher, Lady Miriam?«, fragte er und hüstelte. »Der kommt mir arg jung vor. Vielleicht ist er noch nicht so weit, dass er sich für eine Dame in die Schlacht stürzen würde.«

»Pfui, Sir Annui«, sagte Lady Miriam. »Er hat doch die Haltung des wahren Ritters! Seht Ihr das nicht? Ich könnte schwören, dass es auch Leute gegeben hat, die Sir Gawain nichts zugetraut haben, als er im Alter dieses Mannes war. Bitte, Herr Ritter, wollt Ihr mit uns zu Mittag essen? Es ist karge Kost, das liegt an meiner traurigen Notlage, aber wir teilen gerne das Wenige, das wir haben.« Dinadan zögerte und schaute unsicher den hochgewachsenen Mann an, der jetzt neben der Dame stand. »Kümmert Euch nicht um den alten Sir Annui. Bei Gott, ich glaube, er beneidet Euch um Eure Jugend und Eure Kraft. Kommt, setzt Euch neben mich und esst.«

Es war schwer zu entscheiden, welche dieser Verheißungen Dinadan mehr verlockte. Und er kam ja auch in den Genuss von beiden. Lady Miriam saß dicht neben ihm, sorgte dafür, dass sein Teller immer gefüllt war, und lauschte mit großen Augen auf jedes seiner Worte. Dinadan kam das würzige Fleisch durchaus nicht als »karge Kost« vor, aber vielleicht gaben sie ihm ja die letzten Leckerbissen, die sie noch hatten. Sir Annui, der hochgewachsene Ritter, setzte sich zuerst zu ihnen, sprang nach einigen Minuten aber auf und verschwand. Lady Miriam beugte sich dicht zu Dinadan hinüber und kicherte ihm ins Ohr. »Der arme Sir Annui«, sagte sie. »Er ist ein alter Freund meines Vaters. Ich glaube, er hat es sich in den Kopf gesetzt, mich zu heiraten, und ich kann ihm einfach nicht klar machen, dass das unmöglich ist. Oder findet Ihr ihn nicht zu alt?«

Dinadan war das nicht aufgefallen, aber vielleicht hatten Frauen andere Vorstellungen davon, was zu alt war. Lady Miriam, die Dinadan auf vielleicht vierundzwanzig oder fünfundzwanzig schätzte, zog also offenbar jüngere Männer vor. Dinadan reckte sich lässig, dann schob er seine Schultern nach hinten, um sie breiter aussehen zu lassen, als sie eigentlich waren.

Lady Miriam fuhr fort: »Und außerdem ärgert er sich darüber, dass ich nicht heiraten will, solange ich das Land, das nach Fug und Recht mir gehört, nicht in Besitz nehmen kann.«

»Was ist das denn für Land?«, fragte Dinadan und nahm sich noch ein Stück Wildschweinbraten.

Lady Miriam seufzte und lehnte ihren Kopf an Dinadans Schulter. »Das Land gleich hinter diesem Hügel dort gehört mir. Mein Großvater hat es mir vererbt, und zwar genau im richtigen Moment. Meine Eltern waren gestorben und hatten mich bettelarm zurückgelassen. Ich weiß nicht, was aus mir geworden wäre, wenn mir nicht Gracemoor Castle mit seinen Ländereien vermacht worden wäre. Aber als ich meine Erbschaft antreten wollte, hatte sich dort ein schurkischer Ritter breit gemacht, der sich Sir Edmund nennt.«

»Habt Ihr ihm erklärt, dass die Burg Euch gehört?«, fragte Dinadan.

Lady Miriam schmiegte sich noch dichter an ihn. Er konnte das leichte Parfüm in ihrem Haar riechen. »Wäre es doch nur so leicht«, sagte sie seufzend. »Sir Edmund weiß, dass er das Land gestohlen hat, aber er hält sich für unbesiegbar. Er hat hundert Ritter, einer stärker als der andere. Höchstens Artus könnte ein solches Heer besiegen. Und mir bleiben nur einige wenige treue alte Diener meines Vaters und natürlich Sir Annui.«

Dinadan seufzte angesichts dieser traurigen Geschichte, aber es fiel ihm doch schwer, auf Lady Miriams Worte zu achten. Sie saß jetzt mehr oder weniger auf seinem Schoß.

»Eine Hoffnung gibt es allerdings noch«, sagte Lady Miriam, hob den Kopf und schaute Dinadan in die Augen. »Sir Edmund selbst ist kein großer Ritter und er ist oft allein. Ein einziger Ritter könnte ihm gegenübertreten, ihn zum Zweikampf herausfordern und ihn erschlagen. Und wenn Sir Edmund erst tot ist, dann werden die anderen verschwinden.«

Dinadan sah sich schon als siegreichen Helden, der sich den Dank der schönen Lady Miriam verdient hatte, aber dann stieg doch nagender Zweifel in ihm auf. »Aber … wenn das so einfach wäre … warum greift Sir Annui ihn nicht an?«

»Der arme alte Annui«, sagte Lady Miriam und

schüttelte den Kopf. »Er wurde beim letzten Turnier verwundet und kann nicht kämpfen.«

»Mir sah er aber ziemlich gesund aus«, sagte Dinadan mit sanftem Widerspruch.

»Ach, gehen ist jetzt auch kein Problem mehr«, sagte Lady Miriam. »Aber er kann nicht reiten. Versteht Ihr, seine Wunde ist an einer überaus peinlichen Stelle.« Sie gestattete sich ein ganz kurzes Kichern. »Aber Ihr verratet ihm nicht, dass ich Euch das gesagt habe, nicht wahr? Es würde ihn in schreckliche Verlegenheit stürzen.«

»Nein, nein, natürlich nicht«, versprach Dinadan, denn er war glücklich darüber, mit Lady Miriam ein Geheimnis zu teilen.

»Aber ich weiß einfach nicht, was wir machen sollen«, sagte Lady Miriam. »Erst heute Morgen haben wir gehört, dass Sir Edmund seine Ritter für einen Angriff auf unser Lager zusammenzieht.« Lady Miriam legte die Arme um Dinadan und drückte ihn an sich. »Ich habe Angst, dass er es auf mich abgesehen hat, und da würde ich doch lieber sterben! Schaut nur, Dinadan!« Lady Miriam lehnte sich zurück und zeigte auf ihre Brust, wo an einer dünnen Kette ein mit Juwelen besetzter Dolch hing, der unter ihrem tief ausgeschnittenen Kleid fast verschwand. »Wenn er siegt, dann werde ich mir lieber diesen Dolch ins Herz stoßen, als mich einem solchen Tyrannen hinzugeben!«

Dinadan riss seinen Blick von dem Dolch los und sprang auf. »Ich werde mir diesen Sir Edmund sofort vorknöpfen«, erklärte er.

In Lady Miriams Augen funkelten Tränen der Dankbarkeit. »Ich wusste doch, dass Ihr der Richtige seid«, sagte sie und legte ihm eine Hand auf den Arm. »Aber seht Euch vor, mein Lieber. Ich will Euch unversehrt wiedersehen. Ihr dürft kein Risiko eingehen. Sprecht gar nicht erst mit ihm, sondern greift an, sowie Ihr ihn seht, das würde er schließlich auch mit Euch machen.«

Dinadan nickte, da seine Stimme versagte, und konnte zu seinen Pferden stolpern, ohne dabei auf die Nase zu fallen. Es hätte einen großartigeren Eindruck gemacht, wenn er seine Rüstung schon angelegt und einfach in den Sattel hätte springen können, um dann davonzustürmen. Aber es kommt eben nicht immer so, wie wir uns das wünschen. Eine halbe Stunde später, als er auf seinem Pferd saß und die Rüstung trug, die ihm einfach nie so recht passen wollte, hob Dinadan zu einer, wie er hoffte, lässigen, lockeren, sorglosen Abschiedsgeste die Hand. Doch dabei stieß er aus Versehen gegen den Kopf seines Pferdes, das Pferd bäumte sich auf und Dinadan musste sich die Zügel schnappen, um es wieder unter Kontrolle zu bringen. Er versuchte würdevoll davonzureiten, war aber ziemlich sicher, dass ihm das nicht gelang.

Außer Sicht-(und Riech-)Weite der betörenden Lady Miriam bekam Dinadan wieder einen klaren Kopf, und er konnte sich eingestehen, dass er möglicherweise überstürzt gehandelt hatte. Lady Miriam hatte ihm versichert, dass der tückische Sir Edmund kein so großer Krieger sei wie die Ritter seines Gefolges, aber Dinadan zweifelte nicht daran, dass Sir Edmund doch immer noch kompetenter war als er selbst. Er konnte diesen Zweikampf, zu dem er sich verpflichtet hatte, wirklich nur gewinnen, wenn er Lady Miriams Rat befolgte und Sir Edmund einfach angriff, sobald er ihn entdeckte. Aber das wäre nun wirklich nicht sehr ritterlich. Wenn er ein Heldenepos vortragen müsste, in dem ein Ritter sich so verhielt, dann würde er diesen Ritter als schnöden Feigling bezeichnen.

Er grübelte noch immer über die beste Vorgehensweise, als er über eine Hügelkette ritt und zwei Männer entdeckte, die vor einem kleinen Bauernhof miteinander ins Gespräch vertieft waren. Der eine war offenbar der Bauer, der andere ein Edelmann, schlicht, aber vornehm gekleidet. Der Edelmann hob die Hand zum Gruß und lächelte Dinadan entgegen. »Hallo, Freund. Gott zum Gruß!«

»Hallo«, sagte Dinadan, um den Gruß zu erwidern.

»Kommst du von weit her?«

»Ich bin seit Mitternacht unterwegs«, sagte Dinadan.

»Na, dann musst du mit zu mir nach Hause kommen. Ich habe immer gern Gesellschaft, und wenn du eine Geschichte erzählen kannst, dann umso besser.«

Das war so ungefähr die freundlichste Einladung, die Dinadan jemals erhalten hatte – denn hier hatte ihn ein wildfremder Mann gegrüßt wie seinesgleichen –, aber er erwiderte: »Ich wünschte, das wäre möglich, mein Freund. Nur suche ich gerade jemanden, einen Schurken, der Land an sich gerissen hat, das ihm gar nicht gehört.«

Der andere runzelte die Stirn. »Ach, ich glaube, ich weiß, wen du meinst. Aber wenn du diese Bande suchst, dann will ich dir gern nach Kräften behilflich sein. Warte noch einen Moment, ich muss eben dieses Gespräch beenden.« Dinadan zog die Zügel an und wartete, während der Edelmann, auf dessen Land der Bauer offenbar arbeitete, mit seinem Pächter irgendwelche Geschäfte besprach. Dann stieg der andere auf sein Pferd, einen eleganten, grauen Wallach, und ritt neben Dinadan her. »Wir hatten seit den Zeiten meines Großvaters hier in der Gegend keinen Ärger mehr, aber offenbar wird sich das jetzt ändern. Diese Leute tauchten mit einer wilden Söldnerschar sozusagen aus dem Nichts auf und ließen sich hier nieder. Die Nachbarn und ich haben uns wirklich den Kopf darüber zerbrochen, was sie hergeführt haben mag, aber wir können uns nur vorstellen, dass sie hier irgendeinen Landbesitz an sich reißen wollen.«

»Ich dachte, das hätten sie in einem Fall schon gemacht«, sagte Dinadan.

Der Edelmann musterte ihn mit scharfem Blick. »Nicht dass ich wüsste«, sagte er. »Weißt du, wie dieses Gut heißen soll?«

»Gracemoor«, sagte Dinadan.

Das Gesicht des Mannes entspannte sich wieder. »Nein, Gracemoor ist nichts passiert, das wirst du selber gleich sehen. Da wohne ich.«

Dinadan schluckte. »Bist du …? Wie heißt du?«

»Ich bin Sir Edmund Grace von Gracemoor.« Dinadan starrte nachdenklich in das sympathische Gesicht des anderen. »Und dort«, sagte Sir Edmund, »dort liegt Gracemoor.«

Dinadan folgte Sir Edmunds Blick und sah einen soliden, aus Stein gebauten Landsitz – zu groß, um als Haus bezeichnet zu werden, nicht groß genug für eine Burg –, der sich am Ufer eines ruhigen Flusses erhob. »Dort wohnst du?«, fragte Dinadan mit schwacher Stimme.

»Und vor mir mein Vater und mein Großvater, dem das Land vom alten König Konstantin persönlich geschenkt wurde, Artus' Großvater.«

In Dinadans Kopf wirbelte alles durcheinander. Sie ritten durch die offenen Tore, überließen einem älteren Stallmeister ihre Pferde und betraten dann die Eingangshalle. Über einem riesigen Kamin hing das Bildnis eines grauhaarigen Mannes, der fürchterlich die Stirn runzelte. »Das ist mein Großvater«, sagte Sir Edmund. »Der alte Pech-und-Schwefel-Ritter, so habe ich ihn als Kind genannt.« Sir Edmund ging weiter in einen behaglichen Salon und Dinadan warf noch einen Blick auf das Gemälde. Trotz seiner düsteren Miene wies der alte Mann dort eine auffällige Ähnlichkeit mit Sir Edmund auf.

Dinadan folgte Sir Edmund in den Salon, blieb dort aber stehen. Wenn man volle Rüstung trug, war es nicht immer leicht, sich aus einem bequemen Sessel hochzukämpfen. »Erzähl von diesen Leuten, die sich hier in der Gegend niedergelassen haben«, bat er seinen Gastgeber.

»Wir wissen nicht sehr viel«, sagte Sir Edmund darauf. »Sie kamen von Nordosten, waren bis an die Zähne bewaffnet und schlugen ihr Lager auf meiner nördlichen Weide auf. Ich benutze die nicht, deshalb hatte ich nichts dagegen. Einer von ihnen, ein hochgewachsener Ritter mit schwarzem Bart und langer spitzer Nase, hat im Dorf allerlei Fragen gestellt – vor allem wollte er wissen, wer hier in der Gegend das meiste Land besitzt.«

»Und wer ist das?«, fragte Dinadan. Aus Sir Edmunds Beschreibung hatte er Sir Annui sofort erkannt.

»Ich. Aber ich glaube nicht, dass sie es wagen würden, einem Ritter sein Land zu stehlen, jetzt, wo König Artus auf dem Thron sitzt und dafür sorgt, dass die Gesetze eingehalten werden.«

Dinadan schob die Lippen vor. »Wenn sie – ich meine, falls sie Gracemoor angreifen sollten, könntest du es verteidigen? Wie viele Ritter hast du hier?«

Sir Edmund lachte lässig. »Ritter? Ich habe keine Ritter. Ich habe dir doch gesagt, hier in der Gegend herrscht seit so langer Zeit Friede, dass wir keine gebraucht haben.« Er schaute Dinadan an und sein Lachen erstarb. »Du meinst das doch nicht ernst, oder?«

»Doch, das schon«, sagte Dinadan plötzlich entschlossen. Jetzt hatte er alles durchschaut. Sir Annui wollte das Land stehlen und hatte Lady Miriam belogen. Er wollte sie sicher dabeihaben, um seinem Diebstahl eine gewisse Glaubwürdigkeit zu verleihen. Er war wirklich ein übler Schurke – wo er Sir Edmund doch dessen Land rauben und außerdem eine zarte Schönheit wie Lady Miriam zu seinen eigenen düsteren Zwecken ausnutzen wollte. »Hör mal, Sir Edmund, dieser Ritter hat es auf dein Land abgesehen. Versuch lieber, einige Nachbarn herzuholen, dann verschließ die Burgtore und warte. Ich glaube nicht, dass sie mehr als vielleicht zwanzig Männer haben, und wie du schon gesagt hast, das sind keine Ritter, sondern einfach gedungene Landsknechte. Aber reite lieber nicht allein aus. Er will dich umbringen.«

Sir Edmund nickte. »Und was hast du vor?«

»Ich kann der ganzen Sache vielleicht ein Ende machen. Ich muss mit jemandem in ihrem Lager sprechen.« Wenn er unter vier Augen mit Lady Miriam reden und ihr sagen könnte, was hier wirklich vor sich ging, dann könnte sie Sir Annui vielleicht auf irgendeine Weise einen Strich durch die Rechnung machen. Dinadan nickte Sir Edmund energisch zu, machte auf dem Absatz kehrt und ging hinaus zu seinem Pferd.

Als er durch die Hügel zurück zu Lady Miriams Lager ritt, schmiedete Dinadan seine Pläne. Er wollte auf einem anderen Weg zurückkehren, als er gekommen war, und sich dem Lager von hinten durch den Wald nähern. Dann wollte er sein Pferd im Wald zurücklassen und sich von hinten an Lady Miriams Zelt anschleichen. Wenn alles gut ginge, würde er sie allein dort antreffen und mit ihr sprechen können, ehe Sir Annui von seiner Rückkehr erführe.

Und fast kam alles so, wie er sich das gedacht hatte. Dinadan konnte sich dem Lager nähern und sein Pferd ungesehen im Wald verstecken. Als er sich an Lady Miriams Zelt anschlich, hörte er von drinnen jedoch leise Stimmen. Miriam war nicht allein. Dinadan bewegte sich so leise, wie das für einen Mann in Rüstung überhaupt nur möglich war, bis er dicht hinter dem Zelt stand und Sir Annuis Stimme deutlich hören konnte.

»Wie lange sollen wir noch auf deinen lächerlichen Helden warten?«, fragte der Ritter. »Du glaubst doch nicht im Ernst, dieser kleine Trottel könnte Sir Edmund umbringen, oder?« Dinadan sträubten sich die Haare. Er legte die Hand auf sein Schwert und hätte sich gern sofort auf Sir Annui gestürzt.

»Wahrscheinlich nicht«, sagte Lady Miriams Stimme, und sie lachte. »Aber was haben wir denn dadurch zu verlieren?« Dinadan erstarrte, seine Gedanken wirbelten durcheinander. »Wenn er Sir Edmund durch irgendein Wunder töten kann, dann können wir die edlen Rächer spielen und den Jungen umbringen. Dann ist Sir Edmunds Land frei und niemand wird etwas daran finden, dass wir es übernehmen. Und wenn das Kind umgebracht wird, dann hat uns das alles einen einzigen Tag des Wartens gekostet. Dein Problem, lieber Annui, ist, dass du nicht flexibel genug denkst. Tu einfach, was ich dir sage, dann wirst du schon sehen, wer am Ende Recht hat.«

Dinadans Brust kam ihm hart und schwer vor. Sir Annui hatte Lady Miriam nicht für seine eigenen Ziele benutzt. Wenn überhaupt, das wusste Dinadan jetzt, dann lief das hier umgekehrt.

»Ich sehe einen Haken an deinem Plan«, sagte Sir Annui trocken. »Was ist, wenn der Kleine merkt, dass er auf ein hübsches Gesicht reingefallen ist, und wenn er einfach weiterzieht?«

»Da mache ich mir keine Sorgen«, sagte Lady Miriam. »Und wenn du sein blödes, hingerissenes Gesichtchen gesehen hättest, dann würdest du das auch nicht tun. Der Junge gehört zu diesen albernen Mannsbildern, die sich ihr Leben lang immer wieder verlieben werden, der Sklave jeder Frau, die ihnen über den Weg läuft, und von jeder verachtet, der er über den Weg läuft. Wenn er überhaupt noch kriechen kann, dann wird er gekrochen kommen, um wieder an meinen Füßen zu sabbern.«

»Und was dann?«

»Na, dann bringst du ihn natürlich um. Ich habe wirklich keine Verwendung für ihn.«

Dinadan schluckte. Für einen Moment wusste er nicht, was er jetzt machen sollte. Er spielte schon mit dem Gedanken, kehrtzumachen und fortzureiten, vielleicht, um Sir Edmund bei der Verteidigung von Gracemoor zu helfen. Aber er wusste nicht, wie er hier ungesehen wieder wegkommen sollte, und er wollte auch seine Stute und seine Laute nicht zurücklassen. Aus einem plötzlichen Impuls heraus marschierte er zu Lady Miriams Zelteingang und ging hinein. »Da habt Ihr mich«, erklärte er großartig.

»Ach, mein Lieber«, rief Lady Miriam mit funkelnden Augen. »Ich habe mir ja solche Sorgen gemacht. Seid Ihr verletzt?«

»Nein, Herrin. Ich bin jetzt stärker denn je zuvor.«

»Und was ist mit Sir Edmund?«, fragte Sir Annui ironisch. »Ist der jetzt auch stärker denn je zuvor?«

Dinadan lächelte, als ihm eine Idee kam. »Es war ein Kampf, über den noch viel gesprochen werden wird«, sagte er und verfiel dann fast unbewusst in die angelernte Sprechweise des Troubadours. »Er streckte die Bäume nieder; durchbohrte Erd' und Fels, doch ich hielt stand. Der schnellfüßige Edmund, an Kraft zehn Mannen gleich, zog sein Schwert, mein Herz damit zu durchbohren …«

»Wie hat er denn die verflixten Bäume niedergestreckt, wenn er sein Schwert noch nicht gezogen hatte, Kind?«, fragte Sir Annui.

Dinadan achtete nicht auf ihn. »Aber schneller noch als er zückt' ich meine Klinge!« Dabei zog Dinadan mit dramatischer Geste sein Schwert. Er hatte die Spitze auf Sir Annuis Kehle richten und ihn damit überrumpeln wollen. Was danach kommen sollte, wusste er noch nicht so recht. Er hatte die vage Vorstellung, dass er Sir Annui zwingen würde, seine Verbrechen zu gestehen und zu versprechen, alle gestohlenen Ländereien an ihre rechtmäßigen Besitzer zurückzugeben. Aber als er sein Schwert zog, stieß er damit die eine Lampe um, die das trübe Zeltinnere beleuchtete, und alles war plötzlich in Dunkelheit gehüllt. Dinadan nahm eine Bewegung wahr und hörte den unverkennbaren Klang eines Schwertes, das aus der Scheide gezogen wird. Blind hob er sein Schwert zu einer instinktiven Geste der Verteidigung.

Er konnte diese Bewegung nie vollenden. Sein Schwert wurde jählings aufgehalten und hing irgendwo fest. Voller Panik riss Dinadan daran und konnte es befreien. Alles blieb still. Als Dinadans Augen sich langsam an die Dunkelheit gewöhnt hatten, konnte er die unverkennbare Gestalt von Lady Miriam ausmachen, während von Sir Annui keine Spur zu entdecken war. Lady Miriam bückte sich, hob die zu Boden gefallene Lampe auf und hauchte den noch immer glühenden Docht an. Der fing Feuer und im stärker werdenden Licht sah Dinadan zu seinen Füßen den Körper des Ritters. Offenbar war sein Schwert in Sir Annuis Kehle stecken geblieben. Und Sir Annui war einwandfrei tot.

Lady Miriam betrachtete ihren toten Spießgesellen kurz und gelassen, dann hob sie ihre tränenfeuchten Augen zu Dinadan. »Ach, ich danke dir, mein Geliebter«, sagte sie atemlos. »Ich kann dir ja gar nicht sagen, wie dieser hassenswerte Mann mich gequält und bedroht hat – mit einem Schicksal schlimmer als der Tod. Aber jetzt hast du mich gerettet und ich gehöre dir.«

Sie trat auf ihn zu und hob in einer sehr femininen, flatternden Geste die Hand an ihre Brust. Dinadan sah kurz die Klinge des winzigen Dolchs aufblitzen und sprang zurück. Lady Miriam, deren Gesicht plötzlich hart und grausam aussah, sprang hinterher, stolperte jedoch über den toten Sir Annui und fiel kopfüber zu Boden. Dinadan wich noch weiter zurück, um außer Reichweite des Dolches zu gelangen, aber Lady Miriam rührte sich nicht. Sie stöhnte leise auf, aber Dinadan hielt immer noch Abstand. Als ihm dann nach langer Zeit aufging, dass seine Beinpanzer doch einen gewissen Schutz bedeuten mussten, trat er dicht genug an sie heran, um sie mit dem Fuß umzudrehen. Sie war in ihren eigenen Dolch gefallen, der noch immer aus ihrer Brust ragte. Unter ihr hatte sich bereits eine Blutlache gebildet. Dinadan zog den Dolch heraus, ließ ihn fallen und warf einen neugierigen Blick in das liebliche Gesicht zu seinen Füßen.

Ihre Augenlider bebten und ihre Lippen bewegten sich. Dinadan ging auf, dass sie etwas zu sagen versuchte, und aus Achtung vor ihrem Geschlecht oder einfach vor einer Sterbenden beugte er sich über sie, um ihre letzten Worte nicht zu verpassen.

»Oh … scheiß drauf«, sagte sie. Dann war sie tot.

Dinadan sagte den Wachtposten, Lady Miriam und Sir Annui wollten nicht gestört werden, sattelte seine Stute und verließ das Lager. Als er in Sicherheit war, griff er zu seiner Laute und zupfte daran herum. Sir Edmund hatte ihn schließlich um eine Geschichte gebeten, und jetzt konnte er eine erzählen.

Die glorreiche Geschichte des Sir Dinadan

Dinadan drehte sich auf die Seite, reckte sich, rieb sich die Augen und setzte sich im Gras auf. Die warme Sonne, die mittags, nach einem köstlichen Mahl, so angenehm gewesen war, war jetzt doch zu heiß und hatte ihn aus seinem Schlummer gerissen. Dinadan trank aus seinem Wasserschlauch, hob dann die Laute auf, zupfte sie nachdenklich an und sang:

Dann sah die Maid, wie ihr Geliebter fiel,
getroffen von Dinadans Klingenspiel,
und als sie an seiner Seite zu Boden sank,
flehte Miriam den gütigen Herrgott an

im selben Atemzug ihre Seele zu sich zu nehmen.
Dann nahm sie ein grausam Messer hervor,
hielt es an ihr so reines Herz
und machte ein End ihrem Lebensschmerz …

»Nein, verflixt«, murmelte Dinadan. »Das reimt sich noch nicht richtig.«

Das war der schwierigste Teil seines neuen Gedichts,

der dramatische Tod der schönen Lady Miriam, die, als sie ihren tückischen Liebhaber Sir Annui von der Hand des edlen Sir Dinadan fallen sieht, sich lieber das Leben nimmt, statt ohne ihren Geliebten weiterzuleben. So war es natürlich nicht passiert, aber ein tragischer Selbstmord war doch ein viel befriedigenderes Ende für »Die glorreiche Geschichte des Sir Dinadan« als eine Lady Miriam, die über Sir Annuis Leichnam stolpert und dabei in ihren eigenen Dolch fällt. Natürlich war es nicht leicht gewesen, alles umzuschreiben und aus Lady Miriam eine tragische Heldin zu machen. Dinadan konnte nicht ohne Wut und Schamgefühle an sie denken. Aber eine tragische Heldin war gut für die Geschichte, und deshalb stellte Dinadan seine Feindin als liebliches Opfer der Liebe dar, während er zu seinem eigenen Trost und seiner eigenen Belustigung ein Spottlied auf Frauen ganz allgemein verfasst hatte.

Die »Glorreiche Geschichte« war gut angekommen, als er sie Sir Edmund Grace und dessen Nachbarn vorgesungen hatte, obwohl das Gedicht noch eine Rohfassung gewesen war. Er hatte in den beiden Wochen, die er in Gracemoor verbracht hatte, immer wieder daran herumgefeilt und die Sprache um einiges verbessert, aber mit manchen Stellen war er noch immer nicht zufrieden.

Er legte die Laute beiseite und belud die Pferde, wobei er seine Rüstung sorgsam unter einer dicken Decke versteckte. Ein wandernder Spielmann bekam weniger Probleme als ein fahrender Ritter, der jederzeit zu einem

Zweikampf herausgefordert werden konnte. Seit er Sir Edmund verlassen hatte, war es herrlich gewesen inkognito zu reisen. Er war allein durch den Wald geritten, hatte dabei gesungen, hatte sich eine Weile einer Truppe von Schauspielern angeschlossen, hatte mit Bauernfamilien deren schlichte Mahlzeiten geteilt und war allen weiblichen Wesen sorgfältig aus dem Weg gegangen.

Als er die Pferde beladen hatte, stieg Dinadan in den Sattel und ritt los. Schon bald erreichte er eine viel befahrene Straße, auf der allerlei Karren und Ochsen und schwer beladene Landleute unterwegs waren. Voller Interesse ritt Dinadan neben einem untersetzten Bauern, der auf seiner Schulter einen Käfig voller junger Hühner trug. »Na, guter Mann, wo geht's denn hin?«

Der Bauer schaute ein wenig ängstlich zu ihm auf, doch als er Dinadans Gesicht sah, entspannte sich seine Miene. »Zum Markt, ins Dorf.«

Dinadan lächelte breit. »Zum Markt. Das klingt gut. Was passiert denn da?«

Der Bauer starrte ihn jetzt voller Verblüffung an. »Warst du noch nie auf einem Markt? Ich möcht' doch meinen, du, mit deiner Liederkiste! Du bist nicht zufällig ein Ritter oder was?«

Dinadan lachte gelassen. »Seh ich etwa so aus?«

»Nicht doch. Ich dachte zuerst, als ich dich mit deinen beiden noblen Pferden gesehen hab, aber dann hab ich dein Gesicht gesehn und wusste Bescheid. Zu freundlich irgendwie. Aber bist du denn doch kein Troubadour?«

Dinadan zögerte, dann sagte er: »Doch, das schon, aber ich fange gerade erst an. Ich war noch nie auf einem Markt. Wie soll ich mich da verhalten?«

Der Bauer schien mit dieser Erklärung zufrieden zu sein und beschrieb nun den Markt in aller Ausführlichkeit, vor allem, nachdem Dinadan den Käfig mit den Hühnern auf sein Packpferd genommen und ihm einen Schluck aus seinem Wasserschlauch angeboten hatte. Der Bauer schlug vor, dass Dinadan sich in der Nähe der Schenke aufstellte und dann einfach sang. »Dahin gehen wir alle, wenn wir unsere Waren verkauft haben«, sagte er. »Und wenn wir da ankommen, haben wir alle ein paar Münzen verdient. Ich hab den Sängern selbst schon ab und zu ein bisschen Kupfer hingeworfen, aber nur, wenn sie mir gefallen, weißt du. Ein schlechter Troubadour verhungert noch schneller als ein schlechter Bauer.«

Dinadan hatte zwar Geld genug, da er von zu Hause alle Wertsachen mitgenommen hatte, die sich leicht transportieren ließen, aber ihn überkam doch der plötzlich Wunsch, festzustellen, ob er sich als Troubadour durchs Leben schlagen könnte. Es war eine Herausforderung, die erste, die er gern annehmen wollte.

Sie erreichten das Dorf, das keinen Namen zu haben schien, sondern allgemein nur »'s Dorf« genannt wurde, und Dinadan entdeckte die Schenke sofort. Es war ein großes Gebäude, am Dorfplatz gelegen, wo ein bunt gekleideter Mann bereits die Laute schlug und eine Geschichte vortrug. Enttäuscht, weil ihm der beste Platz weggenommen worden war, aber doch ungeheuer interessiert, band Dinadan seine Pferde auf der anderen Seite des Platzes an einen Baum und ging mit seiner eigenen Laute hinüber, um dem Sänger zuzuhören.

Der war einfach schrecklich. Er klimperte nur drei oder vier Noten, und nachdem Dinadan ihn einige Minuten lang beobachtet hatte, war er sich sicher, dass der andere eben nur diese Noten beherrschte. Seine Geschichte hatte Dinadan mehr als einmal von Thomas dem Reimer gehört, es ging darum, wie Sir Gawain und Sir Tor einen weißen Hirsch und einen weißen Hund in einen Wald gejagt hatten, in dem düstere Abenteuer lauerten. Dieser Sänger trug die Geschichte auf stümperhafte Weise vor, in einem groben, unmelodiösen Singsang, so monoton, dass Dinadans Nerven darunter litten. Ein umfangreicher Mann in einem blutbefleckten Metzgerkittel schnaubte. »Ich hab schon Besseres gehört«, sagte er, an niemand Besonderen gerichtet.

»Ach, so schlecht ist der auch wieder nicht«, meinte ein neben ihm stehender Holzfäller. »Erinnerst du dich an diesen storchbeinigen Burschen, der nur zwei verdammte Lieder kannte, beides kleine Liebessachen?«

»Ja«, sagte der Metzger. »Aber der hatte wenigstens sein Instrument im Griff. Dieser hier sägt daran herum wie ein Schreiner an einem Brett. Dem geb ich garantiert höchstens einen Penny.«

Dinadan, der sich nicht mehr beherrschen konnte, sagte: »Gib ihm lieber gar nichts! Er ist doch schrecklich! Er verstümmelt das Lied schlimmer als du ein Schwein!«

Leider hatte er das ohnehin zu laut gesagt, und außerdem hatte der Troubadour gerade sein Lied beendet und verbeugte sich vor dem schweigenden Publikum. Dinadans Stimme war sehr gut zu hören, und die meisten Anwesenden hatten offenbar jedes Wort verstanden. Der Troubadour wurde rot und hielt Ausschau nach dem Spötter. Verlegen, aber trotzig hielt Dinadan seinen Blicken stand.

»Und warum«, fragte der Troubadour wütend, »willst du mir das Brot aus dem Mund nehmen, Kind? Glaubst du denn, du kannst es besser?«

Bis zu diesem Moment war Dinadan noch nie auf die Idee gekommen, dass seine abschätzige Bemerkung dessen Einkommen schmälern könnte. Er lief vor plötzlicher Scham rot an. Es war zu leicht für einen Edelmann mit vollem Geldbeutel, über andere herzuziehen. Dinadan hob sein Kinn. »Ich könnte schon, mein Freund, aber ich wollte dir nicht schaden.« Er nahm seine eigene Laute von seiner Schulter und bahnte sich vorsichtig einen Weg durch die Menge. »Ich schlage dir ein Geschäft vor. Ich singe für diese Leute hier und du bekommst alles Geld, das ich einnehme, mit Ausnahme von der Summe, für die du uns hier in der Schenke jedem ein Bier kaufen wirst. Ist das ein faires Angebot?«

Die Menge stimmte lachend zu und der Troubadour nickte kurz, schlug die Arme übereinander und spitzte die Ohren. Dinadan zupfte an den Saiten seiner Laute, zog eine sorgfältig an und räusperte sich dann. »Heute, zu Eurer Unterhaltung, geehrte Lords und Ladys …«

Wieder lachten die Umstehenden und Dinadan grinste. Sie waren auf seiner Seite. Er spürte ihr Interesse und ihre Aufmerksamkeit. Er ließ seine Blicke über die Gesichter der Marktbesucher schweifen und wusste wie durch einen Zauber, was sie dachten, wie ihnen zu Mute war, und was er zu tun hatte, um diese geheimnisvolle Verbindung stärker und stärker werden zu lassen. Er hatte sich noch nie so obenauf gefühlt, und fast ohne weiter nachzudenken, kündigte er an: »Die glorreiche Geschichte des Sir Dinadan, eines großen Ritters aus den Marschlanden.«

»Nie von gehört«, rief ein vierschrötiger, zerlumpter Mann mit roter Nase.

»Nie von ihm gehört?«, erwiderte Dinadan sofort. »Unmöglich! Wo Ihr doch ausseht wie ein vornehmer Höfling!«

Die Menge jubelte vor Begeisterung und auch der rotnäsige Mann grinste beifällig. Dinadan zupfte an seiner Laute, wartete, bis das Gelächter sich gelegt hatte, und stimmte dann sofort sein neues Lied an. Das magische Gefühl einer Verbindung zwischen ihm und dem Publikum wuchs, und er begann zu improvisieren, an fast jede Strophe einige neue Zeilen anzuhängen und mit zwei neuen Strophen die Schönheit der unseligen Lady Miriam zu beschreiben. Auf dem Marktplatz herrschte Schweigen und die Menge wurde immer größer. Sogar ein vorüberkommender Reiter zog die Zügel an und hörte zu. Als Dinadan Sir Annuis üblen Plan schilderte, Lady Miriam für den Landraub zu benutzen, knurrte die Menge empört; als er Sir Dinadans kühnen Kampf gegen den Schurken besang, beugten Männer sich aufmerksam vor und Knaben traten gegen eingebildete Feinde an; und als er mit Lady Miriams Tod endete, wischten Frauen (und einige Männer) sich die Augen und schnieften. Dinadan endete mit einem langen, zitternden Lautenton, dann verbeugte er sich.

Die Menge brüllte vor Begeisterung und Kupfer- und Silbermünzen flogen ihm nur so entgegen. Dinadan grinste entzückt über diesen Beifall, er nahm ihn in sich auf wie edlen Branntwein, sein Herz war voll und sein Kopf leicht. Der Sänger, an dessen Stelle er getreten war, kam auf ihn zu und griff mit ehrfurchtsvoller und bewundernder Miene nach Dinadans Hand. »Ich bitte um Vergebung, Sir, dafür, dass ich an Euch gezweifelt habe.«

Dinadan grinste und zeigte auf die Münzen. »Dann greif zu, Freund.«

Das tat der Mann dann auch, er wühlte eifrig im Staub, und als er jede Münze aufgelesen hatte, schaute er zu Dinadan hoch und sagte: »Aber ich habe unsere Abmachung nicht vergessen, Sir. Ich lade Euch jetzt zum Bier ein.«

Der Sänger war nicht der Einzige, der Dinadan einen ausgeben wollte, doch noch besser als das Bier schmeckten ihm Hammelkoteletts und Brot, die der Wirt ihm brachte. Die Männer umringten ihn und unterhielten sich sachkundig über den neuen Helden, Sir Dinadan, und verglichen ihn mit allerlei berühmten Rittern, eben auch mit Sir Tristan. Dinadan genoss das alles ungeheuer. Als er gegessen hatte, senkte sich plötzlich Schweigen über die Schenke, und als Dinadan aufblickte, sah er einen hochgewachsenen jungen Mann im Kettenpanzer an der Tür stehen. Der Mann musterte Dinadan und kam dann auf ihn zu.

»Du hast eine seltsame Geschichte erzählt«, sagte der junge Mann. »Vor allem, da du doch so jung bist.«

»Danke«, sagte Dinadan.

»Wie heißt du?«, fragte der andere.

Dinadan zögerte. Er war bisher nicht auf die Idee gekommen, dass er sich hier nicht gut als Sir Dinadan vorstellen könnte. Als Notlösung nannte er den Namen des Verwalters seines Vaters. »Ich heiße Stearnes.«

Der junge Mann setzte sich zu Dinadan. »Und wieso ist so ein begabter Sänger wie du nicht am Königshof?«

»Vielleicht komme ich eines Tages noch dorthin«, sagte Dinadan ausweichend.

»Gut gesprochen, Bursche!«, rief der junge Mann entzückt, als habe Dinadan da eine überaus geistreiche Bemerkung gemacht. »Warum kommst du nicht mit mir, guter Stearnes? Denn ich will dorthin.«

»Wohin?«

»Zu König Artus nach Camelot, um mich zum Ritter schlagen zu lassen. Ich bin Culloch und stamme aus einer guten walisischen Familie. Du solltest wirklich nach Camelot kommen, weißt du. Da halten sich die größten Ritter auf, und jeder von denen hätte doch gern einen Sänger wie dich.«

Dinadan hatte schon mit dem Gedanken gespielt,

sich an König Artus' mächtigen Hof nach Camelot zu begeben, aber da er nur zu genau wusste, wie wenig er als Ritter taugte, hatte er sich zu einem solchen Unternehmen noch nicht bereit gefühlt. Jetzt aber bot sich ihm die Möglichkeit, Camelot unerkannt zu erleben, als fahrender Troubadour in der Begleitung dieses kühnen jungen Ritters. Dinadans Entschluss war sofort gefasst. »Sehr gut, Culloch. Dann los.«

Culloch lächelte zufrieden, blieb aber sitzen. »Das ist eine weite Reise, guter Stearnes. Ich muss mich zuerst stärken.« Culloch winkte dem Wirt, und Dinadan sah mit wachsendem Erstaunen zu, wie Culloch eine ganze Lammkeule, ein Brathuhn, zwei Laibe Brot und einen gehaltvollen Pudding vertilgte. Wenn er so gut kämpfen konnte, wie er aß, dann würde er keine Schwierigkeiten haben den Ritterschlag zu erhalten.

Der Ritt nach Camelot verlief ereignislos, wenn auch geprägt von sehr viel leerem Geschwätz, das nie von Dinadan stammte. Culloch war geradeheraus, gut gelaunt und endlos redselig. Er verbreitete sich ausführlich über ritterliche Tugenden und verlangte nur selten eine andere Antwort als ein höfliches »Ach« oder »Was Ihr nicht sagt«. Culloch liebte Witze und lachte beim zehnten Erzählen ebenso laut wie beim ersten. Er wollte Dinadan jeden Bestandteil seiner ritterlichen Garderobe vorführen und ihm die Funktion jeden Rüstungsteils erklären, aber zu Dinadans Erleichterung erregte das in eine riesige Decke gehüllte Bündel, das Dinadans eigene Rüstung enthielt, bei ihm nie auch nur einen Hauch von Neugier. Culloch aß gut, sang erbärmlich, aber laut, und trank, was immer er bekommen konnte. Dinadan reagierte auf alles mit Belustigung oder zumindest mit Toleranz. Ihn störte nur, dass sein Reisegefährte, wenn Dinadan in den Schenken auf ihrem Reiseweg die »Geschichte von Sir Dinadan« vortrug, in den entscheidenden Momenten immer wieder rief: »Jetzt kommt's«, oder ihn mit Kommentaren wie »Letztes Mal hast du das aber anders erzählt!« unterbrach.

Die beiden Reisegefährten ließen sich Zeit, aber endlich hatten sie Camelot doch erreicht. Dort wurden sie von Wachtposten willkommen geheißen, die offenbar alle fahrenden Ritter einlassen mussten und die sie dann in ein überfülltes, aber erträgliches Quartier brachten, wo sie warten sollten, bis der junge König sie empfangen konnte. Dinadan hoffte auf eine Begegnung mit Sir Gawain, den alle für König Artus' größten Ritter hielten, aber Sir Gawain war auf Ritterfahrt. Dinadan würde sich mit dem Anblick des berühmten Sir Keie zufrieden geben müssen, König Artus' Pflegebruder und Seneschall am Königshof.

An ihrem allerersten Abend in der Burg saßen Culloch und Dinadan in ihrem Zimmer und unterhielten sich über den Hof, als jemand an die Tür klopfte. Sie öffneten und vor ihnen stand ein hochgewachsener Mann mit gepflegtem braunem Bart und einer funkelnden Halskette. »Verzeiht die Störung«, sagte der Mann höflich, »aber seid Ihr die beiden Ritter, die heute Morgen eingetroffen sind?«

Culloch antwortete sofort: »Wir sind heute Morgen gekommen, aber hier ist nur ein Ritter. Ich. Aber eigentlich bin ich auch noch kein Ritter.«

Der Mann machte ein überraschtes Gesicht. »Nur ein Ritter?«

»Stimmt. Das hier ist mein Sänger, Stearnes.«

Dinadan warf Culloch einen scharfen Blick zu. Es war bisher kein Wort darüber verloren worden, dass Dinadan dessen Sänger sein sollte. Der hochgewachsene Mann sah zuerst Dinadan und dann Culloch neugierig an. »Aber wem gehört das große fuchsrote Pferd?«

»Mir«, sagte Dinadan gelassen. Er schaute dem Mann in die Augen, die zusammengekniffen waren, ob vor Misstrauen oder vor Belustigung, ließ sich nicht ausmachen. Wenn dieser Mann die Farbe von Dinadans Pferd kannte, dann hatte er vermutlich auch die Rüstung entdeckt, mit der das Pferd beladen war.

»Ich bitte Euch beide um Verzeihung«, sagte der Mann und verbeugte sich. »Ich bin Sir Bediver und wollte Euch bitten mich zu begleiten. Der König hält heute Abend Hof und möchte Euer Begehr hören.« Culloch sprang auf, Dinadan zögerte. »Ihr seid beide eingeladen«, sagte Sir Bediver lächelnd.

Dinadan träumte schon lange davon, den großen König Artus zu sehen, der, wenn die Geschichten die Wahrheit sagten, durch die Zauberkunst des Merlin an die Macht gelangt war, dem es seither aber gelungen war, das zerstrittene und zerfallene England durch seinen eigenen Zauber zu einen. Zuerst war Dinadan vage enttäuscht von der unauffälligen Erscheinung dieses Königs – er wirkte schmal neben dem gewaltigen Umfang mancher Ritter und schlicht neben seinen bunt gekleideten Höflingen –, aber als er den König bei der Arbeit sah, wuchs seine Achtung. Der König war freundlich, aber niemals schwach, mitfühlend, aber niemals nachgiebig, ruhig, aber immer deutlich. Er kümmerte sich zuerst um juristische Angelegenheiten, wie Streitigkeiten zwischen Gutsherren und Pächtern, dann endlich ließ der König sich auf seinem Thron zurücksinken und sagte mit einem erleichterten Seufzen: »Na, Bediver, hast du nicht erzählt, dass irgendwer hier um Ritterschlag und Aufnahme in die Tafelrunde bittet?«

Culloch sprang auf und rief: »Ich, Majestät!«

Das war ein Verstoß gegen die höfische Etikette, das wusste sogar Dinadan, aber der König lächelte nur und winkte Culloch zu sich. »Wie heißt Ihr, mein Freund?«

»Ich bin Culloch aus Wales, Eure Hoheit, der Sohn von Sir Gwyneth von den Spitzen Felsen.«

»Und Ihr möchtet von mir zum Ritter geschlagen werden?«

»Ja, Majestät. Es ist mein innigster Wunsch, als Ritter Eurer Tafelrunde meinen Platz unter den größten aller Ritter einzunehmen. Ich möchte für Euren Hof auf Ritterfahrt ziehen, um mich gegen Eure Feinde zu behaupten.«

Der König nickte freundlich und sagte: »Es ist immer gut große Pläne zu haben. Was habt Ihr bisher ausgerichtet?«

»Majestät?«

»Es ist Brauch an diesem Hof, nur die zum Ritter zu schlagen, die sich dieser Ehre bereits als würdig erwiesen haben. Habt Ihr den Hilflosen geholfen? Not Leidende gerettet? Irgendein Unrecht wieder gutgemacht?«

Culloch fiel vor Erstaunen ein wenig das Kinn hinunter. »Nicht … noch nicht. Ich dachte, ich würde zuerst zum Ritter geschlagen werden … mein Vater hat gesagt …« Er verstummte.

»Euer Vater kann natürlich die Sitten hier am Hof nicht kennen«, sagte Artus begütigend. »Das ist ein neues Prinzip, man muss sich den Rang eines Ritters erwerben statt ihn zu ererben. Ich kann Euch jetzt nicht zum Ritter schlagen, aber glaubt mir, sowie Ihr Euch mit ritterlichen Taten bewiesen habt, werde ich glücklich sein, Euch zu empfangen und Eure Wünsche zu erfüllen.«

Culloch sah dermaßen niedergeschlagen aus, als er zu seinem Platz zurückkehrte, dass er Dinadan einfach Leid tun musste. Sir Bediver schien es ähnlich zu gehen, denn er erhob sich und fragte: »Majestät?«

Artus schaute zu seinem Ritter hinüber. »Ja, Bediver?«

»Dieser junge Mann scheint ein tüchtiger Junge zu sein. Ich bin ganz sicher, dass er große Taten vollbringen wird, wenn er nur die richtige Anleitung erhält.«

Artus grinste. »Was du nicht sagst. Und da soll ich dir wohl erlauben mit ihm zu reiten und ihn anzuleiten?«

Sir Bediver erwiderte dieses Grinsen. Ein hochgewachsener Mann mit schwarzem Bart, der schon den ganzen Abend neben dem König stand, verdrehte die Augen und stöhnte. »Sei kein Esel, Bediver«, sagte er. »Wie oft muss ich dir noch sagen, dass du dich nicht um jeden verirrten jungen Dachs kümmern kannst, der …«

»Aber was, wenn der verirrte junge Dachs sich als edler Hund erweist, Keie?«, fragte Bediver und grinste noch immer.

Dinadan sah sich den riesigen Mann genauer an. Das war also Sir Keie, Artus' Pflegebruder und einer der Helden aus dessen Kriegen. »Und wenn das nicht der Fall ist?«, gab Sir Keie zurück.

Sir Bediver lächelte noch breiter und drehte sich zu Culloch um. »Was sagt Ihr, Culloch? Hättet Ihr gern ein wenig Gesellschaft unterwegs?«

Culloch strahlte. »Ihr würdet mich begleiten, bis ich mir den Ritterschlag verdient habe? Wirklich?«

»Das schwöre ich«, sagte Sir Bediver feierlich. »Bis Ihr ihn verdient habt oder den Versuch aufgebt.«

»Du meine Güte!«, stöhnte Sir Keie. »Warum musstest du so einen Schwur ablegen? Bei Gott, ich weiß wirklich nicht, was bei dir weicher ist, dein Kopf oder dein Herz. Ich seh schon vor mir, wie du für den Rest deines Lebens Drachen jagst, die jemand anders dann erschlagen darf.«

»Ich könnte mir ein schlechteres Leben vorstellen«, erwiderte Sir Bediver gelassen. »Und der größte Narr ist ja wohl der, der seinem eigenen Ruhm nachstrebt.«

Sir Keie schnaubte. »Das wollen wir doch erst mal sehen.« Er fuhr herum und wandte sich an den König. »Artus, ich bitte um Erlaubnis, meinen schwachsinnigen Vetter zu begleiten.«

Sir Bedivers Augen leuchteten glücklich auf und Dinadan begriff, dass die beiden Ritter in Wirklichkeit enge Freunde waren. »Und du willst mir wirklich zwei meiner größten Ritter auf einmal rauben?«, fragte Artus. Sir Bediver lächelte und Sir Keie zuckte mit den Schultern. »Ach, na gut, wenn ich beraubt werden soll, dann werde ich eben beraubt. Ihr könnt beide gehen.«

»Hurra!«, rief Culloch. »Ich ziehe mit Sir Keie und Sir Bediver auf Ritterfahrt!«

Artus schüttelte langsam den Kopf und lächelte noch immer ein wenig. »Und ich hoffe, sie wissen beide, was sie tun. Aber ehe ihr mich jetzt verlasst, um Lehrer für angehende Ritter zu werden, haben wir sonst nichts mehr zu erledigen? Bediver, hast du nicht von zwei Rittern gesprochen?«

Sir Bediver schaute zu Dinadan hinüber. »Ich kann mich ja irren, aber das glaube ich eigentlich nicht. Würdet Ihr bitte vortreten, mein Freund?« Dinadan schluckte, erhob sich und stellte sich neben Sir Bediver. »Ich höre, dieser junge Mann sei ein Troubadour, aber ich möchte es auch aus seinem Munde hören. Sir, seid Ihr ein Troubadour? Oder ein Ritter?«

Dinadan konnte nicht lügen. »Ich … ich bin ein Ritter, Euer Hoheit.«

»Schon zum Ritter geschlagen?«, fragte der König. »Oder einer, der den Ritterschlag anstrebt?«

Bei der Erinnerung an seinen Ritterschlag errötete Dinadan ein wenig, doch dann sagte er mit ruhiger Stimme: »Ich bin von meinem Vater zum Ritter geschlagen worden.« Er schaute verstohlen zu Culloch hinüber, der ihn mit offenem Mund anglotzte.

»Und wie ist Euer Name, mein Freund?«, fragte der König.

»Ich heiße Dina … ich meine, Sir Dinadan.«

Im Thronsaal entstand leichte Unruhe, als Ritter und Damen und Höflinge zu tuscheln begannen. König Artus hob eine Augenbraue. »Sir Dinadan, der Sir Annui getötet hat?«

Dinadan kniff die Augen zusammen. »Na ja, schon, aber woher wisst Ihr das?«

»Erst gestern hat uns beim Abendessen ein fahrender Sänger dieses Lied vorgetragen. Das war wirklich ein großer Sieg.«

Dinadan schwankte zwischen der Freude darüber, dass sein Lied bereits von anderen Troubadouren gesungen wurde, und der Peinlichkeit, dass die ja wohl auch seine eigenen Ausschmückungen der Wahrheit mit verbreiteten. Er räusperte sich. »Ich … ich habe dieses Lied auch schon gehört, Majestät, aber die Wahrheit ist doch nicht ganz so beeindruckend wie die Geschichte.«

»Das ist sie nie«, sagte der König lächelnd. »Aber stimmen die grundlegenden Tatsachen? Wollte dieser Sir Annui einem gewissen Sir Edmund sein Land wegnehmen?« Dinadan nickte. »Und habt Ihr seinen Plan entdeckt und ihn zur Rede gestellt?« Nicken. »Und hat er dann sein Schwert gezogen, worauf Ihr ihn erschlagen habt?«

»Ich hatte Glück, Majestät.«

»Das ist oft so«, sagte Artus lachend, sanft, aber mit einem beifälligen Ausdruck in seinen Augen. »Und hat Lady Miriam sich dann selbst das Leben genommen?«

»Na ja, das auch, aber es war nicht so dramatisch, wie es sich bei mir … wie es sich im Lied anhört.«

»Ein Lied ist doch dazu da, um die Tatsachen zu verschönern«, sagte der König. »Ihr habt einem guten Mann viel Leid erspart, habt seinen Widersacher zur Rede gestellt, noch dazu einen Ritter, der älter war als Ihr, und Ihr habt ihn erschlagen. Außerdem zeigt Ihr eine lobenswerte Bescheidenheit – und Ehrlichkeit. Eure Tat ist würdig eines Ritters der Tafelrunde. Sir Dinadan, wollt Ihr meinem Bund angehören?«

Dinadan erwiderte den Blick des Königs, und obwohl er wusste, dass er die angebotene Ehre nicht verdiente, konnte er sie nicht ablehnen. »Ja, Majestät, ich möchte Euch auf jede mögliche Weise dienen.«

»Dann kniet nieder, Sir Dinadan.« Der König zog sein prachtvolles Schwert Excalibur und berührte damit Dinadans Schulter. »Erhebt Euch, Sir Dinadan, und seid willkommen in der Gemeinschaft der Tafelrunde. Bewahrt Eurem Gott die Treue, schützt Eure Nächsten und ehrt Euren König.«

Zwei Geschichten über Sir Morold

Am nächsten Morgen ritten alle vier los. Culloch wollte sich den Ritterschlag verdienen, Sir Bediver wollte ihm helfen, Sir Keie wollte Sir Bediver helfen und Dinadan kam einfach so mit. In den ersten beiden Stunden, nachdem sie Camelot verlassen hatten, konnte Culloch nur darüber reden, wie Dinadan seine Ritterwürde vor ihm verborgen hatte. Zu Dinadans Erleichterung war Culloch nicht beleidigt, sondern hielt das alles für einen überaus komischen Witz. Aber als Culloch sich zum hundertsten Mal über diese Täuschung ausschütten wollte vor Lachen, hätte Dinadan einen Zornausbruch fast vorgezogen. Dann hätte Culloch vielleicht den Mund gehalten, wie die beiden älteren Ritter.

Dinadan schaute verstohlen zu Sir Bediver und Sir Keie hinüber, die neben ihm ritten. Am Vorabend nach dem Thronrat hatte Dinadan sich diskret ein wenig umgehört und in Erfahrung gebracht, dass Sir Bediver nichts Geringeres war als ein Vetter des Königs. Er war ein Jugendfreund von Artus und nach Sir Keie dessen erster Ritter. Er hatte sich in Artus' Kriegen ausgezeichnet und gehörte zu den engsten Beratern des Königs. Was Sir Keie anging, so wusste alle Welt über Artus' Pflegebruder Bescheid – über seinen wütenden Stolz, seine wütende Kraft in der Schlacht und seine wütende Ergebenheit Artus gegenüber. Dinadan grinste vor sich hin. Wütend schien genau die richtige Beschreibung für Sir Keie zu sein.

Im Moment auf jeden Fall passte sie perfekt. Culloch prustete gerade wieder auf seine blödsinnige Weise los und sagte: »He, Stearnes! Ich meine, Dinadan – ho, ho, daran werd ich mich nicht so schnell gewöhnen, was? – Ich hab gerade nachgedacht.«

»Wirklich?«, fragte Dinadan.

»Ja. Ja, wirklich. Also, worüber habe ich nachgedacht? Ach ja, erinnerst du dich an den Troubadour, den du da auf dem Markt in Grund und Boden gesungen hast? Was glaubst du, was der sagen würde, wenn er wüsste, dass du da längst schon Ritter warst? Ho, ho!«

Dinadan gab keine Antwort. Es war kaum je nötig Cullochs Fragen zu beantworten. Sir Keie schloss gequält die Augen. »Wie lange musst du mit diesem Hohlkopf zusammenbleiben?«, fragte er leise Sir Bediver.

»Bis er zum Ritter geschlagen worden ist oder bis er den Versuch aufgibt«, sagte Bediver mit sanfter Stimme. Er lächelte seinen Vetter reuevoll an. »Das wird vielleicht länger dauern, als ich erwartet hatte.«

»Nicht sehr lange, wenn ich ihn vorher umbringe«, knurrte Sir Keie.

Vielleicht wollte Sir Bediver das Thema wechseln, jedenfalls wandte er sich jetzt an Dinadan. »Dein Auftreten gestern Abend bei Hof hat mir gefallen, junger Dinadan.«

»Wie meint Ihr das, Sir Bediver?«, fragte Dinadan und wurde rot.

»Nenn mich Bediver. Ich meine die Art, in der du deinen Sieg dem König gegenüber heruntergespielt hast. Glaub mir, junge Ritter neigen normalerweise dazu, ihre Taten zu übertreiben.«

»Das habe ich ja wirklich schon mehr als genug gemacht«, murmelte Dinadan. Auf Bedivers fragenden Blick hin erklärte er: »Verstehst du, ich habe dieses Lied über meinen Sieg selbst geschrieben.«

Sir Keie warf einen kurzen Blick auf Dinadan, die Augen des Ritters aber waren dabei unergründlich. »Ach ja«, sagte Bediver. »Du bist ja als Troubadour durch die Lande gezogen. Und in deinem Bericht hast du dich dann also heroischer dargestellt, als du warst?«

»Ja, aber nicht um meinetwillen«, fügte Dinadan schnell hinzu. »Wenn sie so erzählt wird, ist es einfach eine bessere Geschichte. Das ist alles.«

»Was ist also wirklich passiert?«, fragte Bediver gelassen. Dinadan erzählte. Er wollte nur eine ganz kurze Fassung der Geschichte liefern, aber Bediver hörte genau zu und stellte Fragen, und als Dinadan fertig war, kannte Bediver alle Einzelheiten. Der Ritter fragte: »Da hast du die Geschichte ja reichlich beschönigt, was?«

Dinadan nickte.

»Aber«, fügte Bediver hinzu, »du bist allein zurückgegangen, um Sir Annui zur Rede zu stellen, eben weil du Sir Edmund helfen wolltest. Das verlangt allerlei Mut, und das ist viel ritterlicher als bloße Geschicklichkeit im Umgang mit Waffen. Ich glaube nicht, dass es von Artus ein Fehler war, dich in die Tafelrunde aufzunehmen, oder wie siehst du das, Keie?«

Sir Keie, der Dinadan nicht angeschaut hatte, während der seine Geschichte erzählte, sondern der sich auf seinem Pferd in Hörweite gehalten hatte, spitzte die Lippen und sagte dann ziemlich schroff: »Ich nehme an, du bist ein mieser Schwertkämpfer.«

Dinadan schluckte. »Das bin ich wirklich, Sir.«

»Schade. Aber der Mensch lebt ja nicht vom Schwert allein.« Und damit versetzte er seinem Pferd einen Tritt und ritt vorweg.

Bediver kicherte. »Du wirst es vielleicht nicht glauben, Dinadan, aber auf diese Weise bringt Keie ein Lob zum Ausdruck.«

»Dann hoffe ich, dass er mich niemals tadeln wird.«

»So viel kannst du nicht verlangen, Knabe«, sagte Bediver, der noch immer lächelte. »Aber was ist denn da vorn los?«

Culloch, der ein Stück vor ihnen herritt, hatte auf dem nächsten Hügel angehalten und unterhielt sich dort offenbar mit einem Fremden. Als sie näher kamen, lachte Culloch glücklich auf und begann eine ausführliche und wirre Vorstellung: »Ich heiße Culloch und ich werde eines Tages ein großer Ritter sein, also merkt Euch diesen Namen, und das hier sind meine Gehilfen Keie und Bediver und Stearnes.«

Der Fremde, dem diese Worte galten, drehte sich in seinem Sattel um und Dinadan sah voller Interesse, dass er eine Leier bei sich führte. »Sehe ich hier wirklich den großen Sir Keie, den Bezwinger von Königen? Es ist mir eine Ehre, Sir.« Der Fremde verbeugte sich, so tief er nur konnte, doch da er ziemlich klein gewachsen und ziemlich breit gebaut und zudem noch im Sattel saß, kam er nicht sehr weit.

»Ja, ich heiße Keie«, sagte dieser mürrisch.

Ohne ein weiteres Wort nahm der Fremde seine Leier von der Schulter, schlug einmal die Saiten an und verkündete dann in einer Art Sprechgesang: »'s ist Keie, der große, der mächtigste aller Recken, er kann fünf Könige mit scharfem Hieb zu Boden strecken.«

»Waren das wirklich fünf?«, flüsterte Dinadan Bediver zu.

»Zwei«, antwortete Bediver. »Und es war auch nicht nur ein Hieb.«

Der fremde Sänger machte weiter. »Keie, der unter Wasser neun Tage und neun Nächte ohne einen Atemzug überlebt, und der neun Tage und neun Nächte auf Schlaf verzichten kann. Keie, dessen Schwert eine Wunde schlägt, die kein Arzt kurieren kann. Keie, der so groß sein kann wie der größte Baum, wenn er nur will, und dessen Zorn so heiß lodert, dass er noch im wütendsten Regen trocken bleibt. Keie, der Große, der Wunderbare, der Unvergleichliche. Ja, verehrte Lords und Ladys, 's ist Keie!«

Der Troubadour verbeugte sich ein weiteres Mal und schien auf Applaus zu warten, stieß jedoch nur auf tiefes Schweigen. Endlich sagte Bediver: »Also, Keie, ich glaube, du hältst uns auf.«

Keie verdrehte die Augen. »Er hat vergessen zu erwähnen, dass ich Feuer entfachen kann, indem ich auf dem Rücken eines fahrenden Sängers einen Stock zerschlage. Soll ich euch das mal vorführen?«

Culloch, der bei dem Hochgesang auf Keie die Stirn gerunzelt hatte, verstand immerhin einen Teil dieser Mitteilung. »Ein Feuer. Und Essen! Ja, Keie, du hast Recht. Es ist schon reichlich spät. Freund Troubadour, wollt Ihr Euch uns nicht anschließen? Ihr seid willkommen in unserem Lager und auch auf unserer Ritterfahrt, wenn Ihr wollt.«

Gleich darauf sprang Culloch vom Pferd. Nach einem kurzen Blickwechsel folgten Keie und Bediver seinem Beispiel. Der Sänger verbeugte sich ein weiteres Mal. »Ich fühle mich so geehrt, dass mir die Worte fehlen.«

»Das ist doch immerhin schon etwas«, sagte Sir Keie.

»Und ich will mich Eurer Ritterfahrt nur zu gern anschließen. Ich heiße«, der Troubadour legte eine viel sagende Pause ein, »Wadsworth.«

Er schien von den anderen zu erwarten, dass sie diesen Namen kannten, aber das war einwandfrei nicht der Fall. Bediver lächelte höflich, Dinadan nickte und Keie murmelte ein rätselhaftes: »Ja, das kann ich mir vorstellen.«

Als sie an diesem Abend beim Feuer saßen, fand Culloch seine Rittertat. Obwohl Wadsworth behauptet hatte, dass ihm die Worte fehlten, redete er ebenso ununterbrochen wie Culloch, und als sie dann erst zu essen begonnen hatten, erzählte der Sänger Culloch von einem reichen König namens Isbaddadon, der nur eine Tagesreise weiter im Westen lebte. »Der König hat vor kurzem verkündet, dass seine holde Tochter Olwen heiraten soll, doch der Ritter, der ihre Hand gewinnt, muss seinen Wert erst beweisen, indem er große Taten vollbringt.«

Cullochs Augen leuchteten auf, aber Bediver sagte gelassen: »Ich halte das für keine gute Idee, Culloch. König Artus freut sich eher über Taten, durch die den Schwachen geholfen wird, als über solche, durch die du eine Braut gewinnst.«

»Und außerdem«, fügte Dinadan hinzu, »kennst du diese Olwen doch gar nicht. Wahrscheinlich ist sie grässlich.«

»Aber was, wenn sie schön ist?«, fragte Culloch.

»Noch schlimmer«, erwiderte Dinadan sofort. »Du willst doch wohl keiner von diesen jämmerlichen Burschen sein, die immer schönen Frauen hinterherlaufen, als der Sklave einer jeden und verachtet von allen?«

Sir Keie nickte Dinadan kurz und beifällig zu, Culloch aber ließ sich nicht überzeugen. Was immer die anderen sagten, nichts schien ihn zu beeinflussen, und als er sich zum Verdauungsschlaf hinlegte, war klar, dass er König Isbaddadons Herausforderung annehmen würde.

Am nächsten Morgen ließ er sich nur anderthalb Stunden Zeit zum Frühstück, dann brach Culloch auf und trieb sein Pferd zu einem mörderischen Tempo an. Nur der Sänger Wadsworth machte den Versuch, mit ihm Schritt zu halten, und deshalb war Culloch weit vor den anderen und außer Hörweite, als sie eine Frau um Hilfe rufen hörten. Bediver riss an den Zügeln und schaute sich um. »Das kam aus dem Wald im Süden«, sagte Dinadan.

»Dann los«, sagte Bediver, »und der Teufel soll Culloch dafür holen, dass er vorgeritten ist und diese Chance zu einer sinnvollen Tat verpasst.« Bediver gab seinem Pferd die Sporen und verschwand im Dickicht, gefolgt von Sir Keie und Dinadan. Gleich darauf war die Frauenstimme wieder zu hören, doch diesmal rief sie nicht um Hilfe, sondern beschimpfte irgendwen auf wütende und überaus bildreiche Weise.

Sofort hielten die drei Ritter an. »Wollen wir der Frau helfen oder der Person, die von ihr heruntergemacht wird?«, fragte Dinadan freundlich.

Keie grinste und Bediver antwortete: »Wir werden mal nachsehen. Aber es klingt wirklich so, als ob die Frau sehr gut auf sich selber aufpassen könnte.«

Sie stiegen ab und schlichen weiter durch den Wald. Gleich darauf bot sich ihnen ein seltsamer Anblick. Eine Dame in kostbarer, aber zerfetzter und schmutziger Kleidung war an einen Baum gebunden. Zwei kräftige Männer in der Livree von Burgwächtern standen keuchend vor ihr. Das Gesicht des einen war zerkratzt. Offenbar hatten sie die Frau gerade erst festbinden können und mussten nach dieser Anstrengung Luft schnappen. Die Dame hatte lange schwarze Haare, die ihr bis zur Taille reichten, und sie hätte unter anderen Umständen hübsch sein können. Ihr Gesicht war verschmutzt und ihre Haare verfilzt. Außerdem überschüttete sie ihre Gegner – und überhaupt das gesamte männliche Geschlecht – gerade mit den wildesten Beschimpfungen, die Dinadan jemals gehört hatte. Von rein künstlerischem Gesichtspunkt aus musste er zugeben, dass sie ihre Sprache wirklich im Griff hatte. Die Ritter blieben hinter einem hohen Ginsterbusch stehen, um sich ein genaueres Bild von der Lage zu machen.

»Und außerdem seid ihr hässlich, noch hässlicher als die meisten anderen Männer. Ich sollte eurem Herrn wohl dafür dankbar sein, dass er die Umsicht besessen hat, zwei verrottete, fettärschige, von Geschwüren zerfressene pockennarbige Kreaturen auszusenden, um mich zu ermorden, denn da freue ich mich doch fast auf den Tod, weil ich dann immerhin nicht mehr auf derselben Erde leben und dieselbe Luft einatmen muss wie zwei Pestbeulen wie ihr.«

»Herrin«, widersprach der eine Wächter. »Ihr wisst, dass wir uns um diese Aufgabe nicht beworben haben. Aber Ihr habt versucht unsere Gebieterin zu vergiften.«

»Sei kein Esel! Sie war auch meine Gebieterin! Was hätte ich davon, sie umzubringen?«

Der andere Wächter versuchte – ohne Erfolg, wie Dinadan fand – ein schlaues Gesicht zu machen und sagte: »Ja, aber Ihr seid eine Hexe, das sagen alle. Ihr könntet böse Pläne hegen.«

Die Dame verdrehte die Augen. »Was für ein Trottel! Hör mal, du Fischkopf, wenn ich eine Hexe wäre, dann wärt ihr beide jetzt Kröten.« Dann keuchte sie auf. »Aber um Himmels willen! Ihr seid ja Kröten! Also muss ich wohl doch eine Hexe sein!«

Der eine Wächter richtete sich auf. »Los jetzt, Jem. Bringen wir es hinter uns. Schlag ihr den Kopf ab, dann können wir nach Hause gehen.«

Bediver hüstelte höflich und trat hinter dem Busch hervor. Die Wächter fuhren herum. »Verzeiht die Störung, Herrin, aber ich fühle mich zum Eingreifen gezwungen. Ihr guten Männer, ihr werdet diese Dame auf keinen Fall umbringen.«

»Diese Dame! Das ist eine Hexe!«

Dinadan lachte und er und Sir Keie folgten Bedivers Beispiel. »Das mag wohl so sein«, sagte Keie. »Aber ihr könnt sie trotzdem nicht töten.«

»Hört doch mal«, fügte Dinadan hinzu. »Wenn sie eine Hexe wäre, könnten diese Stricke sie dann festhalten?« Er zog sein Jagdmesser hervor, zerschnitt die Fesseln der Frau und sie sprang von dem Baum fort.

»Vorsicht«, brüllten die Wächter und wichen einige Schritte zurück. »Sie ist gefährlich!«

Bediver legte die Hand auf sein Schwert. »Wenn irgendjemand gegen diese Frau eine Beschwerde vorzubringen hat, dann kann er die an König Artus' Hof vortragen, wo wir Ritter seiner Tafelrunde sind.«

Als ihnen aufging, dass sie es mit Artusrittern zu tun hatten, verflog die Streitlust der Wächter. Nach einer kurzen gemurmelten Entschuldigung verzogen sie sich im Unterholz und gleich darauf hörte Dinadan, wie sie auf ihre Pferde stiegen und davonritten. Bediver wandte sich der Frau zu. »Ich hoffe, Euch ist nichts passiert, Herrin.«

»Na, das ist ja mal eine alberne Bemerkung«, fauchte die Dame und rieb sich die Handgelenke. »Lasst Euch doch selbst mal an einen Baum binden, und dann erzählt Ihr uns, wie es Euch gefällt.«

Bediver hob eine Augenbraue, verlor aber keine Spur von seiner Höflichkeit. »Sehr wahr, Herrin. Können wir Euch irgendwohin bringen, wo Ihr in Sicherheit seid?«

»Das glaube ich nicht«, sagte die Dame, halb an sich selbst gerichtet. »Ich nehme an, ich sollte Euch für Eure Hilfe danken, auch wenn es nicht weiter schwer war, diese beiden Tölpel zu verjagen.«

»Mir scheint, Bediver«, sagte Dinadan nachdenklich, »dass diese charmante Dame lieber allein sein möchte. Reiten wir?«

»Ruhe, Dinadan. Herrin, da wir nicht sicher sein können, dass diese beiden wirklich verschwunden sind, werdet Ihr hoffentlich das Angebot unserer Begleitung annehmen. Ich heiße Bediver, und das hier sind Sir Dinadan und Sir Keie, beide Angehörige von König Artus' Tafelrunde.«

Die Dame musterte Bediver und Keie wohlwollend, schaute Dinadan skeptisch an und nickte dann endlich. »Ich kann das wohl nicht ablehnen. Ich heiße Brangienne.«

Sie machten auf Dinadans Packpferd Platz für Lady Brangienne, indem sie die Ladung zwischen sich aufteilten, dann brachen sie auf. Brangienne konnte ihnen aber nicht sagen, wo sie in Sicherheit sein würde, und deshalb ritten sie einfach hinter Culloch her. Denn, so meinte Bediver, sie könnte vielleicht in König Isbaddadons Burg Zuflucht finden. Die Dame stimmte widerwillig zu. »Ich weiß ja nicht, ob ich viel gewonnen habe«, murmelte sie. »Ich bin zwei Männer los, aber jetzt habe ich drei am Hals.«

Bediver lächelte, weiterhin unangefochten. »Aber wir werden Euch immerhin nicht an einen Baum anbinden, Herrin.«

»So gern wir das auch täten«, fügte Dinadan hinzu. Lady Brangienne musterte ihn übellaunig, doch Dinadan achtete nicht darauf und griff zu seiner Laute. »Sag mal, Bediver, kennst du schon mein Lied über die Damenwelt? Ich habe es geschrieben, nachdem ich die liebliche Lady Miriam kennen gelernt hatte.« Er schlug seine Beine übereinander, stimmte die Laute und legte los.

Aus dem Schwefelmoor ein Drachentier
ward einst die wahre Pest,
verschlang die Männer dort und hier
und steckte an den Rest.

Bald lag auch noch die Burg in Trümmern,
die Vorratskammern waren alle leer,
dies tat den Drachen gar nicht kümmern,
über die Burgherrin macht er sich her.

Auwei o weh!, so rief der Ritter,
ich hab auch wahrlich niemals Glück,
der Tod des Lindwurms wär nicht bitter,
doch kommt die Dame dann zurück.

Der Drachenkampf ist nicht mein Bier,
schon gar nicht bei der Wahl.
Die Holde oder's Drachentier,
o, beides ist nur Qual!

Als Dinadan sein Lied beendet hatte, vertieften sich die Lachfältchen um Sir Keies Augen, und sogar Bedivers Lippen zitterten, aber keiner sagte ein Wort. Dinadan strahlte die Dame an. Dass sie wütend war, war deutlich zu sehen, aber Dinadan las in ihren Augen noch mehr – neugieriges Interesse.

Dinadan saß zwischen Bediver und Sir Keie an König Isbaddadons langer Banketttafel und faltete geduldig die Hände. Die Damen waren noch nicht zum Essen erschienen, und die höfischen Sitten geboten, dass die Männer erst dann zu essen begannen. König Isbaddadon jedoch achtete nicht so sehr auf die Etikette und hatte sich bereits über den ersten Gang hergemacht. Culloch, der auf der anderen Seite neben Bediver saß, riss sich noch zusammen, rutschte aber ungeduldig hin und her und starrte das Essen sehnsüchtig an. Dinadan konnte ihn gut verstehen. Es kam ihm sinnlos vor, sich an die guten Manieren zu halten, wenn König Isbaddadon höfliches Auftreten und seine ritterlichen Gäste überhaupt für Störelemente zu halten schien, auf die er lieber verzichtet hätte.

Vor allem schien er sich über Culloch zu ärgern, und immer wieder schaute der König von seinem Teller auf und starrte den Möchtegernbräutigam seiner Tochter wütend an. Offenbar hielt er Culloch nicht für eine passende Partie. Culloch aber schien die Antipathie seines Gastgebers nicht zu registrieren; er starrte nur seinen gefüllten Teller an. Sir Keies Blicke dagegen hafteten am König. Und er flüsterte Bediver zu: »Ich hab doch gesagt, wir hätten unsere Waffen nicht ablegen dürfen.«

»Das wäre eine Beleidigung gewesen, Keie. Man darf zu einem Bankett nicht bewaffnet erscheinen.«

»Glaubst du, unser Gastgeber legt Wert auf solche Feinheiten? Er hat ja auch eine Waffe zur Hand.« Und das stimmte. Der Jagdspeer, der auf König Isbaddadons rechter Seite am Tisch lehnte, war wirklich nicht zu übersehen.

Dann rauschten Gewänder und endlich tauchten die Damen auf. Als erste erschien Lady Olwen, König Isbaddadons Tochter, gefolgt von ihren Hofdamen. Die letzte war Lady Brangienne, die jetzt offenbar in Lady Olwens Gefolge aufgenommen worden war. Dinadan registrierte das mit leiser Überraschung, doch dann wandten seine Blicke sich wieder Lady Olwen zu. Es wäre schwer gefallen, eine weniger attraktive Dame zu finden. Sie hatte ein ausdrucksloses rundes Gesicht, das durch ihre Frisur noch runder gemacht wurde – zwei fette Zöpfchen, die auf jeder Seite von ihrem Kopf abstanden. Sie war klein und eigentlich auch untersetzt und ihr Gang sprach weder von Eleganz noch von Selbstsicherheit. Ihre Figur zeigte, dass sie eine Frau war, ihr Gesichtsausdruck aber war der eines Kindes, und zwar eines überaus verwöhnten. Dinadan warf einen scharfen Blick auf Culloch, der große Taten begehen wollte, um die Hand dieser Dame zu erringen, doch Culloch zeigte weder Überraschung noch Reue noch irgendeine andere Empfindung. Kaum waren die Damen aufgetaucht, da konzentrierte Culloch sich nur noch aufs Essen.

»Unsere Begleiterin scheint hier einen Unterschlupf gefunden zu haben«, murmelte Bediver ihm ins Ohr. »Das wundert mich gar nicht. Mir kam sie gleich vor wie eine Hofdame.«

»Hofdamen müssen so zänkisch sein, oder?«, fragte Dinadan unschuldig. Bediver schüttelte den Kopf, gab aber keine Antwort, und die beiden widmeten sich wieder ihrer Mahlzeit.

Alle am Tisch waren ungefähr gleichzeitig fertig, auch wenn einige (Isbaddadon und Culloch) doppelt so viel verzehrten wie die anderen. Dinadan fiel auf, dass auch Lady Olwen herzhaft zulangte, dass ihre Hofdamen jedoch nichts aßen. Endlich erhob sich der König und wandte seine Aufmerksamkeit seinen Gästen zu:

»Na, Ollie«, fragte er seine Tochter mit schmetternder Stimme. »Was sagst du zu deinem Bewerber?«

Lady Olwen zierte sich und zwinkerte Culloch ganz kurz zu. Diese Augenbewegung sollte offenbar eine Einladung zum Flirt sein, aber Dinadan fand sie nur verwirrend. Culloch hob seinen Becher und grinste dämlich.

»Verflixt«, murmelte Bediver. »Der Knabe hat sich vergafft.«

»Und er hat uns sogar ein Geschenk mitgebracht, ein feines Mädel für dich als Hofdame!«, lachte Isbaddadon grimmig, und Culloch, der schon das laute Stadium seiner Trunkenheit erreicht hatte, stimmte ein. Der König verbeugte sich vor der erwähnten Dame und sagte: »Willkommen, Lady Bragwaine!«

Die Dame machte ein gequältes Gesicht. »Majestät, verzeiht mir, aber mein Name ist Brangienne.«

Der König grunzte. »Einer von diesen kompflizierten ausländischen Namen!«, verkündete er, als sei das eine Erklärung. Er wandte sich wieder Culloch zu und sein Blick verhärtete sich. »Aber wir können meine Kleine nicht einfach hergeben, bloß weil Ihr uns auch ein Mädel gebracht habt. Ist ja wohl kein Tausch für eine Prinzessin, oder was? Was könnt Ihr mir im Gegenzug anbieten?« Culloch plapperte unzusammenhängend vor sich hin, aber dabei war mehrere Male das Wort »Aufgabe« zu hören, und König Isbaddadon fauchte ihn an: »Natürlich werdet Ihr Aufgaben bestehen, so viele, wie ich verlange. Aber ich will jetzt gleich eine Leistung. Erzählt uns eine Geschichte, ja, los!«

Culloch kickste und grinste. Dinadan schloss entsetzt die Augen. Noch ein Becher und Culloch würde unter dem Tisch liegen.

»Ich habe gesagt ...«

Dinadan öffnete den Mund, doch ehe er etwas sagen konnte, ertönte auf der Dienstbotengalerie eine schrille Stimme. Es war Wadsworth. »Eure gnädige Majestät! Wenn ich darf, dann werde ich für meinen Herrn sprechen und die Geschichte erzählen.«

König Isbaddadon starrte den Sänger wütend an, dann zuckte er mit den Schultern. »Erzähl eine gute Geschichte, dann lass ich deinen Herrn am Leben.« Er ließ sich in seinem Sessel zurücksinken und streckte die Hand nach einer weiteren Schale Wein aus.

Wadsworth schlug sein Instrument an, dann sagte er: »Da Eure Lordschaft hier in Wales wohnen, werde ich von einem walisischen Helden erzählen, und ich rufe alle walisischen Helden zu Zeugen für meine Geschichte auf. Ich rufe Gwydden den Schwierigen, Sugyn von Sugynedydd (der mit einem einzigen Schluck ein Meer austrinken konnte), Cacamwri den Scheunendrescher, Llong, Dygyflong, Anoeth den Kühnen, Eiddyl den Großen und Amren den ebenfalls Großen, Gewfyl, den Sohn des Gwastad (dessen Lippe auf seinen Nabel sank, wenn er Kummer hatte), und Uchdryd Kreuzbart.«

»Das erfindet er doch alles, oder?«, flüsterte Dinadan Bediver zu.

»Nein, Knabe«, erwiderte Bediver. »Manche von diesen alten Sängern finden es ungeheuer eindrucksvoll, wenn sie mit ihrem Namensgedächtnis protzen können. Beeindruckend, aber langweilig.«

König Isbaddadon schien diese Ansicht zu teilen. Bei

jedem Namen runzelte er wütender die Stirn. Aber Wadsworth war nicht zu bremsen. »Außerdem rufe ich Bolch, Kyfolch und Syfolch, die drei Söhne des Cleddych Kyfolch und die Enkel des Cleddyw Difolch, der drei Schwerter namens Glas, Glessig und Gleisyad hatte, drei Hunde namens Call, Cuall und Cafall und drei Pferde namens Hoyrddyddog, Drogddyddog und Lloyrddyddog und drei Frauen namens …«

Weiter kam Wadsworth nicht. King Isbaddadon sprang brüllend auf und griff nach seinem Jagdspeer. Dinadan starrte ihn an, er konnte sich nicht bewegen und sich nicht einmal fragen, wen der König zuerst umbringen würde, Wadsworth oder Culloch, aber Sir Keie war viel schneller. Blitzschnell war er über den Tisch hinweg auf König Isbaddadon zugesprungen. Der König schleuderte seinen Speer auf Culloch, aber Sir Keie – Dinadan hätte gelacht, wenn es eine Geschichte gewesen wäre, aber es war trotzdem die reine Wahrheit –, Sir Keie fing den Speer im Flug auf.

Starr vor Erstaunen blickten alle auf den Speer in Sir Keies Faust. Auch Sir Keie schien es kaum glauben zu können, doch sofort drehte er den Speer um und hielt seine Spitze dicht vor König Isbaddadons Nase. »Es gehört sich nicht, die eigenen Gäste umzubringen«, sagte Sir Keie.

»Wächter!«, brüllte der König, und sofort erschienen dreißig mit Bogen bewaffnete Männer, die auf diesen Befehl offenbar nur gewartet hatten.

»Und meinst du, deine Leute können mich umbringen, ehe ich dir den Schädel einschlage?«, fragte Sir Keie. Darauf folgte langes Schweigen, während Sir Keie und der König einander anstarrten und keiner auch nur einen Muskel bewegte.

»Ich habe einen Vorschlag«, sagte Dinadan plötzlich, wobei er versuchte, ganz ruhig zu klingen. »Offenbar kennt unser Gastgeber die prachtvolle Geschichte bereits, die unser Freund Wadsworth erzählt hat …«

»Ehrlich gesagt, ich hatte noch nicht einmal angefangen mit …«

»Halt die Klappe, du Idiot!«, fauchte Bediver Wadsworth an. »Weiter, Dinadan.«

»Danke. Aber wenn ich eine Geschichte erzählen könnte, die Eurem Geschmack eher entspricht, dann wärt Ihr vielleicht zufrieden, Eure Hoheit.«

König Isbaddadon ließ Sir Keie nicht aus den Augen, sagte dann aber nach einer Sekunde: »Einverstanden.«

Dinadan leckte sich die Lippen, holte tief Luft und legte los. Da er Angst hatte, bei der Geschichte von Sir Dinadan in Verlegenheit zu geraten, nahm er die Ballade, die er vor seinem Aufbruch von zu Hause verfasst hatte, die Geschichte von Sir Tristans Kampf gegen den tückischen Ritter Sir Morold. Ihm fehlte nicht nur seine Laute, im Saal herrschte außerdem eine schreckliche Anspannung. Dinadans Stimme zitterte vor Nervosität, aber der Speer, den Sir Keie König Isbaddadon vor die Nase hielt, bewegte sich nicht. Als Dinadan endlich fertig war, schwiegen alle lange, dann nickte König Isbaddadon langsam.

»Das war gut erzählt«, sagte er endlich. »Ihr könnt gehen, Wächter.«

Erst als der letzte Wächter verschwunden war, ließ Sir Keie den Speer sinken. König Isbaddadon blieb stehen. »Ich werde Eurem Kämpfer morgen die erste Aufgabe übertragen«, verkündete er und verließ den Saal.

Sir Keie, Bediver und Dinadan sahen einander an. »Du hättest dir eine kürzere Geschichte aussuchen können, Knabe«, sagte Sir Keie schroff, aber seine Lippen zuckten in der Andeutung eines Lächelns.

»Großer Gott, Keie«, sagte Bediver. »Du hast den Speer im Flug aufgefangen! So was hab ich noch nie gesehen. Darüber sollte mal jemand ein Lied schreiben!« Bediver schaute Dinadan auffordernd an.

Dinadan schüttelte den Kopf. »Das würde doch niemand glauben.«

Bediver nickte. »Auf jeden Fall, Keie, hast du sein Leben gerettet.«

Sir Keies Lächeln verflog, als er zu Culloch hinübersah, der während des Vortrags mit dem Gesicht in einer Soßenschüssel eingeschlafen war. »Erinner mich da bloß nicht dran«, sagte Sir Keie.

Den Sternen nach war Mitternacht schon vorbei, aber Dinadan war hellwach und sein Magen beklagte sich laut darüber, dass er bei der ganzen Aufregung abends nicht genug gegessen hatte. Nachdem er mehrere Male versucht hatte wieder einzuschlafen, gab er auf, verließ sein Bett und machte sich auf die Suche nach der Küche.

Dazu brauchte er lange, er tastete sich durch unbekannte Gänge voran, aber endlich hatte er die Küche gefunden und musste feststellen, dass ihm jemand zuvorgekommen war. Lady Brangienne stand in der Tür und verschlang hungrig ein gebratenes Huhn. Dinadan sah ihr kurz zu und bat dann mit sanfter Stimme: »Lasst mir noch was übrig!«

Lady Brangienne zuckte zusammen und fuhr herum. Als sie Dinadan sah, wich die Angst aus ihrem Gesicht und wurde durch tiefe Abscheu ersetzt. »Ach, Ihr seid das.«

Dinadan war überrascht über diese offenkundige Verachtung, aber er fragte nur: »Gibt's da, wo Ihr das Huhn hergenommen habt, vielleicht noch mehr?« Lady Brangienne zeigte auf eine halb geöffnete Speisekammer, in der Dinadan noch weiteres kaltes Fleisch sah. Er nickte zum Dank, ging hinüber und entschied sich für eine halbe Fleischpastete. Lady Brangienne sagte kein Wort, deshalb brach Dinadan endlich das Schweigen. »Ihr wärt nicht so hungrig, wenn Ihr zu Abend gegessen hättet, wisst Ihr.«

Lady Brangienne schnaubte. »Zu Abend?«, fauchte sie. »Hier gilt die Sitte, dass Lady Olwens Hofdamen nur das essen, was auf dem Teller der Gebieterin übrig bleibt.«

»Klingt appetitlich«, sagte Dinadan.

»Unmöglich, meint Ihr. Es ist Euch vielleicht nicht aufgefallen, aber sie hat so gut wie nichts übrig gelassen.«

»Ja. Ich habe gesehen, dass sie einen gesegneten Appetit hat.«

Wieder schnaubte Lady Brangienne. »Ihre anderen Damen essen alle vorher, aber ich habe es erst erfahren, als es schon zu spät war.«

Dinadan lächelte. »Ihr hättet früher gehen sollen. Aber dann hättet Ihr die Aufregung verpasst.«

Lady Brangiennes Augen loderten vor Wut auf. »Aufregung? Schändliche Lügen wohl eher!« Dinadan kniff die Augen zusammen und trat unwillkürlich einen Schritt zurück. »Ihr und Euer großartiger Sir Tristan! Was wisst Ihr denn überhaupt über Tristan?«

»Mehr, als Ihr vielleicht denkt«, gab Dinadan zurück.

»Habt Ihr gesehen, wie er Sir Morold erschlagen hat?«

»Nein«, erwiderte Dinadan sofort. »Ihr vielleicht?«

Lady Brangienne zögerte, dann nickte sie. »O ja. Und das war ganz anders als in Eurer Geschichte.«

Dinadan starrte sie an, und für einen Moment siegte die Neugier über seine Wut. »Was ist passiert?«

Lady Brangienne kniff die Augen zusammen und starrte ihn wütend an. »Was schert Euch das? Ihr habt doch schon Eure Geschichte.«

»Ihr könnt mir glauben, dass ich wissen möchte, was wirklich passiert ist«, sagte Dinadan mit sanfter Stimme.

Lady Brangienne machte noch immer ein misstrauisches Gesicht, aber endlich gab sie nach.

»Ich war früher erste Hofdame bei Königin Isolde, der Tochter des guten Königs Aguissance von Irland. Wir sind zusammen aufgewachsen, und keine zwei Damen können einander jemals näher gestanden haben als wir. Isolde wurde so schön wie früher ihre Mutter, und bald wurde sie im ganzen Land La Belle Isolde genannt.

Isoldes Mutter stammte aus Cornwall, sie war die Tochter des verarmten Königs von Tintagel. Als sie Aguissance heiratete, konnte der arme König nicht einmal eine Mitgift liefern, weshalb sie für jedes Jahr eine kleine Tributzahlung verabredeten, die dann immer gern gezahlt wurde. Sie wurde auch gern entgegengenommen, denn der König von Tintagel ließ diese Summe von seinem Vetter, dem großen Ritter Sir Morold, überbringen.«

Wieder schaute Lady Brangienne Dinadan wütend an, doch als der keine Reaktion zeigte, nahm sie ihre Erzählung wieder auf: »Das war der Höhepunkt des Jahres. Aguissance liebte Sir Morold wie einen Bruder, und wenn Sir Morold eintraf, wurden Feste und Jagden und Turniere und allerlei Kurzweil arrangiert. Und kein Mann war so gütig, so mutig oder so galant wie Morold – er war ein Mann, der einem König wie seinesgleichen ins Auge schaute, sich aber doch die Zeit ließ, um mit einer jungen Hofdame zu sprechen.« Lady Brangienne zögerte und war in Gedanken weit fort, in einer längst vergangenen Zeit.

Dann kehrte sie in die Gegenwart zurück und ihre Stimme verhärtete sich, als sie weiterredete. »In einem

Jahr traf Morold jedoch mit leeren Händen ein. Der alte König war gestorben, und sein Neffe Marke war ihm auf den Thron nachgefolgt. König Marke weigerte sich nun, den Tribut zu zahlen, und er forderte König Aguissance heraus, einen Kämpfer zu schicken, wenn er diese Entscheidung nicht akzeptieren wollte. Morold schämte sich schrecklich, weil er eine dermaßen schändliche Nachricht überbringen musste, und bot an, selber für Aguissance in den Kampf zu ziehen. Er musste lange auf Aguissance einreden, aber dann stimmte der König schließlich zu.«

»Moment mal, ich komme nicht mehr mit«, sagte Dinadan. »Sir Morold war doch mit diesem König Marke verwandt, oder nicht?«

»Über einige Ecken, ja«, sagte Lady Brangienne.

»Aber er wollte trotzdem nach Cornwall zurückkehren und König Marke im Namen des Königs von Irland herausfordern?«

»Er hatte immer schon behauptet, sich bei uns in Irland eher zu Hause zu fühlen als in Cornwall. Und außerdem, wie schon gesagt, hatten König Markes schlechte Manieren ihn gekränkt.«

Dinadan nickte und Lady Brangienne erzählte weiter. »Danach wurde ein Zweikampf zwischen Sir Morold und König Markes Ritter verabredet, einem jungen Mann namens Sir Tristan. Der ganze Hof reiste deshalb nach Cornwall, und auch ich war dabei. Es war schrecklich und einfach nur töricht. Der Kampf sollte eine Art Geschicklichkeitstest sein, kein Kampf auf Leben und

Tod, aber Tristan achtete nicht auf diese Abmachung. Wir konnten alle sehen, dass er Sir Morold töten wollte, und wenn Morold nicht so ein fähiger Ritter gewesen wäre, dann hätte er in großer Gefahr geschwebt.«

»Ist er denn nicht erschlagen worden?«, fragte Dinadan überrascht.

»Nicht im Kampf!«, fauchte Lady Brangienne. »Morold konnte Tristan schließlich entwaffnen und zu Boden schlagen, doch er wollte seinen Vorteil nicht nutzen und den wehrlosen Tristan töten. Er wandte sich ab und hielt den Zweikampf für beendet. Worauf Tristan sein Schwert packte und ihn ein weiteres Mal angriff. Und so kam Morold ums Leben, Tristans Schwert hatte seinen Schädel gespalten.«

Dinadan schluckte. Er hätte gern geglaubt, dass Lady Brangienne Lügen erzählte, aber ihre leise Stimme klang ungeheuer überzeugend. Sein Bruder Tristan hatte einen edlen Mann von hinten erschlagen!

Lady Brangienne, die sich jetzt etwas beruhigt hatte, erzählte weiter. »Danach erfuhren wir, dass König Marke Tristan eingeredet hatte, es sei ein Kampf auf Leben und Tod, aber das spielte ja keine Rolle mehr. Morold war tot, und seither geht in Irland und Cornwall alles gleichermaßen drunter und drüber.«

Ihre Stimme versagte und sie starrte lange auf den Boden. Endlich sagte Dinadan: »Es tut mir Leid. Das wusste ich nicht. Ich hatte nur gehört, Tristan habe den Kampf gewonnen, und den Rest habe ich mir dann ausgedacht. Das war nicht richtig von mir.«

Lady Brangienne schaute nicht auf, sagte dann endlich aber: »Immerhin hat Eure Geschichte Euch heute Abend das Leben gerettet.« Eine Träne rollte über ihre Wange, und sie wischte sie wütend mit dem Handrücken weg.

Dinadan wandte sich ab, um ihren Kummer nicht mit ansehen zu müssen. »Das spielt keine Rolle«, sagte er. »Ich werde sie nie wieder erzählen.«

SIR TRISTAN

Die Sonne stand schon hoch am Himmel, als Dinadan aufwachte. Als ihm einfiel, wo er war, schaute er sich nachdenklich in dem fremden Zimmer um. Er befand sich in König Isbaddadons Burg, in dem Raum, den er mit Culloch teilte, mit Culloch, dem an diesem Morgen eine Aufgabe erteilt werden sollte, damit er die Hand der abstoßenden Olwen erringen könnte. Dinadan schaute durch das Zimmer zu Cullochs Bett hinüber, dann fuhr er hoch. Culloch war verschwunden, und seine Rüstung und seine Waffen auch.

Zehn Minuten später war Dinadan angezogen und lief durch die Burg. Da er nicht wusste, wo er nach Culloch suchen sollte, ging er in die Küche. Culloch konnte dort sein, oder sonst wo, und Dinadan würde in der Küche immerhin Frühstück bekommen. Zuerst aber lief ihm Lady Brangienne über den Weg.

Sie kam gerade aus der Küche und hielt ein mit Gebäck gefülltes Tuch in der Hand. Als sie Dinadan sah, hob sie eine Augenbraue. »Noch immer hier?«, fragte sie kurz. »Ich dachte, Ihr wärt mit den anderen losgezogen.«

»Sie sind weg?« Dinadan kniff die Augen zusammen. Er konnte nicht glauben, dass Bediver ihn ohne ein Wort zurückgelassen hatte.

»Natürlich«, antwortete Lady Brangienne. »Sie wollen Cullochs erste Aufgabe erfüllen, falls man die so nennen kann.«

Ihre Stimme triefte vor Verachtung, und Dinadan sah sie fragend an. »Wie meint Ihr das? Was ist das für eine Aufgabe?«

»Wisst Ihr das nicht?«

Dinadan schüttelte den Kopf, und Lady Brangienne warf sich mit einer scharfen Kopfbewegung, die Ungeduld und Verachtung gleichermaßen auszudrücken schien, die Haare aus den Augen. »Der König hat Culloch losgeschickt, um mit zwei Ochsen das nördliche Feld zu pflügen. Der eine Ochse muss gelb sein, der andere gefleckt.«

Dinadan fiel das Kinn herunter. »Ihr macht Witze«, sagte er.

»Ich begreife wirklich nicht, warum Euch das so schockiert.«

»Weil es blödsinnig ist, natürlich. Wozu soll das denn gut …«

»Ich finde es nicht blödsinniger, als mit einem anderen Ritter zu kämpfen, um zu beweisen, dass man Recht hat. Meiner Meinung nach ist das einfach nur typisch. Männer! Ritter! Da vergeht mir doch gleich der Appetit!« Sie schleuderte wieder die Haare aus ihrem Gesicht und stolzierte von dannen.

Dinadan ließ sie in Ruhe und begab sich in die Küche. Während er ein Stück Brot mit Butter aß und einen Krug Bier trank, dachte er über das nach, was

Lady Brangienne ihm gesagt hatte. Jetzt wusste er, warum Bediver ihn nicht geweckt hatte – die Aufgabe war nicht nur töricht und erniedrigend, Culloch würde zu ihrer Durchführung auch nicht lange brauchen. Nachdem er diese Frage geklärt hatte, überlegte er belustigt, wie Sir Keie wohl auf diese »ritterliche Tat« reagieren würde.

Und bald konnte er sich selber ein Bild von Sir Keies Ansichten machen. Culloch kehrte zurück und trieb zwei Ochsen vor sich her, der eine war mit gelber Farbe angestrichen, der andere damit nur betupft worden. Hinter ihnen ritten ein müder Bediver und ein wütender Sir Keie. König Isbaddadon stand gerade auf dem Hof, als der kleine Ochsenzug eintraf. Er brüllte: »Bei Ottos Blut, Junge! Woher hast du die Farbe?«

Dinadan stand in der Nähe, wartete aber nicht, bis Culloch seine Geschichte erzählt hatte. Er ging hinüber zu Bediver und Sir Keie, die noch immer auf ihren Pferden saßen. Bediver begrüßte ihn mit einem resignierten Lächeln. »Hallo, Knabe. Entschuldige, dass wir dich heute Morgen deinem Schicksal überlassen haben.«

Dinadan schaute über seine Schulter zurück und nickte zu den Ochsen hinüber. »Macht doch nichts. Genauso gern hätte ich irgendeinen Narrendienst übernommen.«

Sir Keie schnaubte. »Jeder Auftrag, mit dem Culloch losgeschickt wird, ist ja wohl einer.«

»Vielleicht wird die zweite Aufgabe mehr taugen«, sagte Bediver ruhig. Sir Keie schüttelte den Kopf und starrte düster vor sich hin, und Dinadan wusste, dass Bediver seinen eigenen Worten nicht glaubte.

Und zu Recht. Cullochs zweite Aufgabe, die ihm an diesem Abend auferlegt wurde, bestand darin, einen Zauberbecher namens »Becher von Llwyr« ausfindig zu machen und herbeizuschaffen. Das wurde in der Bankethalle verkündet, da König Isbaddadon befohlen hatte, jede ausgeführte Aufgabe mit einem Fest zu krönen. Zuerst hatte Bediver die neue Aufgabe interessant gefunden.

»Erzählt uns mehr über diesen Becher, Eure Hoheit«, bat er den König. »Davon habe ich noch nie gehört.«

»Es ist eine alte Geschichte der Leute von Waleis, und deshalb solltet Ihr Eure Suche in Wales beginnen lassen.«

Bediver nickte, fragte dann aber: »Und worin besteht nun die Zauberkraft dieses Bechers?« König Isbaddadon runzelte die Stirn, und Bediver präzisierte: »Ich meine, besitzt er Heilkräfte? Kann er Krankheiten heilen? Kann er Unrecht wieder gutmachen?«

König Isbaddadon brüllte vor Lachen. »Klar, das alles kann er.« Er lachte noch einen Moment, dann sagte er mit einem seltsamen Funkeln in den Augen: »Angeblich verwandelt sich jeder Wein, der aus diesem Becher getrunken wird, in die edelste Rebe und in den stärksten Wein der Welt!«

Bediver schloss die Augen und Sir Keie murmelte einen Fluch, Culloch aber strahlte: »Das ist doch wirklich mal eine nützliche Fähigkeit!«

Culloch, Bediver, Sir Keie und Dinadan brachen am nächsten Morgen auf, zusammen mit (worüber sich alle ärgerten, nur Culloch nicht) dem Sänger Wadsworth. Unterwegs summte Wadsworth ein schlichtes, misstönendes Liedchen mit vier betonten Noten vor sich hin: »Dah-de-dah-de-dah-de-dah-de«, wieder und wieder. Sir Keies Gesicht sprach die ganze Zeit von Mordlust, doch als er dann seine Hand auf den Schwertknauf legte, schaltete Dinadan sich doch lieber ein. »Wadsworth, mein Freund«, sagte er. »Da Ihr unseren Helden auf seiner, äh, kühnen Fahrt begleitet, solltet Ihr nun auch ein Lied über seine Abenteuer schreiben.«

Wadsworth musterte Dinadan mit kaltem Blick und schnaubte. »Na, ich bin sicher, ich könnte mich da mit Eurer Lordschaft nicht messen«, sagte er mit ärgerlich gespitztem Mund. Dinadan unterdrückte ein Grinsen. Wadsworth ärgerte sich also immer noch darüber, dass sein Lied auf so wenig Anklang gestoßen war, während Dinadan an Isbaddadons Hof großen Erfolg gehabt hatte.

»Aber natürlich könntet Ihr das«, erwiderte er begütigend.

»Um ganz ehrlich zu sein«, sagte Wadsworth, »sind Heldenlieder nicht meine wahre Stärke. Mir liegen Liebeslieder viel mehr.«

»Ja, dann solltet Ihr für Culloch ein Liebeslied schreiben«, sagte Dinadan sofort. »Schließlich löst er diese vielen Aufgaben doch, um die Liebe der holden Olwen zu gewinnen, oder was, Culloch?«

»Hä?«, fragte Culloch verblüfft. Dinadan wiederholte seine Frage mit harmloser Miene, und Culloch stammelte: »O ja. Sicher, bei Gott, ja, das tu ich, oder nicht?«

Wadsworth musterte Dinadan misstrauisch. »Schreibt Ihr jemals Liebeslieder?«

»Bisher noch nie.«

»Dann fordere ich Euch heraus. Zu einem Duell der Dichter! Jeder von uns wird ein Lied über Cullochs Liebe zu Olwen verfassen, und diese Ritter werden ihr Urteil fällen.«

Dinadan empfand leichtes Mitleid mit dem alten Sänger. Es war bestimmt schrecklich gewesen, von einem so jungen Mann ausgestochen zu werden – der noch dazu nicht einmal ein echter Troubadour war! Er beschloss, ein so entsetzliches Lied zu verfassen, dass Wadsworth einfach gewinnen musste, und stimmte deshalb zu. Plötzlich sagte Sir Keie: »Das ist eine hervorragende Idee, um uns die Zeit zu vertreiben, aber wir wollen doch dafür sorgen, dass keiner dem anderen etwas ablauschen kann. Also, trennen wir uns. Wadsworth, Ihr könnt mit Culloch vorwegreiten – außer Hörweite, nicht vergessen – und Dinadan bleibt bei uns.«

Und nun folgte der angenehmste Teil des Tages. Dinadan griff zur Laute, schlug ab und zu sogar ein paar Noten an und experimentierte vage mit einigen Reimen, unterhielt sich aber vor allem mit Bediver. Jetzt, da Culloch und Wadsworth weit weg waren, taute sogar Sir Keie ein wenig auf und wurde fast umgänglich.

Die ganze Zeit konnten sie sehen, wie eine Viertelmeile von ihnen entfernt Wadsworth eifrig seine Laute schlug. Er schien den Wettbewerb überaus ernst zu nehmen, denn er arbeitete fast vier Stunden lang an diesem Lied, ehe er dann seine Bereitschaft signalisierte, die Frucht seiner Mühen vorzutragen. Daraufhin schlossen die beiden Gruppen sich wieder zusammen.

»Sind Eure Lordschaft bereit?«, fragte der Sänger.

»Wie Ihr wollt, Freund Wadsworth«, sagte Dinadan. »Soll ich anfangen?«

Das war freundlich gemeint, denn Dinadan hielt es für einen Nachteil, beginnen zu müssen, doch Wadsworth kniff misstrauisch die Augen zusammen und verbreitete sich dann ausführlich darüber, warum es besser für Dinadan wäre, an zweiter Stelle zu singen. Dinadan, den diese vielen Erklärungen nur langweilten, stimmte zu.

»Verehrte Lords und Ladys«, begann Wadsworth und nahm einen förmlichen Ton an.

»Ladys?«, knurrte Sir Keie.

»Ich singe für Euch ein Lied über große Liebe, die Liebe des edlen Sir Culloch zu einer fernen Dame, der holden Olwen, nach der seine Seele sich sehnt, bei deren Erinnerung sein Atemhauch die Luft anfeuchtet, und für die seine Augen Ströme von Tränen vergießen.« An dieser Stelle verstummte der Sänger und schien selber mit den Tränen zu kämpfen.

»Guter Anfang, was?«, fragte Culloch begeistert. »Aber es wird noch besser. Ich finde die Stelle toll, wo er sagt …«

»Bitte, Culloch«, fiel Bediver ihm ins Wort. »Lass den Troubadour sein Lied selbst vortragen.«

Wadsworth erklärte: »Das Lied heißt ›Meyn feynes Lyeb verliesz myt myr‹, und das heißt: ›Meine schöne Liebe hat mich verlassen‹.«

»Warum zum Henker sagt Ihr das dann nicht?«, knurrte Sir Keie, wurde aber durch einen Blick von Sir Bediver zum Verstummen gebracht. Ohne weitere Erklärungen legte Wadsworth nun los:

»Meyn feynes Lyeb verliesz myt myr,
o weh, wo mag sie seyn?
Der Kuckuck singt für mich seyn Lied,
jug-jug, pu-wie, to-witta-wein.

Ich reise weit durch Wald und Flur,
nur für die Dame meyn.
Doch wie der Kuckuck ruf auch ich:
jug-jug, pu-wie, to-witta-wein.

Werd ich wohl einst ihr Auge schaun,
daheim, bei der Dame meyn,
dann flüstere ich ihr leise zu:
jug-jug, pu-wie, to-witta-wein!«

Als der Sänger verstummte, folgte ein langes Schweigen. Dinadan vermied es sorgfältig, Bediver oder Sir Keie anzusehen, aber er konnte ihre Gedanken genau erraten: »Dafür hat er den ganzen Nachmittag gebraucht?«

»Versteht ihr, warum es mir so gut gefällt?«, fragte Culloch glücklich. »Am besten gefällt mir die Stelle, wo ich diesen Satz flüstere.«

»Jug jug witta pu pu«, sagte Sir Keie hilfsbereit.

»Jug-jug, pu-wie, to-witta-wein«, korrigierte Wadsworth und bedachte Sir Keie mit einem verächtlichen Blick.

»Ach. Mein Fehler«, sagte Sir Keie mit feierlichem Nicken.

Wadsworth wandte sich nun Dinadan zu und seine Augen leuchteten triumphierend. »Und dürfen wir jetzt hören, was Seine Lordschaft sich für uns ausgedacht haben?«

Dinadan zuckte die Schultern, schwang sein Bein über den Sattel und setzte sich mit seiner Laute zurecht. Er spielte einige Akkorde, dann begann er mit der nervtötenden kleinen Melodie, die Wadsworth vorher an diesem Tag gesummt hatte. Er hob die Stimme und sang mit schrillem Vibrato:

Held Culloch ist oft kühn und munter.
Doch geht dann erst die Sonne unter
und liegt er dann in seinem Bette,
weint er für Olwen um die Wette.

Er sieht ihr Gesicht, die fette Plauze,
die Sommersprossen um die Schnauze,
ein Stöhnen dringt aus seinem Hals,
in seinen Ohren schmilzt das Schmalz.

Er heult, sein Kissen ist verloren,
schont fließt der Strom um Cullochs Ohren,
der gelbe Rotz kommt auch dazu,
voll Flecken ist das Bett im Nu.

Weil Ollie nicht bei ihm sein kann,
ist Culloch ein trauriger Edelmann.

Bediver und Sir Keie sagten kein Wort, beide bebten vor unterdrückter Heiterkeit, doch Culloch runzelte die Stirn. »Ich will ja nicht zu streng sein, Stearnes, aber so toll finde ich dieses Lied nun wirklich nicht.«

Wadsworth hob sein Kinn. »Wenn ich einen Vorschlag machen darf, mein Junge, dann gehört es sich nicht, vertraute Anreden wie ›Ollie‹ in einem Gedicht zu verwenden.«

»Mir fiel einfach kein Reim auf Olwen ein«, erklärte Dinadan unlogischerweise. »Aber bestimmt habt Ihr Recht.«

»Ich könnte Euch auch noch andere Tipps geben«, bot der Sänger an.

Dinadan rang sich ein Lächeln ab. »Das wäre die pure Zeitverschwendung, fürchte ich. So ein Lied wie Eures würde ich niemals zu Stande bringen.« Wadsworth ließ sich zu seinem Sieg gratulieren und Culloch fing an, von einer Essenspause zu reden.

Dinadan drehte sich nach seinem Nachmittagsschläfchen auf die Seite, reckte sich, griff zu seiner Laute und klimperte darauf herum, während er versuchte, die Schwere abzuschütteln, die sich einstellt, wenn man mitten am Tag geschlafen hat. Sein Gewissen versetzte ihm einen Stich, weil er nicht nach dem Becher von Llwyr gesucht hatte, aber es war wirklich nur ein Stich, der bald verflogen war.

Vor drei Tagen hatte Cullochs Reisegefolge sich aufgeteilt. Nachdem sie alle, die ihnen über den Weg liefen, nach dem Becher gefragt und als Antwort nur verwirrte Blicke geerntet hatten, waren sie zu dem Schluss gekommen, dass die Suche wohl mehr Erfolg haben könnte, wenn sie sich getrennt daranmachten. Sie einigten sich darauf, wo sie sich in drei Wochen treffen wollten, und dann trennten sich ihre Wege, was für fast alle eine Erleichterung bedeutete. Dinadan hatte unterwegs zwei- oder dreimal nach dem Becher von Llwyr gefragt und die Sache dann vergessen. Wenn er ehrlich sein sollte, dann langweilte die Suche ihn nur noch.

Als er dann wirklich wach geworden war, belud er seine Pferde und ritt in den Wald hinein. Er suchte ein Wirtshaus, wo er sich sein Abendessen ersingen könnte, fand aber nur einen Ritter, einen so majestätischen Ritter, wie er noch nie einen gesehen hatte, der still – fast wie aus Marmor gehauen – auf einem kleinen Hügel saß, prachtvoll anzusehen in seiner goldenen Rüstung.

»Guten Morgen, mein Freund«, rief Dinadan höflich. Der Helm des Ritters, dessen Visier heruntergelassen war, bewegte sich ein wenig, so dass der Ritter ihn sehen konnte, aber dann nahm er wieder seine frühere

Haltung ein. Dinadan zuckte mit den Schultern und ritt weiter, doch einige Minuten später ließ der Klang von Hufschlag ihn anhalten. Der goldene Ritter folgte ihm. Dinadan wartete, bis der andere ihn erreicht hatte.

»Schöner Tag, nicht wahr?«, fragte Dinadan.

Der Ritter seufzte tief. »Wenn Ihr wollt.«

»Ich habe damit nichts zu tun«, sagte Dinadan. »Ich heiße Dinadan. Und Ihr seid ...«

»Ich bin ein fahrender Ritter, aus meiner Heimat vertrieben, wo die Liebe meines Lebens mir von einem grausamen Tyrannen verwehrt wird.«

Dinadan nickte. »Was für ein Pech«, sagte er mitfühlend.

»Meine Geliebte ist die schönste Dame auf der Welt. Ich werde niemals glücklich sein, wenn ich nicht in ihrer Nähe sein kann, und deshalb habe ich ein Schweigegelübde abgelegt. Nie mehr werde ich sie oder meine Liebe zu ihr oder meinen Gram auch nur erwähnen.«

»Wirklich nicht?«, fragte Dinadan. »Sehr ... sehr edel, zweifellos.«

»Vielleicht, aber das spielt für mich keine Rolle. Doch was nutzt es mir, Worte auszusprechen, die mir nur Leid bescheren können?«

»Wie wahr!«

»Über ihre goldene Haarpracht zu sprechen, über ihre blauen Augen, meine Liebe zu ihr zum Ausdruck zu bringen, die in der ganzen Geschichte des Menschengeschlechts nicht ihresgleichen findet, das alles kann mir nicht helfen, es kann mich nur quälen.«

»Da habt Ihr wirklich Recht«, sagte Dinadan. »Wollen wir also schweigend weiterreiten?«

»Es würde meine Wunden ein weiteres Mal aufreißen, denn jedes Wort, mit dem ich sie erwähne, ist wie eine rot glühende Kohle, die in meine Brust gepresst wird und mich bis tief ins Herze hinein versengt. Ich kann ihren Namen nicht nennen. Nein, ich kann nicht einmal meinen eigenen Namen nennen, denn spräche ich von mir, so spräche ich von ihr, denn schließlich, was ist Tristan, wenn nicht Isoldens Sklave?«

Dinadans Herz wurde kalt und er konnte seinen Begleiter nicht mehr ansehen. Dieser Tropf sollte sein Bruder sein? Nein, das war unmöglich. Denn sein Bruder Tristan hätte ihn doch erkannt – oder zumindest den Namen Dinadan, mit dem Dinadan sich vorgestellt hatte. »Seid Ihr wirklich Sir Tristan?«, fragte er zaghaft.

»Wer hat Euch das verraten?«, fragte der goldene Ritter erbost.

»Ihr selbst. Eben erst.« Der Ritter verstummte und Dinadan fügte hinzu: »Der Sir Tristan, der Sir Morold erschlagen hat?«

»Der Nämliche.«

»Der Sohn von Sir Meliodas von den Marschen?«

Diesmal kam die Antwort nicht sofort. »Woher wisst Ihr das?«, fragte der Ritter.

»Ich … ich bin ein wenig über Eure Familie informiert. Ich kenne Euren Vater und Euren Bruder.«

»Meinen Bruder?«

»Euren jüngeren Bruder.«

Wieder zögerte Tristan, dann hob er plötzlich den Kopf. »Ja, richtig! Ich hatte einen Bruder! Ein fahles, mageres und untaugliches Balg, aus dem bestimmt nichts geworden ist. Jetzt weiß ich es wieder. Woher kennt Ihr meinen Vater?«

Dinadan holte langsam Atem und schaute den leeren Wald an, der vor ihm lag. »Das spielt keine Rolle«, sagte er. »Und Ihr solltet Euch unbedingt an Euer Schweigegelübde halten.«

Tristan stimmte diesem Vorschlag ausgiebigst zu. Er schien zutiefst beeindruckt zu sein von dem dramatischen Effekt seines Gelübdes, durch das er aber durchaus nicht gebunden zu sein schien. Er hätte sich jedoch ruhig daran halten können, denn Dinadan hörte ihm nicht mehr zu.

Er konnte nicht erklären, warum es so schrecklich für ihn war, seinem Bruder wieder zu begegnen und in ihm einen ganz anderen Menschen zu finden, als er erwartet hatte. Nicht dass er Tristan jemals nahe gestanden oder überhaupt etwas mit ihm zu tun gehabt hätte, außer ihn von fern zu bewundern. Doch trotzdem, wenn er an früher zurückdachte und sich an seine kindlichen Träume erinnerte, eines Tages neben seinem strahlenden Bruder dahinzureiten und mit ihm auf Ritterfahrt zu ziehen, dann krampfte sich alles in ihm zusammen. Seine Träume hatten sich in gewisser Weise erfüllt, aber dieser alberne Hohlkopf neben ihm, der die ganze Zeit über sein edles Schweigegelübde plapperte, hatte in diesem Traum keine Rolle gespielt.

»Halt!«, sagte Tristan plötzlich. »Seht Ihr diesen Ritter? Ist er nicht wohl proportioniert?«

Dinadan schaute nach vorn, wo ein Ritter unter einem Baum saß, ein Gänseblümchen in der Hand hielt und überaus nachdenklich den Boden zwischen seinen Füßen anstarrte. »Das weiß ich wirklich nicht, Sir Tristan. Welche Portion meint Ihr denn?«

»Er ist ein edler Ritter. Ich werde ihn begrüßen.«

»Aber was ist, wenn er nicht reden will? Ich meine, vielleicht hat er ein Schweigegelübde abgelegt oder so.«

Tristan war taub für Ironie. »Dann werde ich sein Gelübde natürlich achten. Schließlich habe ich selbst eins abgelegt. Guten Morgen, Freund Ritter! Bist du Freund oder Feind?«

Der Ritter schaute verträumt hoch und zwinkerte beim Anblick von Dinadan und Tristan ein- oder zweimal mit den Augen. Sein Gesicht sah nicht mehr ganz so verträumt aus. »Ich bin der Freund aller Liebenden«, sagte er langsam. »Und der Feind aller, die die Liebe schmähen.«

Tristan schnappte nach Luft. »Nun wohlan, dann teilen wir eine Seele! Denn ich bin so wie du, und als zwei von der Liebe getroffene Männer atmen wir auch nur mit einem Atemhauch. Ich kenne deinen Namen zwar nicht, weiß aber, dass ich dir näher stehe als meinem eigenen Bruder.«

Dinadan verzog spöttisch die Lippen. »Das stimmt«, teilte er mit. »So ist das.«

Der fremde Ritter erhob sich. »Dann komm in meine

Arme«, rief er. »Ich bin Sir Lamorak de Gales, Ritter von König Artus' Tafelrunde und Sklave der schönsten Frau der Welt.«

Tristan war bereits vom Pferd gesprungen und lief nun auf Sir Lamorak zu, bei diesen Worten aber erstarrte er. »Das kann nicht sein. Denn ich, Sir Tristan aus Cornwall, liebe die schönste Frau der Welt, La Belle Isolde!«

Sir Lamorak betrachtete Sir Tristan verärgert. »Ich habe von Euch gehört und wollte Euch schon lange begegnen und Euch meinen Bruder nennen, aber das ist nicht die Begegnung, von der ich geträumt habe.«

»So geht es Euch nicht allein«, sagte Dinadan.

Aber keiner achtete auf ihn und Sir Lamorak fügte hinzu: »Denn obwohl ich Euch liebe, will ich keinem gestatten, meine geliebte Fee zu schmähen. Keine irdische Frau kommt ihr gleich!«

»Das werden wir ja sehen«, sagte Tristan verbissen. Er zog sein Schwert und Sir Lamorak folgte diesem Beispiel sofort. Dinadan musste zu seinem Staunen erkennen, dass die beiden Ritter durch ihren Kampf entscheiden wollten, welche Dame die schönere sei.

»Momentchen«, schaltete er sich ein. »Was ist jetzt mit diesem ganzen Gerede darüber, dass Ihr der Freund aller Liebenden seid und mit derselben Seele atmet, und diesem ganzen Unfug? Ihr wollt doch nicht wirklich kämpfen, oder was?«

»Sir Tristan kann sein Wort zurücknehmen«, sagte Sir Lamorak. »Ansonsten stehe ich unter Eid, meine Dame bis in den Tod zu verteidigen.«

»Selber«, sagte Tristan. »Ich meine, Ihr könnt Euer … Euer Wort ebenfalls zurücknehmen, ich meine, nicht ebenfalls, sondern statt meiner. Denn, denn auch unter Eid stehe ich zu …«

Dinadan hatte nicht das Gefühl, dass Tristan einen Ausweg aus dieser wirren Rede finden würde, und deshalb ließ er sein Pferd wenden und überließ die beiden Ritter ihrem Schicksal. Gleich darauf hörte er Schwerterklirren, aber bald war er außer Hörweite und wieder allein.

Zweieinhalb Wochen darauf traf er am verabredeten Treffpunkt Culloch, Bediver, Sir Keie und Wadsworth an. Zu Dinadans großer Überraschung – und offenbar auch zu der von Bediver und Sir Keie – hatte Culloch den sagenumwobenen Becher von Llwyr bei sich. Es handelte sich um ein schlichtes Holzgefäß mit den grob eingekerbten Buchstaben LLWYR. Als er genauer hinsah, kam Dinadan diese Inschrift so neu vor, dass der Becher wirklich nicht sehr alt sein konnte. Er schaute zu Bediver und Sir Keie hinüber. »War, ähem, war einer von euch bei Culloch, als der diesen Becher an sich gebracht hat?«

Bediver schüttelte langsam den Kopf und seine Augen erwiderten Dinadans fragenden Blick mit tiefer Resignation. Sir Keie, der neben Dinadan stand, sagte schroff: »Ich bin sicher, du wirst es bald erfahren. Und so lange solltest du deine Gedanken für dich behalten, Knabe. Du willst diese Ritterfahrt doch nicht unnötig verlängern, oder was?«

Sir Keie hatte Recht. Auch wenn es nicht der echte Becher wäre, was hätte es für einen Sinn, darauf hinzuweisen? Noch am selben Abend erfuhr Dinadan, was passiert war, aber danach wusste er eigentlich nicht viel mehr, denn laut Wadsworths Bericht hatte Culloch unter anderem drei Riesen besiegt, war über hohe Tannen gesprungen und hatte kuhgroße Felsbrocken geschleudert. Diese fantasievolle Darstellung machte alles nur noch schlimmer, denn Dinadan mochte nicht glauben, dass König Isbaddadon die Geschichte oder auch den Becher für echt halten würde.

Doch da hatter er sich geirrt. Entweder war König Isbaddadon nicht sonderlich aufmerksam oder es war ihm egal, denn als sie mit dem »Becher von Llwyr« zurückkehrten, ließ der König einfach nur ein Bankett vorbereiten. Auf Wadsworths Geschichte antwortete der König mit brüllendem Lachen und schlug Culloch mehrere Male auf den Rücken. Culloch, dessen Gesicht in einer Schüssel Wildschweinbraten versunken war, während die Soße von seinen Wangen tropfte, schien das kaum zu bemerken. Bediver stützte den Kopf in die Hände und sah alt aus. Dinadan wandte sich angeekelt ab und fing Lady Brangiennes Blick auf. Sie starrte ihn an und wirkte überhaupt nicht verlegen, als Dinadan das bemerkte. Sie nicke ihm ernsthaft zu und Dinadan nickte zurück. Er konnte sie zwar nicht leiden, aber hier war Höflichkeit angesagt; später wollte er ihr ein paar Fragen stellen.

Dinadan wusste jedoch nicht, wann er sie unter vier

Augen sprechen könnte. König Isbaddadon sollte Culloch am folgenden Morgen die nächste Aufgabe stellen, und dann würden sie wieder losreiten. Aber das Glück war ihm hold. Um Mitternacht rächte es sich, dass er abends kaum Appetit gehabt hatte, deshalb ging er hinunter in die Küche, wo sie schon auf ihn wartete.

»Na, wird ja mal Zeit, dass Ihr Euch sehen lasst.«

»Waren wir verabredet?«, frage Dinadan überrascht.

»Nicht offiziell, aber wann sollen wir denn sonst miteinander reden?«

»Haben wir eine geheime Abmachung, Herrin? Denn ich möchte Euch klar machen, dass ich nicht die Sorte Mann bin, die …«

»Seid kein Esel«, fauchte Lady Brangienne ungeduldig. »Wo zum Teufel habt Ihr diesen blödsinnigen Napf her? Jeder Trottel sieht doch, dass das eine Fälschung ist. Sollten die Ritter der Tafelrunde nicht ehrlich und zuverlässig oder so was sein?«

»Wir Ritter von der Tafelrunde hatten damit nichts zu tun«, fauchte Dinadan verärgert zurück. »Das war Cullochs Idee, wir hatten uns getrennt auf die Suche nach dem Becher gemacht.«

Lady Brangienne verdaute diese Information, dann sagte sie: »Ja, das kann ich mir vorstellen. Ihr mögt zwar viele Fehler haben, aber ein Narr seid Ihr nicht, und nur ein Narr würde so etwas als uralten Becher ausgeben. Aber trotzdem, ich hatte nicht den Eindruck, dass Ihr gegen diesen Betrug protestiert habt.«

Dinadan schüttelte langsam den Kopf. »Ich glaube,

das macht Bediver mehr zu schaffen, als er sich anmerken lässt. Aber was Sir Keie und mich angeht, da habt Ihr Recht: Uns ist das wirklich egal. Denn sagt mir: Was ist schlimmer, eine blödsinnige Aufgabe durch Betrug zu lösen oder eine blödsinnige Aufgabe auf ehrliche Weise auszudehnen?«

Lady Brangienne überlegte. Endlich zeigte sich in ihren Mundwinkeln ein winziges Lächeln und sie sagte: »Schwer zu entscheiden, findet Ihr nicht? Aber gut, ich glaube, ich verstehe, auch wenn mir das nicht gefällt. Es freut mich aber trotzdem, dass Ihr und Bediver das nicht geplant hattet.«

Sie wollte gehen, doch Dinadan hob die Hand und berührte ihren Ärmel. »Wartet.«

Lady Brangienne schaute eine Sekunde lang Dinadans Hand an. »Ja?«

»Ich muss Euch eine Frage stellen. Habt Ihr nicht gesagt, dass Sir Morold getötet wurde, als er für den König von Irland und dessen Tochter Isolde kämpfte?«

»Stimmt.« Bei der Erinnerung machte sie ein abweisendes Gesicht.

»Und Tristan hat ihn umgebracht, oder?«

»Das habe ich Euch gesagt. Warum wollt Ihr …«

»Warum ist Tristan also in Isolde verliebt?«

Lady Brangienne musterte Dinadan forschend. »Woher wisst Ihr das?«

»Das hat Tristan mir selber erzählt. Ich bin ihm unterwegs begegnet.«

»Er hat es Euch erzählt?« Lady Brangienne verdrehte

die Augen. »Der ist ja so ein Trottel!« Plötzlich runzelte sie die Stirn. »Ihr habt mich doch hoffentlich nicht erwähnt, oder?« Dinadan schüttelte den Kopf und sie atmete auf. »Gut. Tut das auch nicht. Er darf nicht erfahren, wo ich bin.« Und damit machte sie auf dem Absatz kehrt und lief davon, während Dinadan verwirrter denn je zurückblieb.

Auf Ritterfahrt

Cullochs nächste Aufgabe wurde am folgenden Morgen verkündet und unterschied sich nicht sehr von den ersten beiden. Er sollte den magischen Picknickkorb von Guidno holen, der sich auf wundersame Weise von selbst wieder füllte, sowie er geleert worden war, weshalb es keiner Picknickgesellschaft jemals an Nahrung mangeln würde. Cullochs Augen leuchteten bei der bloßen Vorstellung schon auf. Bediver hatte König Isbaddadon angefleht, ihnen eine Aufgabe zu stellen, durch die einem Not leidenden Menschen geholfen werden könnte, aber auf diesem Ohr blieb der König taub. Also brachen die vier Ritter auf, diesmal ohne den Sänger Wadsworth, der sich erkältet hatte. Sir Keie war angeekelt, Bediver hoffnungslos, Culloch glücklich und Dinadan in Gedanken versunken. Er dachte an ganz andere Dinge als ein perfektes Picknick.

Denn Dinadan verfolgte jetzt sein eigenes Ziel. Irgendein Geheimnis umhüllte seinen Bruder Tristan und die irische Prinzessin Isolde, und dieses Geheimnis hing mit Lady Brangienne zusammen, die es auch weiterhin geheim hielt. Er wusste nicht recht, warum er unbedingt die Wahrheit ans Licht bringen wollte, aber er wollte sie eben wissen. Der einzige Ort, an dem er sie seiner Meinung nach in Erfahrung bringen konnte, war Cornwall, wo König Marke auf Burg Tintagel Hof hielt und wo die meisten Geschichten über Tristan stattfanden. Sowie Isbaddadons Burg außer Sichtweite lag, schlug Dinadan deshalb vor, sich wieder zu trennen, und als die anderen zustimmten, ritt er in Richtung Cornwall davon. Schließlich, überlegte er, gab es in Cornwall vermutlich ebenso viele Picknickkörbe wie anderswo auch. Er wollte versuchen, sich auch danach zu erkundigen.

In Cornwall schien zwar Mangel an magischen Picknickkörben zu herrschen, aber es fiel Dinadan nicht schwer Tristan ausfindig zu machen. Fast alle hatten von dem kühnen, liebeskranken Ritter in der goldenen Rüstung gehört, der wegen seines Gelübdes seinen Namen nicht verraten wollte. Bestimmt war noch nie ein Ritter unter so großem Aufsehen inkognito gereist. Und so kam es, dass Dinadan schon nach fünf Tagen eine steinerne Einsiedlerhütte im Wald entdeckte, wo er von einem verzweifelt aussehenden jungen Benediktiner empfangen wurde, und als er den Mönch nach Tristan fragte, nickte der zu seiner Einsiedelei hinüber und sagte: »Der ist dadrinnen. Ihr könnt ihn mitnehmen, wenn Ihr wollt.«

Dinadan grinste. »Alles klar. Hat er auch Euch Schweigen gelobt?«

Der Mönch seufzte. »Er findet einfach kein Ende. Der Himmel helfe den Frauen im ganzen Land, sollte er jemals Keuschheit schwören.«

Dinadan prustete los, der Mönch dagegen runzelte

die Stirn und schüttelte dann ärgerlich den Kopf. »Ach, verflixt, jetzt ist es mir schon wieder passiert. Ich soll hier in der Einsamkeit eigentlich Geduld lernen, und schon rede ich schlecht über einen anderen.«

»Macht Euch da keine Sorgen«, sagte Dinadan und schwang sich vom Pferd. »Ich bin sicher, seit Tristan bei Euch ist, ist Eure Geduld arg strapaziert worden. Wie lange ist er denn überhaupt schon hier?«

»Über eine Woche«, sagte der Mönch. »Fast so lange wie ich.« Dinadan schaute ihn fragend an, und der Mönch erklärte. »Ich bin Bruder Eliot von der Abtei St. Anselm, die hier in der Nähe liegt. Diese kleine Einsiedelei gehört dazu. Wir Mönche werden manchmal hergeschickt, um zu beten und zu fasten und zu meditieren, damit wir … damit wir uns daran erinnern, was unsere Berufung wirklich bedeutet. Diesmal sind mir zwei Wochen aufgebrummt worden.«

Dinadan kicherte. »Habt Euch ein wenig frivol aufgeführt, was?«

»Das nicht«, widersprach Bruder Eliot. »Nur ist der Vater Abt ein sehr … ein überaus ernsthafter Geistlicher, und es gefällt ihm nicht, wenn uns Brüdern unsere Arbeit zu große Freude macht.«

»Und was ist Eure Arbeit?«

»Ich gehöre zu den Kantoren – den Musikern.«

Dinadans Lächeln verbreiterte sich. »Wirklich?«, sagte er und streichelte die Laute, die an seinem Sattel hing. »Dann müssen wir zusammen singen. Aber zuerst würde ich gern mit Eurem Gast sprechen.«

Bruder Eliot strahlte übers ganze Gesicht: »Eben hat er noch geschlafen. Ist das eine Laute?« Dinadan nickte und der Mönch sagte: »Ich habe in meinem Leben erst eine gesehen, aber die hatte einen lieblichen Klang. Den habe ich nie vergessen.« Er schaute Dinadan, der keine weitere Aufforderung brauchte, sehnsüchtig an. Er nahm das Instrument vom Sattel, stimmte es rasch und spielte dann eine wehmütige Melodie, an der er auf seinen einsamen Ritten gearbeitet hatte. Bruder Eliot schloss die Augen und zitterte vor Seligkeit. Als Dinadan sein Stück beendet hatte, standen Tränen in den Augen des Mönchs, und er musste einige Male tief durchatmen, ehe er etwas sagen konnte. »Ich wünschte … ich wünschte …«

»Was wünschtet Ihr?«

Bruder Eliot schlug schuldbewusst die Augen nieder. »Ach, nichts. Ich bin einfach noch ein sehr junger Bruder, und vieles begreife ich nicht, aber ich … ich verstehe einfach nicht, warum wir keine solchen Instrumente haben dürfen. Ich meine, diese Schönheit sollte doch vor allem dazu dienen, Gott zu preisen. Es wäre bestimmt viel besser, ein geistliches Lied mit solcher Musik zu begleiten, als sie für Geschichten über Blutdurst und Wut zu benutzen.«

Dinadan verzog den Mund. »Ihr meint, für Rittergeschichten?«

Bruder Eliot nickte, und Dinadan sagte mit sanfter Stimme: »Aber ich höre gern Rittergeschichten.«

Wieder machte Bruder Eliot ein schuldbewusstes Gesicht. »Ja, sie bereiten schon ein gewisses … Vergnügen. Aber überlegt doch nur, wie viel Gutes getan werden könnte! Stellt Euch vor, die Troubadoure, die über Sir Gawain singen, würden ihre Begabung dem Lob der edlen Verteidiger der Kirche im Heiligen Land zuwenden!«

»Wen meint Ihr?«, fragte Dinadan.

»Die Kreuzritter! Die, die kämpfen und sterben, um die Heilige Stadt Jerusalem im fernen Land den Ungläubigen zu entreißen.«

»Warum?«, fragte Dinadan. Bruder Eliot machte ein verwirrtes Gesicht und Dinadan fügte hinzu. »Ich meine, was wollen sie mit Jerusalem?«

»Das ist … das ist die Heilige Stadt. Durch die Unser Herr geschritten ist. Wir guten Christen müssen sie verteidigen, das ist doch klar.«

»Ach«, sagte Dinadan, denn plötzlich war ihm eine Idee für ein Gedicht gekommen. Bruder Eliot wollte etwas sagen, aber Dinadan winkte ab. »Moment mal, ich glaube, ich habe ein Lied für Euch.« Er zupfte an den Saiten herum, die Worte tanzten durch seinen Kopf, dann richtete er sich auf. »Also los. Ein Lied für die Kreuzritter, ja?«

Bruder Eliot nickte eifrig und Dinadan schlug die Laute an und sang:

Was dachte wohl das Heidenpack
beim Anblick der Korsaren?
Die tapfer für die Länder fochten,
die niemals ihre waren.

War es nicht eine Wahnsinnstat,
dass sie den Krieg erklärten
um Städte, die sie nie gesehen
und die sie nie begehrten?

Bruder Eliot schwieg für einen Moment, dann sagte er mit leiser Stimme: »Vielleicht sind die Kreuzzüge ja doch kein so tolles Thema, mein Freund … es tut mir Leid, ich weiß ja nicht einmal, wie Ihr heißt.«

»Dinadan. Und mir tut es Leid, dass ich mich über Euren Vorschlag lustig gemacht habe. Das war nicht richtig von mir, aber als ich erst einmal angefangen hatte, konnte ich einfach nicht wieder aufhören. Ich fürchte jedenfalls, ich zumindest könnte niemals überzeugend über die Kreuzzüge schreiben.«

»Macht nichts«, sagte Bruder Eliot. »Würdet Ihr heute Nacht hier bleiben und meine Mahlzeit teilen? Es gibt nur dünne Suppe und Wasser, die Mahlzeit eines Büßers eben, aber was ich habe, gehört Euch.« Er lächelte, aber dann verblasste sein Lächeln ein wenig. »Abgesehen natürlich davon, was Sir Tristan verschlingt.«

Dinadan grinste. »Gebt Sir Tristan die Suppe. Ich habe noch von heute Mittag, als ich in einer Schenke am Wegesrand Halt gemacht habe, Proviant in meinen Taschen. Ich habe ein wenig Brathuhn und zwei gute Laibe Brot. Das mag vielleicht keine Büßerkost sein, aber es ist doch ein Mahl, für das Ihr ein Dankgebet sprechen könnt.«

Bruder Eliot zögerte nur kurz. Er nickte zustimmend und Dinadan packte seine Köstlichkeiten aus, es war wirklich mehr als genug, um sie beide satt zu machen. Bruder Eliot starrte das Essen an.

»Ich dürfte das wirklich nicht«, sagte er. »Wenn wir hierher in die Einsiedelei geschickt werden, dann sollen wir auf alle weltlichen Freuden verzichten.« Er seufzte. »Das ist mir immer am schwersten gefallen. Nicht Gehorsam, nicht Armut, nicht Keuschheit – aber ich liebe gutes Essen und Musik und ich habe wirklich nie so ganz begreifen können, was daran sündhaft sein soll. Aber ich muss wohl dem Vater Abt glauben.« Er seufzte noch einmal, dann verdrängte er den Vater Abt offenbar aus seinen Gedanken und machte sich über das Brathuhn her.

Nach dem Essen ließ Bruder Eliot sich zurücksinken und kaute auf einem Grashalm herum. »Seid Ihr ein Troubadour?«, fragte er plötzlich.

»Manchmal«, erwiderte Dinadan.

»Singt Ihr eher kurze Lieder oder verfasst Ihr Ritterepen?«

»Vor allem Epen«, sagte Dinadan.

Bruder Eliot dachte kurz nach, dann schaute er Dinadan von der Seite her an. »Wisst Ihr, ich hatte einmal eine Idee für ein Ritterepos.«

Er sagte das mit dermaßen schuldbewusster Stimme, dass Dinadan sein Lachen nur mit Mühe unterdrücken konnte. »Und Ihr wollt ein Mönch sein!«, sagte er mit gespieltem Entsetzen.

»Ach, es wäre natürlich eine fromme Geschichte«, versicherte Bruder Eliot und fügte eilig hinzu: »Und sie handelt auch nicht von den Kreuzzügen, also schaut mich nicht so an. Es geht um einen Ritter, der große Schlachten ausficht, aber in Wirklichkeit handelt es vom Glauben.«

Dinadan spürte, dass er diese Frage bereuen würde, fragte aber trotzdem: »Wie kann das möglich sein?«

»Es wäre eine Allegorie«, erklärte Bruder Eliot aufgeregt. »Jede Einzelheit in der Geschichte hätte eine andere Bedeutung. Der Held wäre ein wahrer Christ, ich würde ihn den Ritter des Kreuzes nennen – oder nein, den gibt es schon, nicht wahr? Also den Rotkreuzritter. Ja, das klingt gut. Und der Rotkreuzritter würde gegen alle Arten von Sünden und Versuchungen kämpfen.«

»Er würde also gegen einen Drachen namens Völlerei antreten, meint Ihr das so?«, fragte Dinadan.

»Na ja, ja, so ungefähr, aber ich glaube, der Name sollte nicht so offensichtlich sein. Wir müssten ihm einen anderen Namen geben.«

»Wir könnten ihn Culloch nennen«, sagte Dinadan nachdenklich.

»Nein, nein. Ich will Euch das erklären. Der Zuhörer müsste alles erraten können, aber nicht allzu leicht. Wie wäre es mit Grandmangeur – das ist Französisch und bedeutet ›großer Esser‹. Versteht Ihr?«

»Nein«, sagte Dinadan ganz offen. »Wenn die Leute die verborgene Bedeutung verstehen sollen, warum verbergt Ihr sie denn überhaupt?«

»Das ist schwer zu erklären, aber so wird es nun einmal gemacht«, erklärte Bruder Eliot geduldig. »Mein Rotkreuzritter würde versuchen, eine wunderschöne Frau zu befreien, und die symbolisiert den wahren Glauben. Ich würde sie Singulette nennen. Das bedeutet die Einzige, wisst Ihr.«

Dinadan verzog das Gesicht. »Igitt. Ich finde, das klingt wie ein Stück Unterwäsche. Könnt Ihr sie nicht einfach Wahrer Glaube nennen?«

Bruder Eliot schüttelte ungeduldig den Kopf. »Ihr müsstet wirklich einige der Schriften der Kirchenväter lesen. Ihr habt ja keine Ahnung von Allegorien. Ihr könnt sie nicht so nennen wie das, was sie symbolisieren soll. Ihr gebt ihr einen Namen, der Euren Leser an das Wort erinnert, das sie darstellen soll. Ich könnte sie Una nennen.«

Dinadan wollte etwas sagen, dann klappte er den Mund zu und runzelte verwirrt die Stirn.

»Schaut mal, es ist ganz einfach«, sagte Bruder Eliot. »Angenommen, ich brauche einen Ritter, der Narretei symbolisieren soll. Den kann ich dann nicht Narr nennen.«

»Nein, das ist klar. Da wäre er ganz schön sauer.«

»Nein, nein, ich meine, es wäre zu offensichtlich. Wir brauchen einen Namen, der die Hörer an einen Narren erinnert.«

»Wie wäre es mit Tristan?«

»Pst. Wir könnten dieses Wort natürlich verschlüsseln, vielleicht sollten wir es umgekehrt schreiben.«

»Rran? Sir Rran? Die Ballade von Sir Rran?«

Bruder Eliot unterdrückte ein Grinsen, schüttelte aber den Kopf. »Nein, das klingt nicht richtig. Wir könnten auch ein Wort aus einer anderen Sprache benutzen, das Narretei bedeutet. Wisst Ihr, was Narr auf Französisch heißt?«

»Nein.«

Bruder Eliot seufzte. »Ich auch nicht. Na ja, wir haben ja immer noch Latein – und das gibt *stultus*.« Er lächelte auf alberne Weise. »Jedenfalls nennt unser Lateinlehrer mich immer so. Er könnte also Sir Stultus heißen.« Er runzelte die Stirn und versank in Träumereien. »Oder, wenn das zu offensichtlich wäre, dann könnten wir das Wort schütteln – Sir Stutlus. Oder wie wäre es mit Griechisch?«

Dinadan fiel ihm lachend ins Wort. »Ich glaube wirklich nicht, dass es mir liegt, Dinge zu sagen und sie dabei als etwas anderes auszugeben. Ich will einfach nur Geschichten erzählen. Ihr müsst Euch einen anderen suchen, der Euch Eure Allegorie schreibt, und richtet ihm dann schöne Grüße von mir aus. Glaubt Ihr, dass Sir Tristan jetzt wach ist?«

»Ihr könnt ja mal nachsehen.«

Dinadan betrat die schlichte Steinhütte, wartete, bis seine Augen sich an die Dunkelheit gewöhnt hatten, dann entdeckte er auf einem der Betten eine Gestalt. »Sir Tristan?«

Tristan drehte sich um und sah Dinadan an. Er schien ihn nicht zu erkennen. »Woher kennt Ihr meinen Namen? Denn ich nenne ihn keinem lebenden Wesen!«

»Ich bin Euch vor einigen Wochen nicht weit von hier begegnet. Ich heiße Dinadan.«

»Ich kenne niemanden, der so heißt.«

»Ja, das weiß ich noch. Na ja, wir waren auch nur für kurze Zeit zusammen, und dann musstet Ihr gegen einen Ritter namens Lickamat oder so antreten.«

Tristan setzte sich wütend auf. »Sir Lamorak! Dieser Schurke! Ich hätte ihn töten sollen!«

»Habt Ihr das nicht getan?«

»Nein, seine Dame tauchte auf und befahl ihm, sein Schwert sinken zu lassen. Und dann legte sie eine Art Zauber über mich, und als ich wieder zu mir kam, war ich allein.«

»Ihr findet sicher noch eine Gelegenheit. Hört mal, Sir Tristan, ich würde Euch gern ein paar Fragen stellen. Zum Beispiel, wie es möglich war, dass Ihr Euch in Lady Isolde verliebt habt.«

Tristan hob sein Kinn und machte ein verzweifeltes Gesicht. »Darüber darf ich nicht sprechen. Ich habe ein Gelübde abgelegt …«

»Ja, ja, das weiß ich doch alles. Aber die ganze Sache kommt mir eben so komisch vor. Schließlich habt Ihr Sir Morold getötet, den Freund und Kämpfer ihres Vaters. Wieso hält sie Euch dann nicht für einen Wurm, wieso spuckt sie nicht den Boden an, auf den Ihr Euren Fuß setzt?«

»Niemals könnte Isolde so tief sinken. Wer vermag

zu ermessen, in welchen Busen einer hilflosen Seele Eros seinen gefiederten Pfeil sendet? Mehr kann ich Euch auch nicht sagen.«

Dinadan wollte das nicht glauben, aber ihm war klar, dass Sir Tristan sich nur noch störrischer aufführen würde, wenn er ihn bedrängte, deshalb änderte er seine Taktik. »Ich kann das ja gut verstehen, und ich kann Euch nicht sagen, wie sehr ich Euer Gelübde bewundere. Deshalb bin ich hier. Ich dachte, vielleicht braucht Ihr einen Reisegefährten, der für Euch spricht, wenn es nötig wird. Auf diese Weise geratet Ihr nie in Versuchung, Euer Gelübde zu brechen. Es würde mich glücklich machen, mit Euch reiten zu dürfen.«

Tristan zögerte, doch nachdem er sein Gelübde so energisch verkündet hatte, konnte er ja wohl nicht gut ablehnen und nahm das Angebot also an. Während der nächsten Stunde schlenderte Tristan umher und redete auf Bruder Eliot ein, während Dinadan die Habseligkeiten seines Bruders zusammenpackte und dessen Pferd belud. Endlich waren sie bereit zum Aufbruch und Tristan hielt für den Mönch eine lange Abschiedsrede, die Bruder Eliot gefasst über sich ergehen ließ. Dann hob Tristan den Kopf und wandte sich Dinadan zu. »Nun wohlan, auf geht es. Ich werde meinen stummen Pfad des Kummers wieder aufnehmen.«

»Aber selbstverständlich werdet Ihr das«, sagte Dinadan feierlich. Bruder Eliot stieß ein würgendes Geräusch aus.

»Aber Ihr dürft niemandem meinen Namen verraten«, fügte Tristan hinzu.

»Wenn jemand fragt, dann sage ich, dass Ihr Sir Stultus heißt«, sagte Dinadan. Wieder würgte Bruder Eliot herum und wandte sein Gesicht ab, aber er konnte doch eine Hand heben und Dinadans Abschiedsgruß erwidern.

Dinadan wartete fast eine ganze Stunde, ehe er den nächsten Versuch machte Tristan weitere Informationen zu entlocken. Das war schwerer, als er erwartet hatte. Es war durchaus kein Problem, Tristan zum Reden zu bringen; aber jede Frage, die sich auf Isolde bezog, erinnerte ihn an sein Gelübde und sorgte dafür, dass er für einige Minuten den Mund hielt. In einer dieser Erholungspausen griff Dinadan zur Laute und fing an zu spielen.

»Das ist eine Laute«, verkündete Tristan. Dinadan gab keine Antwort, er hatte dieser Mitteilung nun wirklich nichts hinzuzufügen. Tristan aber redete weiter. »Ich habe auch ein wenig Laute gespielt, als ich noch klein war, jetzt aber spiele ich die Leier.«

Dinadans Interesse war geweckt und er hörte auf zu spielen. »Wirklich?«

»O ja, ich finde sie sehr nützlich, um Damen den Hof zu machen. Ihr sagt ihnen einfach, Ihr hättet ein Lied für sie geschrieben, und schon werden sie schwach.«

»Wirklich?«, fragte Dinadan noch einmal, diesmal misstrauisch. »Erzählt mal, wie das funktioniert.«

»Das ist wirklich ganz einfach. So habe ich auch Isolde umworben.«

»Ich verstehe«, sagte Dinadan vorsichtig. »Und es hat geklappt.«

»Bis sie geheiratet hat«, sagte Tristan traurig.

»Geheiratet?«

»Ja, und König Marke bewacht seine Frau wie ein Habicht.«

»Was?«, rief Dinadan verdutzt. »Isolde ist mit König Marke verheiratet?«

»Wusstet Ihr das nicht?«

»Aber wie kann das möglich sein? Ist König Marke nicht der schlimmste Feind ihres Vaters? Seid Ihr sicher?«

Aber er war zu weit gegangen. Tristan hob in edler Geste sein Kinn. »Meine Lippen sind versiegelt«, sagte er großartig.

Und sie blieben versiegelt, jedenfalls was Isolde und König Marke anging. Nach zwei weiteren frustrierenden Stunden erreichten sie ein kleines Wirtshaus, das an einer Wegkreuzung im Wald lag. Dinadan freute sich über diesen Anblick, denn normalerweise kam er mit Gastwirten gut aus, doch dieser hier wirkte gar nicht begeistert. Als die Ritter in Sichtweite kamen, stürzte der Wirt aus dem Haus und schwenkte wütend die Arme. »O nein, o nein! Nicht noch zwei. Reitet weiter, ich bitte Euch! Wir haben hier die Ritter satt, und die Geschichten stimmen sowieso nicht. Reitet weiter!«

Dinadan starrte den Mann verdutzt an, Tristan dagegen antwortete mit scharfer Stimme: »Ich lasse mich durch keinen Mann von meinem Weg abbringen, und von einem Schurken wie dir schon gar nicht!«

Der Wirt ließ traurig den Kopf hängen. »Aber ich sage doch, das ist alles gelogen. Ich habe niemals so eine Regel aufgestellt und ich werde es auch niemals tun. Wozu sollte die denn überhaupt gut sein?«

»Worüber redet Ihr hier, mein Freund?«, fragte Dinadan begütigend. »Was ist das für eine Regel? Wir wollen Euch doch keinen Schaden zufügen.«

»Die Regel, dass man einen Tjost ausfechten muss, ehe … soll das heißen, Ihr wisst nicht …«

»Ist das wirklich das Gasthaus der Herausforderung?«, fragte Tristan aufgeregt. »Davon habe ich gehört, aber ich wusste nicht, dass es hier steht.«

»Nein, das sage ich doch. Das ist alles gelogen. Das hier ist das Wirtshaus zum Grünen Drachen. Und dieses ganze Gerede über …«

»Dann ist das hier das Gasthaus, in dem kein Ritter einkehren darf, wenn er nicht zuerst einen Tjost ausgefochten hat. Eine edle Herberge!«

Dinadan sah den Wirt mitfühlend an. »Wird das über Euer Gasthaus erzählt?« Der Wirt nickte mit düsterer Miene. »Klingt nicht gerade gut fürs Geschäft. Sollten wir nicht einfach weiterreiten?«

Die Augen des Wirts leuchteten auf, doch Tristan wollte davon nichts hören. »Pfui, welche Schande! Holt Euren Ritter, und wir werden ihn durch die Macht der Waffen bezwingen!«

»Die Macht der Laffen, meinst du wohl«, murmelte

Dinadan. »Hört mal, äh, Sir Stultus, vielleicht hat der gute Mann ja gerade keinen Ritter zur Hand. Und wir können doch nicht warten, bis zufällig einer vorüberkommt.«

Der Wirt sah müder denn je aus. »Warum nicht? Das tun die anderen ja auch.« Und wie aufs Stichwort kamen zwei Ritter aus dem Wirtshaus hervor und erblickten Dinadan und Tristan. Der Größere der beiden, der als Einziger Rüstung trug, stieß einen triumphierenden Schrei aus und rannte zu seinem Pferd.

»Los, mein Freund«, brüllte Tristan. »Jetzt wollen wir diese beiden Ritter bezwingen!«

»Nein, danke«, sagte Dinadan. Er drehte sich zu dem Wirt um. »Tut mir wirklich Leid. Ich hatte ja keine Ahnung.«

»Nicht Eure Schuld«, erwiderte der Mann. »Ich hole einen Spaten, dann begraben wir nachher den Besiegten bei den anderen.«

Dinadan führte sein Pferd zum Wirtshaus, wo der zweite Ritter noch immer untätig stand. Es war ein großer, eckiger Mann mit sandfarbenen Haaren und einem ernsten Gesicht, doch er lächelte Dinadan freundlich an. »Wollt Ihr Euch Eurem Begleiter bei diesem Kampf nicht anschließen?«, fragte der fremde Ritter.

»Das wollte ich Euch auch gerade fragen«, sagte Dinadan. »Aber da Ihr mir schon zuvorgekommen seid: nein.«

Sie traten zusammen neben die Wirtshaustür und sahen zu, wie Tristan und der hochgewachsene Ritter sich auf den Kampf vorbereiteten. »Dieser Ritter in der hübschen goldenen Rüstung, seid Ihr mit ihm befreundet?«, fragte der fremde Ritter dann.

»Eigentlich nicht. Wir sind nur zusammen unterwegs.«

»Ach, so geht's mir auch mit Sir Lamorak.«

Dinadan riss den Kopf hoch. »Sir Lamorak! Um Himmels willen, verratet das meinem Begleiter nicht. Er hat versprochen Lamorak zu töten.«

»Warum denn? Wie heißt Euer Begleiter?«

»Sir ... Sir Stultus.«

Das Gesicht des Fremden entspannte sich. »Ach. Ein Lateiner, wie ich höre.«

»Ihr sprecht Latein?«

»Ich weiß immerhin, was *stultus* bedeutet.«

Dinadan unterdrückte ein Lächeln. »Na, das ist eher eine Beschreibung als ein Name. Seinen wahren Namen will er nicht verraten.«

»Ach, dann ist er bestimmt Tristan. Ich habe gehört, dass er hier in der Nähe sein soll.« Der Ritter grinste Dinadan an. »Ich bin Gaheris, aus König Artus' Tafelrunde.«

Dinadan erwiderte das Lächeln. »Ich heiße Dinadan und gehöre ebenfalls König Artus' Tafelrunde an, obwohl ich erst ein Mal am Hof war. Und Ihr wart da sicher gerade unterwegs.«

Gaheris lächelte strahlend. »Ja, aber ich habe von Euch gehört. Ihr seid mit Keie und Bediver und diesem jungen Kerl losgeritten, der Ritter werden will, nicht wahr?« Dinadan nickte. »Wie geht das denn so?«, fragte Gaheris. Dinadan verdrehte die Augen und erzählte von König Isbaddadons Aufgaben. Gaheris schüttelte traurig den Kopf. »Ich kann mir vorstellen, dass Keie demnächst jemanden umbringen wird«, erklärte er. »Aber was treibt Euer Ritter – wie heißt er noch gleich, Culloch? – denn jetzt?«

»Er sucht irgendeinen magischen Picknickkorb.«

»Den magischen Picknickkorb von Guidno?«, fragte Gaheris.

»Ihr habt davon gehört?«, fragte Dinadan überrascht.

»Ja. Guidnos Laden liegt gleich hinter den Hügeln in der nächsten Stadt. Er ist Rohrflechter – macht Stühle, Körbe und solche Dinge. Der arme Mann dachte, es könnte seinem Geschäft gut tun, die Geschichte auszustreuen, dass seine Körbe so groß sind, dass sie einfach nie leer werden, und diese Geschichte hat sich dann verselbständigt. Inzwischen wird so ungefähr einmal pro Woche bei ihm eingebrochen, weil so viele sich nach einem ewigen Picknick sehnen.«

»Das ist also alles gelogen?«

»Es ist übertrieben. Aber auf jeden Fall sucht die Geschichte den Erzähler jetzt heim.«

Dinadan holte tief Luft, seine Gedanken wirbelten wild durcheinander. »Also … also er hätte nichts dagegen, wenn alle Welt hörte, dass der kühne Culloch den magischen Korb an sich gebracht und ihn König Isbad gebracht hat? Ich meine, dann hätte er doch wieder seine Ruhe, oder?«

Gaheris' Augen leuchteten vor unterdrückter Heiterkeit. »Ihr seid wirklich nicht auf den Kopf gefallen, Dinadan. Ich werde Euch helfen. Also, sprechen wir doch mit Guidno.«

Dinadan schaute zu Tristan und Lamorak hinüber, die sich gegenseitig aus dem Sattel gehoben hatten und jetzt wütend mit ihren breiten Schwertern aufeinander einschlugen. »Was ist mit denen? Passt mir gar nicht, dass die sich hier inzwischen umbringen.«

»Wir könnten sie mit kaltem Wasser übergießen.«

»Dann würden sie nur verrosten. Aber ich mache einen anderen Versuch.« Dinadan wanderte zu den Kämpfenden hinüber. »Ihr edlen Ritter! Ihr fügt Euch selber großen Schaden zu! Denn wie wollt Ihr das Turnier der Frauen gewinnen, wenn Ihr Euch hier gegenseitig erschlagt?«

Die beiden Ritter ließen keuchend ihre Schwerter sinken. »Was ist das für ein Turnier?«, fragte Tristan.

»Habt Ihr nicht davon gehört? Das Turnier der Frauen beginnt übermorgen um diese Stunde in ... in York. Wenn Ihr dort den Preis erringen wollt, müsst Ihr sofort aufbrechen.«

Das half. Die Ritter trennten sich, schworen, einander im Turnier wieder gegenüberzutreten und sich dann gegenseitig auf jeden Fall eine Lehre zu erteilen, und innerhalb von zehn Minuten waren sie davongeritten, wenn auch nicht zusammen. Gaheris schaute hinter ihnen her, dann wandte er sich Dinadan zu. »Es ist mir wirklich eine große Freude, Euch kennen zu lernen, Sir Dinadan. Ihr seid ein Ritter nach meinem Herzen.«

Dinadan freute sich über dieses Lob, doch dann verdüsterte sein Gesicht sich. »Ein Ritter, der das Kämpfen hasst und Lügen verbreitet? Seid Ihr sicher?«

Gaheris blickte ihn mit ernster Miene an. »Wärt Ihr denn lieber so wie die beiden? Zwei mächtige Krieger, die um die Wette zu einem fiktiven Turnier jagen, um einen Preis zu gewinnen, der nur in ihrer Einbildung besteht?« Er zuckte mit den Schultern. »Also, auf zu Guidno.«

Nachdem er sich voller Bedauern von Gaheris verabschiedet und sich zu seinem noch größeren Bedauern Culloch und den anderen wieder angeschlossen hatte, ritt Dinadan zurück zu König Isbaddadons Burg, um den Korb zu überreichen, den Guidno ihm bereitwillig überlassen hatte. Zum Dank erzählte Dinadan während dieser Woche bei jeder Gelegenheit eine neue fantastische Geschichte, in der Culloch um diesen Korb mit einem schrecklichen Ungeheuer kämpfen musste.

Diese Geschichte erreichte König Isbaddadons Burg noch vor Culloch und seinen Gefährten, das erfuhren sie nach ihrer Ankunft. Der König empfing sie mit offenen Armen und kündigte sofort für denselben Abend noch ein großes Fest an. Für den Korb hatte er kaum einen Blick übrig, und das war eigentlich nur gut so, denn es wäre sicher schwer gewesen, einen noch uninteressanteren Korb aufzutreiben. Dennoch umarmte er Culloch wie einen lange vermissten Sohn. Er hatte ganz vergessen, dass er diesen Bewerber um die Hand seiner Tochter zuerst verabscheut hatte.

Das Fest verlief wie alle seine Vorgänger, und nicht einmal Culloch schaffte es, alle Schüsseln und Kannen zu leeren, Dinadan dagegen aß nur wenig. Er musste um Mitternacht wach sein, um einen Abstecher in die Küche zu unternehmen. Zweimal auf diesem Fest konnte Dinadan einen Blick von Lady Brangienne einfangen, die an ihrem üblichen Platz hinter Prinzessin Olwen stand. Sie tauschten keine Signale aus, aber Dinadan war sich sicher, dass er sie später treffen würde.

Er wurde nicht enttäuscht. Kurz nach Mitternacht, als Dinadan gerade einen hervorragenden Pflaumenpudding verzehrte, tauchte sie auf. »Ich hoffe, Ihr habt noch etwas für mich übrig gelassen«, sagte sie mit einem Blick auf die leere Schüssel.

»In der Speisekammer gibt es noch Wildschweinbraten«, sagte Dinadan. »Was ist denn hier so passiert?«

Brangienne verzog das Gesicht, als sie ihren Teller füllte. »Könnt Ihr Euch das nicht denken? Olwen wird jeden Tag unausstehlicher. Und sie redet nur noch über ihren kühnen Geliebten.«

»Culloch?«, fragte Dinadan. Brangienne nickte und Dinadan verdrehte die Augen. »Das ist wirklich unerträglich. Sie glaubt doch wohl nicht im Ernst, dass er das alles aus Liebe zu ihr macht, oder?«

»Vielleicht doch, dumm genug ist sie. Aber selbst wenn sie weiß, dass er mit ihrem Vater ein blödsinniges

Spiel spielt, dann kann sie es ja wohl kaum sagen. Überlegt doch bloß mal, wie sie dann dastände.« Brangienne verdrehte die Augen und schleuderte sich die Haare aus dem Gesicht. »Liebe!«, sagte sie verächtlich.

Dinadan machte sich diese Gelegenheit zu Nutze. »Völlig unbegreiflich, nicht? Zum Beispiel, wieso konnte Isolde sich in Tristan verlieben, wo der doch den besten Freund ihres Vaters erschlagen hatte? Und warum hat sie überhaupt König Marke geheiratet, schließlich hatte der Tristan mit dem Mord beauftragt!«

Brangienne schaute ihn argwöhnisch an und kaute schweigend weiter. Endlich sagte sie: »Ihr wart offenbar fleißig, was?«

»Nur meine Ohren«, erwiderte Dinadan gelassen. »Meine Zunge hat sich ruhig verhalten. Ich habe niemandem gesagt, wo Ihr seid.«

Brangienne schwieg eine weitere Minute lang. Dann schaute sie Dinadan mit ernster Miene in die Augen. »Wenn diese Geschichte herauskommt, dann steht mein Leben auf dem Spiel. Ich dürfte eigentlich mit niemandem darüber reden.« Sie kniff die Augen zusammen. »Wieso wollt Ihr das überhaupt wissen?«

Dinadan zuckte mit den Schultern. »Keine Ahnung«, sagte er wahrheitsgemäß. »Vielleicht könnte ich mich nützlich machen.«

Brangienne runzelte die Stirn, dann holte sie tief Luft. »Unwahrscheinlich. Aber egal, ich glaube fast, dass Ihr den Mund halten werdet, und es wäre schon eine Erleichterung, einmal darüber sprechen zu können.

Setzt Euch also bequem hin.« Dann begann sie ihren Bericht. »Ich habe Euch ja erzählt, wie König Marke König Aguissance herausgefordert hat, und wie ihre beiden Ritter, Tristan und Morold, zum Zweikampf antraten, und wie Tristan Morold dann ermordet hat.« Dinadan nickte und Brangienne sagt: »Und bei diesem Turnier ist dann noch etwas passiert: König Marke sah Isolde. Ich habe Euch ja gesagt, wie wunderschön sie ist. Marke muss sofort entschlossen gewesen sein, sie zu seiner Frau zu machen.«

»Nachdem er sich mit ihrem Vater überworfen und dessen Freund ermordet hatte? Ganz schön unverschämt.«

»Sollte man meinen. Aber ungefähr sechs Monate darauf erschien vor unserem Tor ein fremder Troubadour, ein schöner Mann mit breiten Schultern.«

»Ein Troubadour, ja?«, fragte Dinadan voller Interesse. »War er gut?«

Brangienne deutete ein Lächeln an. »Nicht so gut wie Ihr, falls Ihr das meinen solltet. Konnte nur Leier spielen, und das kann doch sehr eintönig sein. Und er stellte sich als Tantris vor.«

Dinadan schloss die Augen und nickte verständnisvoll. »Tantris«, wiederholte er. »Etwas Besseres fiel ihm wohl nicht ein. Habt Ihr Tristan nicht erkannt?«

»Wir hatten ihn doch nur in voller Rüstung gesehen. Er gab sich als Sendbote eines mächtigen Königs aus einem fernen Land aus, der von Isoldes Schönheit gehört hatte und sie zu heiraten wünschte.«

»König Marke natürlich«, sagte Dinadan. »Aber den Namen dieses Königs wollte er nicht verraten, stelle ich mir vor.«

»Er sagte, der König habe irgendein Gelübde abgelegt.« Dinadan seufzte und nickte noch einmal. Brangienne erzählte weiter. »König Aguissance lehnte zuerst ab, aber Tantris war mit einem riesigen Gefolge erschienen und verteilte so viel Gold, dass Isolde von ihrem geheimnisvollen Bewerber einfach fasziniert war. Und deshalb überredete sie ihren Vater, doch noch seine Einwilligung zu geben.« Brangienne holte tief Luft. »Und als ihre oberste Hofdame musste ich sie begleiten. Ehe der König uns lossegeln ließ, nahm er mich jedoch beiseite und gab mir etwas.«

Brangienne verstummte und starrte traurig in den kalten Kamin. Dinadan wartete, solange er das ertragen konnte, dann fragte er: »Und was war das?«

»Ein Liebestrank, den er einer Zauberin abgekauft hatte. Versteht Ihr, Aguissance fürchtete, Isolde könnte von diesem geheimnisvollen König enttäuscht werden, und er wollte doch ihr Glück. Deshalb hatte er diesen Trank gekauft. Ich sollte ihn ihr in ihrer Hochzeitsnacht ins Glas gießen. Denn dann würde sie sich auf alle Zeit in den ersten Menschen verlieben, auf den ihr Blick nach dem Trinken fiel.«

»Ziemlich unheimlich«, fand Dinadan. »Hat es gewirkt?«

Brangienne schüttelte den Kopf. »Nicht wie geplant. Während der Überfahrt nach Cornwall ließ ich die Flasche eines Tages in meiner Kajüte liegen. Als ich zurückkam, saßen dort Isolde und Tristan, sie tranken aus der Flasche und schauten einander tief in die Augen.«

»Ich verstehe«, sagte Dinadan. »Aber … aber was wollten sie in Eurer Kajüte und wieso haben sie Eure Sachen durchwühlt?«

»Spielt das eine Rolle?«, fragte Brangienne. »Das Malheur war geschehen und ich nehme an, es wird ihr Leben lang so weitergehen. Und ich bin daran schuld.«

Dinadan runzelte die Stirn. Er fand ja nicht, dass Brangienne irgendeine Schuld auf sich geladen hatte, aber er wollte ihr nicht widersprechen. »Da war bestimmt ganz schön was los, als Ihr in Tintagel angekommen seid«, meinte er. »Isolde stellte fest, dass es sich bei ihrem geheimnisvollen Verlobten um König Marke handelte, und König Marke musste mit ansehen, dass seine angehende Königin in Tristan verliebt war.«

Brangienne schauderte zusammen. »An diesen Tag will ich gar nicht erst denken. Aber eins müsst Ihr wissen: Von dem Zaubertrank hat Marke niemals erfahren. Davon wissen nur Isolde und Tristan.«

»Und Ihr … oh!« Plötzlich hatte er begriffen. »Deshalb seid Ihr geflohen. Ihr bedeutet für sie eine Bedrohung.«

Brangienne schaute Dinadan nachdenklich an. »Ich muss zugeben, dass Ihr mehr Verstand habt als der Durchschnittsmann. Ihr habt Recht. Eines Nachts, gleich nach der Hochzeit, habe ich sie bei einem Gespräch belauscht, und ich habe genau gehört, dass Isolde

Tristan gesagt hat, ich sei gefährlich. Ich habe ihren Hof sofort verlassen. Aber dann haben sie mich ja doch gefunden.«

»Die Männer im Wald«, sagte Dinadan. »Und Ihr meint, dass sie Euch noch immer suchen? Weil sie ihr Geheimnis bewahren wollen?«

»Ihr kennt König Marke nicht. Das ist ein Verrückter. Wenn er es erfährt, wird er Isolde umbringen. Und solange ich lebe, bedeute ich deshalb für sie eine Gefahr.«

»Was für eine Geschichte«, sagte Dinadan nachdenklich.

»Eine Geschichte, die Ihr niemals weitererzählen werdet«, sagte Brangienne wütend.

»Ich habe nicht gesagt, dass es eine gute Geschichte ist«, sagte Dinadan. »Eine gute Tragödie sollte von tiefen Gefühlen und edlen Taten handeln, die in ihr Gegenteil umschlagen, nicht von zwei Trotteln, die aus der falschen Flasche trinken. Nein, ich werde nicht in Versuchung geraten, diese Geschichte zu erzählen.« Er schaute Brangienne an. »Aber Ihr könnt Euch darauf verlassen, dass ich Euch helfen werde, wann immer ich kann.«

Brangienne nickte, dann drehte sie sich um und ging wortlos davon. Dinadan hatte nicht das Gefühl, dass sie ihm wirklich glaubte.

Der Schatten der Wälder

»Na los jetzt, Culloch, Knabe! Hier kommt deine nächste Aufgabe!«, brüllte König Isbaddadon. Er stand vor den versammelten Rittern auf seinem Burghof, es war kurz nach Sonnenaufgang, und in seinem Gesicht hatte sich eine Mischung aus Triumph und Unbehagen breit gemacht. Das Unbehagen war sicher einem Kater zuzuschreiben, überlegte Dinadan; jeder, der am Vorabend so lange gezecht hatte wie der König, musste sich um diese frühe Stunde unwohl fühlen. Der Triumph dagegen lag daran, was er nun sagte. Denn jetzt brüllte der König: »Diese Aufgabe wird die schwerste von allen sein!«

»Ihr mögt so denken, mir aber wird sie leicht fallen«, erwiderte Culloch. Diese kühne Rede wurde leider durch ein leises Stöhnen ruiniert. Er hatte ebenso energisch gezecht wie der König.

Bediver beugte sich vor, um die Aufgabe zu hören, er hoffte vielleicht auf eine sinnvollere als bisher, Dinadan dagegen seufzte nur resigniert. Nichts an König Isbaddadons Feixen konnte ihm Hoffnung einflößen.

»Deine nächste Aufgabe«, verkündete der König wichtigtuerisch, »besteht darin, Lady Olwen einen Kamm aus den Borsten des wilden Ebers Twrch Trwyth zu bringen, der in der Nähe von Caernarfon im Wald lebt.«

Bediver wand sich. »Majestät, das ist doch lächerlich. Das sind keine Aufgaben, sondern Einkaufslisten. Ich flehe Euch an …«

»Ich bin noch nicht fertig«, brüllte der König. »Dieser Eber muss mit dem berühmten Hund von Druddwyn gejagt werden, und der Hund muss an einer Leine gehalten werden, die aus Barthaaren des gewaltigen Dillus des Bärtigen geflochten ist.«

»Der Mann spinnt doch«, knurrte Sir Keie.

»Und endlich«, sagte Isbaddadon, »muss die Jagd von Mabon angeführt werden, dem Sohn des Modron, der im Alter von nur drei Tagen seinen Eltern geraubt wurde.«

»Was?«, fragte Bediver.

»Hä?«, fragte Sir Keie.

Der König krähte vor Entzücken. »Richtig. Modron ist ein Kaufmann, und sein ältester Sohn wurde vor fünfzehn Jahren aus der Wiege gestohlen und niemals wieder gesehen. Hältst du diese Aufgabe noch immer für leicht, mein Junge?« Er lachte bellend, unterbrach sich dann aber sofort und rieb sich behutsam die Schläfe.

Langsam glitt ein Lächeln über Bedivers Gesicht. »Endlich«, sagte er.

»Ja, endlich eine richtige Aufgabe«, sagte Sir Keie. »Was immer uns das bringen wird. Du glaubst doch nicht wirklich, wir könnten einen seit fünfzehn Jahren verschwundenen Knaben ausfindig machen, oder?«

»Ich würde lieber bei einer unmöglichen Aufgabe, die einen Sinn hat, versagen, als bei jedem sinnlosen Unternehmen unter der Sonne Erfolg zu haben«, erwiderte Bediver. »Na los, Culloch. Auf geht's.«

Culloch wollte als Erstes nach Dillus dem Bärtigen Ausschau halten, um sich eine Hundeleine flechten zu können, die drei anderen jedoch überstimmten ihn, und sie machten sich auf die Suche nach Modron dem Kaufmann, um bei ihm so viele Auskünfte einzuholen wie überhaupt nur möglich. Sein Laden lag nicht weit von Isbaddadons Burg entfernt, und schon eine Stunde später standen sie vor dem kräftigen Händler mit dem schwarzen Bart. Er lächelte ihnen schmeichlerisch zu. »Meine Herren! Meine Herren! Ihr erweist mir eine große Ehre. Bitte, tretet ein. Frau! Bring Wein für unsere vornehmen Gäste. Du, Junge! Hol den Brokat!«

»Wir brauchen keinen Wein, mein Freund«, sagte Bediver.

»Ich wohl«, warf Culloch dazwischen. »Habt Ihr auch irgendwas zu essen?«

»Aber natürlich, gnädiger Herr. Bitte, nehmt Platz.« Er hielt wütend Ausschau, bis er ein kleines, untersetztes Mädchen entdeckte. »Mädel! Du! Glotz hier nicht so herum! Hol einen Stuhl für Seine Gnaden. Vier Stühle!« Modron schaute wieder die Ritter an und sein Gesicht strahlte vor Wohlwollen und Gastfreundschaft. »Ich sehe schon, Ihr habt von meiner letzten Brokatlieferung gehört, perfekt für die Gewänder Eurer Damen.

Aber um ehrlich zu sein, ich weiß gar nicht so recht, ob ich ihn überhaupt verkaufen will. Er war so teuer, und eigentlich hatte ich ihn für meine eigene liebe Frau bestimmt. Aber wo Ihr so weit gereist seid …«

»Ihr irrt Euch, Sir«, sagte Bediver freundlich. »Wir sind nicht gekommen, um Brokat zu kaufen.«

»Ach, wartet nur, bis Ihr ihn gesehen habt«, erklärte der Kaufmann eifrig. »Ihn sehen bedeutet, ihn zu begehren, das könnt Ihr mir glauben. Junge! Wo steckt denn dieser blöde Nichtsnutz! Ich habe gesagt, hol den Brokat!«

Der Junge, der den Stoff holen sollte, tauchte wieder auf und mühte sich mit einer langen Rolle aus einem schimmernden Material ab. Er stieß gegen einen Tisch und ein Tonkrug fiel zu Boden und zerbrach. Der Kaufmann fluchte wie wild drauflos und der Junge – offenbar auf Grund seiner Erfahrungen – ließ den Stoff auf den Boden fallen und rannte davon. Der Kaufmann brüllte Drohungen hinter ihm her, bis Bediver ihn an der Schulter packte und zu sich umdrehte.

»Hört auf, Sir, ich bitte Euch«, sagte Bediver streng. »Das war doch nicht die Schuld des Jungen. Ich habe Euch ja gesagt, dass wir keinen Stoff kaufen wollen. Also schimpft Euren kleinen Knecht nicht aus.«

Das brachte Modron zur Besinnung. »Meinen Knecht? Ach, gnädiger Herr, ich habe keine Knechte. Ich bin ein armer Mann. Das war mein Sohn, auch wenn er ein unnützer Hohlkopf ist. Aber sagt, wollt Ihr Euch den Brokat wirklich nicht ansehen?«

»Euer Sohn?«, wiederholte Bediver und runzelte die Stirn. »Euer zweiter Sohn, nehme ich an?«

»Nein, das ist mein vierter – oder vielleicht fünfter – Sohn und einer davon ist undankbarer als der andere.«

Bediver runzelte die Stirn, ließ aber noch nicht locker. »Was uns hergeführt hat, ist einer Eurer Söhne. Wir haben gehört, Euer ältester Sohn, ein gewisser Mabon, sei Euch geraubt worden, und wir haben geschworen ihn ausfindig zu machen.«

»Ach ja, dieses undankbare Balg«, sagte der Kaufmann mit wütender Miene.

»Balg?«, fragte Sir Keie. »Was für ein Balg?«

»Nichts, nichts, Euer Gnaden«, rief der Kaufmann eilig. »Ja, mein ältester Sohn wurde entführt, von Hexen oder was weiß ich, und das gleich nach seiner Geburt. Wahrscheinlich ist er längst tot.«

»Warum glaubt Ihr das?«, fragte Bediver.

»Kränkliches Balg, wie seine Mutter, hol sie der Teufel.«

Bediver sah noch strenger drein und wollte schon etwas sagen, doch in diesem Moment erschien eine Frau und brachte vier Becher voll Wein. Culloch sagte: »Endlich«, und nahm ihr mit einer Hand das Tablett ab. Bediver achtete nicht auf den Wein und fragte mit angespannter Stimme: »Könntet Ihr uns von der Nacht erzählen, in der er verschwunden ist? Wisst Ihr, welche Richtung die Entführer eingeschlagen haben?«

Während die Männer redeten, schlich die Frau, die den Wein gebracht hatte, auf die andere Seite des Ladens hinüber, kniete neben einem Wassereimer nieder und begann den Boden zu schrubben. Dinadan gab vor, sich die auf den Tischen ausgerollte Ware anzusehen, und schlenderte zu ihr hinüber. Verstohlen schaute sie zu ihm hoch und Dinadan sah zu seiner Überraschung, dass sie längst nicht so alt war, wie er erwartet hatte. Sie war kaum älter als fünfundzwanzig, zu jung, um die Mutter des verschwundenen Kindes zu sein. Aber, dachte Dinadan, der Kaufmann hatte ja eben erst gesagt, er habe kein Gesinde.

»Verzeihung, gute Frau«, sagte Dinadan leise. Die Frau schaute ängstlich zu ihm hoch. »Es tut mir Leid, Euch stören zu müssen, aber vielleicht könnt Ihr mir helfen.«

Die Frau warf einen raschen Blick zu dem Kaufmann hinüber, dann wandte sie sich wieder Dinadan zu. »Ja, Euer Gnaden«, flüsterte sie.

Dinadan kniete hinter einer umfangreichen Mehltonne neben ihr nieder. »Wir suchen den verlorenen Sohn dieses Mannes, Mabon. Seid Ihr … seid Ihr Modrons Tochter?«

»Seine Frau, Euer Gnaden«, flüsterte die Frau. Dinadan starrte sie an und sein Gesicht zeigte eine Mischung aus Mitleid und Verwirrung. »Seine dritte Frau«, erklärte die Frau. »Seine ersten beiden sind tot, Gott helfe ihnen.«

Dinadan verkniff sich einen bissigen Kommentar über das freundliche Schicksal ihrer Vorgängerinnen und sagte nur: »Und der verschwundene Junge, Mabon?«

»Das war der Sohn der ersten Frau. Angeblich ist sie gleich nach seinem Verschwinden gestorben.«

Dinadan hatte genau darauf geachtet, was die Frau gesagt hatte. »Wie meint Ihr das mit ›angeblich‹? Glaubt Ihr nicht daran?«

Wieder schaute die Frau zu ihrem Mann hinüber und ihre Augen brannten vor Hass. »Ich habe nie ihr Grab gesehen, das hat niemand hier in der Gegend. Wenn sie gestorben ist, wie er behauptet, wo hat er sie dann beerdigt?«

Dinadan wusste nicht so recht, was sie damit sagen wollte. »Soll das heißen, dass er sie umgebracht hat? Oder ist sie weggelaufen? Aber bei allen himmlischen Heerscharen, warum habt Ihr dann ihren Platz eingenommen? Wie konntet Ihr diese Kreatur heiraten?«

Das Gesicht der Frau verhärtete sich und sie sagte mit sehr leiser Stimme: »Ich war ganz allein auf der Welt. Meine Eltern waren alt und arm, und nach ihrem Tod blieb mir nichts. Ich bin keine Schönheit, und er ist reich. Hätte ich lieber hungern und frieren sollen? Und jetzt habe ich die Kinder.«

»Eure Kinder? Diese beiden Kleinen?«

Die Frau nickte. »Das sind alle, die ihm jetzt noch bleiben. Die älteren Kinder sind alle weggelaufen, sowie sie alt genug waren, aber meint Ihr, daran denkt er, wenn er mit seinem Gürtel auf die Kleinen einschlägt? Nein!« Sie wandte sich wütend ihrer Arbeit zu, als sei der Fußboden ihr Feind. Dinadan sah ihr für einen Moment zu, und ein Gefühl von hilfloser Wut füllte seine Brust.

»Wird Euer Mann den Jungen schlagen, weil der Kleine den Krug zerbrochen hat?«, fragte er plötzlich. Die Frau schaute zu ihm auf, in ihren Augen glänzten Tränen, und sie nickte kurz. Dinadan griff in den Beutel an seinem Gürtel und nahm zwei goldene Münzen heraus. »Ich kann Euren Mann nicht ändern, gute Frau. Er ist so, wie er sich selbst gemacht hat. Aber gebt das hier Eurem Sohn und grüßt ihn von Sir Dinadan.«

Die Frau machte große Augen und verstaute das Geld ganz schnell in den Falten ihres Kleides. »Danke, Euer Gnaden«, sagte sie mit schwacher Stimme. »Und, gnädiger Herr? Ich erinnere mich, gehört zu haben, dass seine erste Frau aus dem Osten kam und dort wohl Verwandte hatte. In der Nähe von Chester. Sie hieß Rhiannon, genau wie ich. Dort solltet Ihr nach ihr Ausschau halten.«

Dinadan nickte schweigend und kehrte zu den anderen zurück. Culloch leerte gerade den dritten Becher Wein, während Bediver und Sir Keie sich noch immer mit dem Kaufmann unterhielten. Modron schien endlich aufgegangen zu sein, dass diese Ritter nichts kaufen würden, und mit jeder Sekunde wurde er weniger liebenswürdig. Dinadan blieb stehen und hob die Tonscherben vom Boden auf. »Wie viel wollt Ihr dafür, guter Mann?«, fragte er plötzlich.

»Dafür?«, fragte Modron verwirrt. »Aber das ist …«

Dinadan schnippte ihm eine Silbermünze zu. »Reicht das?« Der Kaufmann nickte, denn es hatte ihm die Sprache verschlagen, und Dinadan wandte sich an die anderen. »Kommt jetzt. Hier vergeuden wir unsere Zeit.« Dann machte er auf dem Absatz kehrt und ging hinaus, gefolgt von den anderen. Culloch war der Letzte. Dinadan verstaute die Scherben sorgfältig in seinem Gepäck, dann wandte er sein Pferd nach Osten, in Richtung Chester.

Nach wenigen Minuten holte Sir Keie ihn ein. »Du hast diesem Wurm zwanzigmal so viel gegeben, wie der Krug selbst in unversehrtem Zustand wert gewesen wäre«, erklärte Sir Keie. Das war nicht als Frage gemeint.

Dinadan zuckte mit den Schultern. »Aber trotzdem war es nicht halb so viel, wie der kleine Junge bezahlen wird.«

Sir Keie nickte. »Ja, vermutlich.« Plötzlich lächelte er. »Und du hast gedacht, wenn du für den Krug bezahlst, dann schlägt Modron den Kleinen vielleicht nicht ganz so sehr.« Sir Keie schmunzelte.

»Kann schon sein.« Dinadan wechselte das Thema. »Wir reiten nach Chester, Sir Keie. Die Mutter des kleinen Mabon stammte von dort. Sie hieß Rhiannon. Vielleicht kann uns dort jemand weiterhelfen.«

Einige Sekunden lang ritten sie schweigend weiter. »Du kannst den Titel vergessen, Knabe. Nenn mich einfach Keie«, sagte dann der kühne Ritter. Danach schwiegen sie wieder.

In dieser Nacht schlugen sie ihr Lager auf einer Lichtung im Wald auf. Dinadan legte sich nach dem Essen hin, er war erschöpft, aber er fand keinen Schlaf. Nachdem er fast eine Stunde lang wach gelegen hatte, während der Mond über den Baumwipfeln auftauchte und die Lichtung in sein bleiches Licht tunkte – nicht leuchtend genug, um die Welt heller zu machen, nur gerade ausreichend, um die Schatten schwärzer werden zu lassen –, setzte Dinadan sich auf und musste wieder an Rhiannon und ihre Kinder im Laden denken, und nun wusste er, dass er in dieser Nacht nicht schlafen würde. Er griff nach seiner Laute, schlich in den Wald und ging eine Achtelmeile in die Schatten hinein, um die Ruhe seiner Gefährten nicht zu stören.

Dinadan fing an zu spielen. Er sang nicht, das Lied, das er hier empfand, hatte keine Worte. Er spielte langsame, klagende Noten und erfand die Melodie unterwegs, wobei er kaum darauf achtete, welche Noten aufeinander folgten, solange jeder Ton rein klang, so rein, wie seine Hand und sein Instrument es nur hervorbringen konnten. Er versuchte jeder Note die Gestalt der Trauer einer ungeliebten Frau zu geben, der Trauer, die vor dem Tod kein Ende sieht, die keine Rache kennt, außer der privaten Rache durch heimlichen Hass.

Dann hörte er zu seinen Füßen ein Rascheln und Dinadan entdeckte zwei Kaninchen, die mit gespitzten Ohren keine zwei Fuß von ihm entfernt saßen. Er nickte ihnen zerstreut zu und spielte weiter. Gleich darauf hörte er wieder ein Rascheln und sah die großen, ruhigen Augen eines Rehs hinter einem umgestürzten Baum. Er hielt inne und schaute auf. Das Reh zog sich in die Dunkelheit zurück, die Kaninchen hoppelten davon, und von allen Seiten hörte er leises Rascheln. Er schaute sich um, konnte aber nichts sehen.

Er griff zu seiner Laute, nahm sein Lied wieder auf, und Sekunden später waren die Kaninchen und das Reh wieder da, zusammen mit einem Fuchs, einem Dachs, mehreren Igeln und einem geschmeidigen Otter. Vögel ließen sich in den Zweigen über seinem Kopf nieder, und dabei war nur ein ganz leises Flügelschlagen zu hören. Es war stickig und Dinadan fühlte sich ganz benommen, spielte aber weiter, jetzt nicht nur für Rhiannon, sondern auch für sein Wald-Publikum.

Noch mehr Tiere kamen, und dann hörte Dinadan hinter sich ein sanftes Flöten, wie der Wind, der durch Risse in einer Mauer pfeift, doch das Flöten hielt den Takt von Dinadans Melodie. Langsam wurde es lauter und kam näher und dann, zu Dinadans Erstaunen, spielte es die zweite Stimme zu seiner eigenen Melodie. Verblüfft, aber zu sehr von Musik erfüllt, um sich zu fürchten, spielte Dinadan weiter, wurde schneller und schlug wütend auf die Laute ein, wobei er, wie ihm später aufging, seine eigenen Fähigkeiten überstieg. Das Flöten hielt damit Schritt, passte sich für kurze Augenblicke der Melodie an und zweigte dann zu wilden Harmonien ab. Weitere Tiere kamen dazu. Dinadan registrierte vage, dass sich ein großer Braunbär dem Publikum angeschlossen hatte, er saß auf dem Waldboden und Kaninchen und Eichhörnchen lagerten sorglos neben seinen gewaltigen Pranken.

Dinadan wusste nicht, wie lange er gespielt hatte,

doch endlich ging ihm auf, dass sein Lied jetzt dem Ende entgegenging, und langsam spielte er den letzten Refrain. Das Flötenspiel verlangsamte sich ebenfalls und endete im selben Moment, und dann war alles still. Diesmal liefen die Tiere nicht weg und Dinadan überlegte kurz, ob er sich jetzt fürchten müsste, aber eigentlich war ihm das egal. »Wer bist du?«, fragte er leise, ohne sich umzudrehen.

»Ich bin Sylvanus«, sagte eine klare, melodische Stimme. »Und ich bin dein Diener, lieber Dinadan.«

»Du kennst mich?«, fragte Dinadan.

»Ich habe dich eben erst kennen gelernt«, sagte die Stimme. »Aber jetzt kenne ich dich so gut, wie du dich selbst kennst. Du hast mich mit deiner Musik gerufen. Nur wenigen Sterblichen wird ein solcher Zauber geschenkt.«

Dinadan schluckte. »Dann bist du ... du bist kein Sterblicher?«

»Nein.« Aus dem Augenwinkel heraus sah Dinadan die Bewegung eines Schattens, und als er den Kopf wandte, sah er die Umrisse einer kleinen, gehörnten Gestalt, die mit Ausnahme der Bocksbeine aussah wie ein Mensch. Die Tiere hatten jetzt nur noch Augen für diese Gestalt, diesen Sylvanus. »Sag mir«, wollte die kleine Gestalt wissen, »wolltest du deinen eigenen Kummer wegspielen oder ging es um den eines anderen Menschen?«

»Ich dachte an ... an eine Frau, die mit einem Vieh verheiratet ist.«

»Das ist wirklich seltsam«, sagte Sylvanus im Plauderton, »aber gerade die Männer, die als Vieh bezeichnet werden, kommen mir gar nicht vor wie Tiere, sondern ganz besonders menschlich.«

Dinadan lächelte langsam und wandte sich dann den versammelten Tieren zu. »Du hast Recht. Ich bitte euch alle um Verzeihung. Ich werde mir in Zukunft genauer überlegen, wie ich über euch rede.«

»Ach, das sollte kein Vorwurf sein«, sagte Sylvanus freundlich. »Schließlich werden Bärenjunge, die sich schlecht benehmen, von ihrer Mutter als Knaben und Mädchen bezeichnet. Stimmt das nicht, gnädige Frau?« Die Braunbärin nickte zur Antwort langsam.

»Sie hat dich verstanden? Du sprichst mit den Tieren?«, fragte Dinadan überrascht.

»Natürlich«, erwiderte Sylvanus. »Gibt es etwas, das du sie fragen möchtest?«

»Das nicht. Ich war nur so überrascht.«

»Bist du sicher? Hast du keine Fragen?«

Dinadan überlegte. Sylvanus schien ihn drängen zu wollen. »Nein, wirklich nicht. Es sei denn … es sei denn, sie könnten mir von einem kleinen Kind erzählen … einem Menschenkind. Ich meine, es wurde vor etwa fünfzehn Jahren gestohlen und vielleicht durch diesen Wald davongetragen.«

Sylvanus zögerte. »Das ist sicher nicht leicht. Nur wenige der hier versammelten Wesen lebten damals schon, und den wenigen anderen ist die Vorstellung, Jahre zu zählen, doch sehr fremd. Aber unsere Meisterin Petz hier könnte vielleicht etwas wissen.«

Dinadan konnte kein Wort hören, nicht einmal ein Geräusch, als Schatten und Bärin sich einander zuwandten, aber die Bärin schien sich ungeheuer zu konzentrieren und ihre Augen richteten sich auf Sylvanus. Nach einigen Minuten sagte der Schatten: »Ich weiß nicht, ob das hier dir weiterhelfen kann oder nicht. Sie sagt, dass es, solange sie lebt, und das mögen so an die zwanzig Jahre sein, in diesem Wald kein geraubtes Kind gegeben hat. Sie kann sich jedoch daran erinnern, dass vor vielen Jahren eine junge Frau, die kaum alt genug war, um Mutter zu sein, mit einem Baby durch den Wald gewandert ist. War das Kind, das du suchst, ein Junge?«

»Ja«, sagte Dinadan und war plötzlich davon überzeugt, die Antwort zu kennen. Die junge Frau war Modrons erste Gattin gewesen. Kein Wunder, dass der Kaufmann so grob über sie gesprochen hatte. Sie war mit ihrem Kind weggelaufen.

»Sie sagt, die Frau habe das Kind eben erst geboren und sei noch sehr schwach gewesen, zu schwach, um allein unterwegs zu sein, aber sie sind hier vorbeigekommen und zwei Tage lang nur nachts weitergewandert.«

»Wohin ist sie gegangen?«

»Das ist schwer zu erklären. Die Wegweiser, die die Waldwesen kennen, würden dir nichts sagen, du würdest sie nicht einmal sehen, da sie vor allem aus Geruch und Gefühl bestehen. Warte einen Moment.«

Wieder folgte ein langes Schweigen, dann trat ein Fuchs vor, legte Dinadan eine Pfote aufs Knie und schaute ihm tief in die Augen.

»Morgen«, sagte Sylvanus, »solltest du unserem Freund Reineke folgen. Er wird dir den Weg zeigen.«

»Danke«, sagte Dinadan staunend, und er dankte dem Schatten und dem Fuchs gleichermaßen. Der Fuchs nickte und verschwand dann lautlos. Auch die anderen Tiere liefen jetzt auseinander, und Dinadan schaute rasch zum Umriss seines Freundes hinüber. »Sylvanus?«

»Ja?«, die Stimme des Flötenspielers klang leise.

»Werden wir wieder zusammen spielen?«

»Aber sicher«, war die Antwort. »Sicher.« Und damit war Sylvanus verschwunden und Dinadans Herz lief über, als er langsam zum Lager zurückging.

Am nächsten Morgen erzählte Dinadan den anderen nichts, sorgte aber dafür, das Lager als Erster zu verlassen, so dass die anderen ihm folgen mussten. Er sah keinen Fuchs, ritt aber einfach weiter, und einige Minuten darauf wurde er durch den Anblick eines lohgelben Fells belohnt, das er im Unterholz erspähte. Ohne zu zögern verließ Dinadan den Weg und schlug sich in die Büsche.

»He, Dinadan«, rief Bediver. »Wo willst du denn hin?«

»Folgt mir!«, rief Dinadan zurück, obwohl er gar nicht so recht wusste, ob sie das wirklich tun würden. Wenn Culloch sie beispielsweise ins Dickicht hätte locken wollen, dann hätte Dinadan ihn sofort seinem Schicksal überlassen und wäre auf dem Weg geblieben. Aber Dinadan hörte die anderen hinter sich durch das Unterholz brechen. »Schnell«, mahnte er den Fuchs und hoffte, dass der ihn auf irgendeine Weise verstehen würde. Dinadan wollte nicht, dass die anderen ihn einholten und ihm Fragen stellen, die er doch nicht beantworten würde.

Es war ein harter Ritt, aber der Fuchs schien zu verstehen, was Dinadan wollte. Er bewegte sich so langsam, dass Dinadan ihn nie aus den Augen verlor, auch wenn er sich durch Dickicht kämpfen musste, durch das der Fuchs problemlos hindurchschlüpfen konnte. Zugleich aber war er so schnell, dass Bediver, Keie und Culloch Dinadan niemals ganz einholen konnten. Dinadans Haut war zerkratzt und blutete, seine Kleidung war zerrissen, und er fragte sich schon, ob er noch lange so weitermachen wollte, als der Fuchs in einer Höhlung unter einer alten Ulme anhielt und zu Dinadan aufschaute.

Ohne zu wissen, warum, begriff Dinadan, dass der Fuchs ihn an diese Stelle hatte führen wollen. Er sprang vom Pferd und der Fuchs kam auf ihn zu und legte ihm eine Pfote aufs Bein, genau wie in der Nacht zuvor. »Danke, Reineke«, flüsterte Dinadan.

Dann war der Fuchs verschwunden. Dinadan stand unter dem mächtigen Baum und war mit dem Wind und dem dicken Laubteppich allein. Und dann sah er es, einen Menschenschädel unten vor dem Baum, vom Wetter mitgenommen und verfärbt, aber es war einwandfrei ein Menschenkopf. Dinadan bückte sich gerade darüber, als die anderen auf keuchenden, schweißnassen Pferden eintrafen.

»Höchste Zeit, dass du anhältst«, sagte Culloch und japste vor Anstrengung. »Was soll das eigentlich, wieso musst du unbedingt durchs Gebüsch reiten, wo es doch einen absolut brauchbaren Weg gibt?«

»Was hast du da, Knabe?«, fragte Keie kurz. Dinadan zeigte auf den Schädel, und Keie sprang aus dem Sattel und trat neben ihn. »Wollen mal schauen«, sagte Keie. Er kniete nieder und grub dann im weichen Erdreich, das den Baumstamm umgab. Gleich darauf hatte er einen weiteren Knochen freigelegt, dann ein Stück bestickten Stoff, verblichen, aber noch immer kunstvolle Arbeit. Wortlos reichte Keie den Fund Bediver, der neben ihm vom Pferd gestiegen war.

Bediver musterte es kurz, dann sagte er: »Ein Frauenkleid, möchte ich meinen, und nicht gerade nach der letzten Mode. Aber das wäre ja auch nicht zu erwarten gewesen.«

Beide schauten Dinadan an, der neben dem Schädel hockte und Keie beim Graben zugesehen hatte. Keie sagte: »Weißt du irgendwas darüber, Knabe?«

Dinadan zögerte, aber er hatte keinen Grund zum Lügen. »Modrons erste Frau, nehme ich an. Rhiannon die Erste. Sie ist nach der Geburt ihres Kindes weggelaufen. Liegt das Kind auch da, Keie?«

Keie zuckte mit den Schultern. »Ich seh mal nach. Hilf mir mal, Bediver.« Bediver nickte und Keie sah Dinadan an.

Der schüttelte den Kopf und nickte zum Schädel hinunter. »Ich bleibe bei ihr.«

Culloch, der als Einziger noch auf seinem Pferd saß, schnaubte und sagte: »Ich weiß wirklich nicht, was das alles soll. Wir suchen doch gar keine Frau, und ich finde noch immer, wir hätten mit Dillus anfangen sollen, um …«

»Halt den Mund, Culloch«, sagte Keie.

Sie fanden noch weitere Knochen und Stücke vom Gewand der Frau, aber keinerlei Überreste eines kleinen Kindes. Sie wickelten Schädel und Knochen in die Überreste des Kleides und begruben sie tief im Waldboden. Bediver sprach über dem Grab ein kurzes Gebet, dann griff Dinadan nach seiner Laute. Leise spielte er einen kurzen Auszug aus dem Klagegesang, den er mit Sylvanus entwickelt hatte. Sogar Culloch schwieg, während Dinadan spielte, und der Wind brachte leise Flötentöne von der anderen Seite des Waldes. Dinadan ließ seine Laute sinken und sie ritten weiter. Niemand stellte ihm irgendeine Frage.

Keine halbe Meile danach stießen sie im Wald auf eine Hütte. Sie stand in einem gepflegten Garten und hinter der Hütte waren einige Hühner und Kühe. Ein altes Paar saß vor dem Haus auf einer Bank und genoss den Sonnenschein, und aus dem Wald waren die Schläge einer Axt zu hören.

»Guten Morgen«, begrüßte Bediver die alten Leute.

»Guten Morgen, Ihr Herren«, stammelten die beiden und verneigten sich tief. Sie waren Besuche von Rittern einwandfrei nicht gewohnt.

»Fürchtet Euch nicht«, sagte Bediver freundlich.

»Wir führen nichts Böses im Schilde und Euer Anblick überrascht uns ebenso wie unserer Euch. Ist das nicht ein überaus einsamer Wohnort?«

»Ja, Euer Gnaden«, sagte der Mann und verbeugte sich ein weiteres Mal. »Aber Beatrice und ich, wir haben niemals andere Menschen gebraucht.«

»Und Colin«, sagte die Frau. »Vergiss Colin nicht.« Sie schaute Bediver an und machte einen ungeschickten Knicks. »Unser Enkel«, erklärte sie. »Er lebt hier und kümmert sich um uns.«

Die Axthiebe verstummten und Dinadan sah einen kräftigen, schwarzhaarigen Jungen zwischen den Bäumen zum Vorschein kommen.

»Lebt Ihr schon lange hier?«, fragte Bediver.

»Fast fünfundzwanzig Jahre«, sagte die Frau. »Und es ist ein gutes Leben.«

»Aber wovon lebt Ihr? Habt Ihr genug zu essen?«

Die Frau keuchte auf. »Herrje! Ich lebe schon so lange nicht mehr in der Welt, dass ich ganz vergessen habe, was sich gehört. Ich habe Euch ja nicht einen Bissen angeboten. Würdet Ihr wohl mit uns essen? Wir haben frisches Wildbret und Gemüse. Colin!«

»Hier, Großmutter«, sagte der Junge. »Du bleibst da. Ich hole das Essen.«

Bediver stieg vom Pferd und die anderen folgten seinem Beispiel. »Ich danke Euch, gute Frau«, sagte er. »Aber ich würde gern mit Euch sprechen. Ihr müsst wissen, dass wir eine Person suchen, die vermutlich hier vorbeigekommen ist.«

»Aber hier ist seit vielen Wochen niemand mehr vorübergekommen«, sagte der alte Mann.

»Lasst uns erst essen und dann reden«, schaltete Colin sich ein. »Ich habe Hunger.«

Dinadan warf Keie seine Zügel zu. »Ich werde dem Jungen helfen«, sagte er und machte sich auf die Suche nach Colin. Er fand ihn in einer kleinen Rauchhütte hinter dem Haus, wo er ein Stück Wildbret von einem Haken nahm. »Kann ich helfen?«

Der Junge schaute Dinadan mit offenem, arglosem Blick ins Gesicht. »Wollt Ihr das wirklich, Sir?« Der Junge schien um die fünfzehn Jahre alt zu sein.

»Nein, ich möchte dich unter vier Augen sprechen«, erwiderte Dinadan einfach.

»Warum?« Die Stimme des Jungen klang fest, aber höflich. Sie hat keine Ähnlichkeit mit der seines Vaters, überlegte Dinadan.

»Wir müssen eine bestimmte Aufgabe erfüllen. Wir suchen ein Kind, das vor, ach, ungefähr fünfzehn Jahren verschwunden ist. Seine Mutter lief mit dem kleinen Jungen unmittelbar nach dessen Geburt von ihrem Mann weg, und sie war mit ihm hier im Wald unterwegs. Leider war sie jedoch nicht stark genug und ich glaube, sie ist nicht weit von hier gestorben.«

Der Blick des Jungen war nicht von Dinadans Augen gewichen. Er schwieg.

»Einer der Ritter dahinten«, sagte nun Dinadan, »hat das Gelübde abgelegt den Jungen zu finden und mit ihm auf Wildschweinjagd zu gehen. Und ich nehme an, dass der Junge danach seinem Vater zurückgegeben werden soll.«

»Wer ist der Vater des Jungen?«, fragte Colin.

»Ein reicher Kaufmann namens Modron.«

»Und warum hat die Mutter des Jungen diesen Modron verlassen?«

»Ich nehme an, weil die Seele dieses Mannes aus Waren und Silber besteht und ihm nichts anderes wichtig ist.«

Colin dachte kurz nach. Dann sagte er: »Meine Großeltern sind sehr alt. Mit jedem Monat können sie weniger Arbeit leisten. Manchmal wächst sogar mir alles über den Kopf, so viel ist zu tun.« Dinadan nickte wortlos. Colin hob sein Kinn. »Also, Herr Ritter, was meint Ihr, was aus diesem kleinen Jungen geworden ist?«

Dinadan lächelte. »Ich glaube, es gibt zwei Möglichkeiten. Entweder wurde das Kind gefunden und von einem älteren Ehepaar aufgezogen, das hier in der Nähe wohnt und keine eigenen Kinder hat, oder es ist zusammen mit seiner Mutter im Wald umgekommen. Ich glaube, es ist im Wald umgekommen.« Colins Augen leuchteten hoffnungsvoll auf und Dinadan fügte hinzu: »Das einzige Problem ist, dass wir die sterblichen Überreste des Kindes nicht finden konnten. Und da dachte ich, vielleicht hast du sie irgendwann entdeckt und dann begraben.«

Colins Gesicht strahlte in einer Freude auf, die viel reiner war, als sie ein bei Modron dem Kaufmann aufgewachsener Junge jemals empfinden könnte. »Ja«, sagte er sofort. »Wenn Ihr es schon erwähnt, genau das ist passiert.« Dinadan musste Colins Lächeln einfach erwidern, aber Colins Gesicht verdüsterte sich fast sofort wieder. »Ich muss mit meinen Großeltern sprechen. Wisst Ihr, manchmal erzählen sie gern darüber, dass sie vor vielen Jahren neben dem Waldweg ein kleines Kind gefunden haben. Es war kein Mensch in der Nähe, so, als sei das Kleine von einer Person abgelegt worden, die … die dann zum Sterben zurück in den Wald gekrochen ist. Das ist natürlich alles nur eine dumme Geschichte, aber es wäre doch besser, sie gerade heute nicht zu erzählen.«

Dinadan nickte. »Ja, sprich mit deinen Großeltern. Ich bringe das Fleisch hinterher und erzähle meinen Gefährten dann alles.«

Den anderen klar zu machen, dass Mabon, der Sohn des Modron, im Wald umgekommen sei, war nicht ganz so einfach, wie Dinadan erwartet hatte. Bediver und Keie waren schließlich nicht dumm, und die Existenz eines vielleicht fünfzehnjährigen Jungen in fast direkter Nachbarschaft zu der Ulme hatte natürlich bereits ihren Verdacht erweckt. Mit Colins Hilfe konnte Dinadan sie jedoch davon abbringen, diesem Verdacht nachzugehen. Culloch dagegen bemerkte natürlich überhaupt nichts.

Damit hatte Dinadan gelogen. Diese Tatsache ließ sich nicht aus der Welt reden. Darunter jedoch lag eine tiefere Wahrheit: Der Sohn Modrons des Kaufmanns, der Junge, der er geworden wäre, wenn er bei Modron aufgewachsen wäre, war wirklich tot. Dieser junge Mann, dem ein Leben voller harter Arbeit und Einsamkeit und Fürsorge für andere wichtiger war als das eines reichen Kaufmannssohns, und der diesen Entschluss ohne mit der Wimper zu zucken getroffen hatte, war ein ganz anderer Mensch, einer, auf den die erste Rhiannon sicherlich sehr stolz gewesen wäre.

Dinadan musste nun an die andere Rhiannon und ihre beiden Kinder denken, und langsam nahm eine schöne Idee in ihm Form an. Er wartete, bis die Ritter ihre Mahlzeit beendet hatten, dann fragte er lässig: »Also, wohin jetzt? Wo Mabon tot ist, ist die ganze Sache doch sicher abgeblasen.«

Keie nickte zustimmend. »Ja, stimmt. Können den Rest nicht schaffen, wo doch der Anfang ausfallen muss.«

»Wir könnten immer noch nach Dillus dem Bärtigen suchen, um eine Hundeleine zu flechten«, wandte Culloch ein. »Ich hab ja die ganze Zeit gesagt, dass wir damit anfangen …«

»Nein, Culloch«, sagte Bediver. »Die anderen haben Recht. Wir können nur zu König Isbaddadon zurückkehren und ihn um eine andere Aufgabe bitten.«

Sofort strahlte Culloch wieder. »Ach, das wäre nicht schlecht. Wir könnten ein Fest feiern und dann würde er uns wieder losschicken. Wahrscheinlich stellt er uns dann dieselbe Aufgabe und lässt nur den Jungen aus, meint ihr nicht?«

Bedivers Gesicht verdüsterte sich. »Wenn er das tut,

Culloch, dann kannst du allein auf diese Fahrt gehen. Ich will mit diesen Torheiten nichts mehr zu tun haben.«

»Hört, hört«, sagte Keie grinsend. »Ich hab mich schon gefragt, wann du endlich zur Vernunft kommst.«

»Aber du hast ein Gelübde getan!«, rief Culloch.

»Das schon. Ich habe geschworen, bei dir zu bleiben, bis du zum Ritter geschlagen wirst oder bis du diesen Versuch aufgibst. Und mit dieser Kinderei weiterzumachen, zeigt doch, dass du im Grunde gar kein Ritter sein willst. Wenn er dir noch so eine blödsinnige Aufgabe stellt, dann musst du entscheiden, ob du bei ihm bleiben oder ob du mit uns reiten willst, um dir nun wirklich den Ritterschlag zu verdienen.«

Culloch sah wütend und verwirrt aus, und Dinadan ging auf, dass Culloch niemals einen Unterschied gesehen hatte zwischen den großen Taten, die von einem Ritter der Tafelrunde erwartet wurden, und den Aufgaben, die König Isbaddadon ihm stellte. Er tat Dinadan Leid, aber es hatte keinen Sinn, sich noch lange über Cullochs Probleme den Kopf zu zerbrechen. Er räusperte sich also und sagte: »Also, Leute. Irgendwer muss diesem Kaufmann erzählen, was aus seinem Sohn geworden ist.«

»Ich hatte nicht das Gefühl, dass ihn das wirklich interessiert«, meinte Keie.

»Er muss es aber trotzdem erfahren«, sagte Dinadan. »Ich übernehme das, und ihr könnt zu Isbad zurückkehren.«

Als er zu Modrons Laden ritt, schmiedete Dinadan mehrere Pläne, um unter vier Augen mit der zweiten Rhiannon sprechen zu können, doch die erwiesen sich dann allesamt als unnötig. Als er dort eintraf, war Modron nicht zu Hause und Rhiannon und die Kinder waren allein im Lager. Rhiannons müdes Gesicht hellte sich auf, als sie Dinadan erkannte. »Guten Morgen, Euer Gnaden.«

Dinadan machte eine tiefe Verbeugung und sagte: »Ich habe gute Nachrichten für Euch, Frau Rhiannon.«

Rhiannon errötete leicht, als sie diese höfische Begrüßung hörte. »Habt Ihr den verschwundenen Sohn des Herrn gefunden?«

Dinadan achtete nicht auf diese Frage. »Frau Rhiannon, habt Ihr mir nicht erzählt, dass Ihr Eure alten Eltern bis zu ihrem Tod gepflegt habt?« Sie nickte. »War das eine sehr schwere Arbeit?«

»Sehr schwer, ja. Aber versteht Ihr, ich habe sie doch geliebt.«

Dinadan lächelte. »Wäre es zu schwer für Euch, das noch einmal zu machen? Ich meine, könntet Ihr und Eure Kinder bei der Pflege eines älteren Ehepaars auf einem kleinen Bauernhof helfen?«

Rhiannons Gesicht verdüsterte sich. »Ich würde sehr gern helfen, gnädiger Herr. Aber ich fürchte, mein Mann würde nie … hier gibt es so viel Arbeit.«

Dinadan nickte weise. »Ja, da habt Ihr Recht. Ich werde Euch also von hier entführen müssen, nicht wahr? Müsst Ihr irgendetwas packen?«

»O nein, uns gehört hier nichts …« Sie verstummte plötzlich und schlug die Hände vors Gesicht. »Ach, gnädiger Herr, das dürftet Ihr gar nicht sagen. Mein Mann würde uns niemals gehen lassen. Als sein letzter Sohn weggelaufen ist, hat er geschworen, uns niemals wieder aus den Augen zu lassen.«

»Na, und wo ist er jetzt?«

»Einfach gegenüber, in der Schenke. Bitte, gnädiger Herr, macht uns hier keine Hoffnungen. Wir können nicht weg. Wenn Ihr seinen Eid gehört hättet, dann wüsstet Ihr, wie ernst der ihm ist. Er hat geschworen, uns niemals gehen zu lassen, bis zu dem Tag, an dem er seinen Laden öffnet und alle Waren verschenkt.«

Dinadan kicherte. »Ach, das hat er gesagt? Na, auch egal. Ihr und Eure Kinder kommt jetzt jedenfalls mit mir.« Freundlich, aber entschieden führte Dinadan sie zu seinen Pferden. Als Rhiannon und ihre Tochter auf seinem Packpferd saßen und der Junge hinter Dinadans eigenem Sattel hockte, führte Dinadan beide Pferde an den Waldrand und ließ sie dort stehen. »Ihr wartet hier«, sagte er zu Rhiannon. »Ich bin gleich wieder da.«

Dann zog er sein Schwert, eigentlich vor allem, um eine dramatische Wirkung zu erzielen, und lief zurück ins Dorf und zu der überfüllten Schenke, wo Modron allein an einem Tisch saß. »Modron!«, rief Dinadan. Das Stimmengewirr im Schankraum verstummte und Modron schaute auf. »Stimmt es«, fragte Dinadan, »dass Ihr einen heiligen Eid geschworen habt, an dem Tag, an dem Eure Frau und Eure Kinder Euch verlassen, Euren Laden zu öffnen und alle Waren zu verschenken?«

»Was?«, brüllte Modron.

»Habt Ihr diesen Eid nun geschworen?«, fragte Dinadan noch einmal.

»Ja, stimmt«, teilte ein Mann an einem Tisch in der Nähe mit. »Ich habe es selbst gehört.« Im ganzen Raum wurden nun zustimmende Rufe laut.

»Na und?«, fragte Modron. »Das kann Euch ja wohl egal sein!«

»Ich wollte nur allen hier mitteilen: Sie ist fort.« Niemand bewegte sich, alle schwiegen. Dinadan grinste die Wirtshausgäste an. »Habt Ihr das nicht gehört? Jetzt gibt es alles umsonst. Also los, greift zu.« Damit machte Dinadan auf dem Absatz kehrt und ging davon. Als er fast zehn Schritte zurückgelegt hatte, wurden die Kneipentüren aufgerissen und die Menge stürzte über den Platz zum Laden, wobei der kreischende Modron wie ein streunender Hund beiseite gefegt wurde.

»Was ist denn das für ein Lärm?«, fragte Rhiannon ängstlich, als Dinadan sie erreichte.

Dinadan schwang sich in den Sattel und steuerte den Wald an. »Nichts, das Euch noch auf irgendeine Weise betreffen könnte«, sagte er.

Der Maure und die Narren

Dinadan kehrte an König Artus' prachtvollen Hof in Camelot zurück und wurde dann, als zuerst Monate und dann Jahre vergingen, zu einem der bekanntesten und beliebtesten Ritter. Nicht dass er seinen Ruhm durch seine Waffen errungen hätte – nur sein Freund Gaheris war mit Schwert und Lanze noch ungeschickter als er –, aber fast alle, die ihn kannten, mochten ihn und respektierten ihn. Wenn er sich das alles überlegte, was er manchmal tat, dann kam er immer zu dem Schluss, dass Leute, die Gastmähler und Feste veranstalteten, gerne jemanden dabeihatten, der sang und Geschichten erzählte, ohne das übliche Honorar eines Troubadours zu verlangen.

Dinadans erste Jahre bei Hofe waren ereignisreiche Jahre für die Tafelrunde. Sir Gawain, der auf eine Ritterfahrt gegangen war, die ihm nach allgemeiner Ansicht den Tod bringen musste, kehrte zurück und erzählte eine seltsame Geschichte über einen Grünen Ritter und über Ehre, die er durch Kapitulation erworben hatte. Der ruhmreiche französische Ritter Sir Lancelot legte seine Waffen ab, nachdem er in einem Turnier besiegt worden war, und wollte hinfort als Einsiedler leben. Gaheris begab sich auf Ritterfahrt, blieb eine Weile verschwunden und kehrte dann Arm in Arm mit einer bemerkenswerten Frau namens Lynet und einer noch bemerkenswerteren Geschichte zurück, so seltsam, dass er sie niemals im Leben erfunden haben könnte. Und ab und zu hörten sie auch Neues aus der weiten Welt. Aus Cornwall gab es neue Geschichten über Tristans heimliche Liebe zu Königin Isolde und über die Wutausbrüche des immer eifersüchtigeren Königs Marke. Aus Wales hörten sie andere Geschichten, über einen jungen Mann, der mit einem zauberkräftigen Hund auf Wildschweinjagd ging oder nach dem so genannten wundersamen Kessel von Diornach suchte. Solchen Nachrichten konnte Dinadan entnehmen, dass Culloch noch immer nicht aufgegeben hatte.

Doch Culloch war jetzt allein; Keie und Bediver hatten ihn nach der Suche nach Modrons Sohn verlassen. Als König Isbaddadon Culloch dann eine weitere sinnlose Aufgabe stellte und Culloch diese auch annahm, gaben die Artusritter ihn auf und ritten davon. Doch nach allem, was man in Camelot hörte, dachte Isbaddadon sich noch immer blödsinnige Aufgaben für den Zukünftigen seiner Tochter aus.

Dinadan ging selbst auch einige Male auf Ritterfahrt – eigentlich vor allem der Form halber –, aber er machte zumeist einen Bogen um Cornwall und Wales, denn er wollte weder mit Tristan noch mit Culloch je wieder etwas zu tun haben. Einmal ritt er nach Cornwall, um Bruder Eliot in der Abtei St. Anselm zu besuchen, zweimal schaute er in Wales nach Colin, Rhiannon und der übrigen Familie in Sylvanus' Wäldern. Sie schienen alle glücklich zu sein, und weil das vor allem sein Verdienst war, freute Dinadan sich sehr darüber. In Wales erkundigte Dinadan sich in einigen Schenken vorsichtig, aber niemals hörte er etwas über Lady Brangienne. Dass er nicht wusste, wie es ihr ging, war der einzige Nachteil bei seinem Versuch Culloch aus dem Weg zu gehen, und oft ertappte Dinadan sich dabei, dass er an sie dachte.

Ungefähr drei Jahre nach der Trennung von Culloch nahm Dinadan, als er ohne ein besonderes Ziel durch den Wald von Oxfordshire ritt – meistens saß er mit übereinander geschlagenen Beinen im Sattel und spielte auf seiner Laute –, köstlichen Bratenduft wahr und hörte die melodischen Klänge eines ihm unbekannten Instrumentes. Er ließ sich von Nase und Ohren leiten und erreichte eine Lichtung, auf der ein hochgewachsener Mann an einem Feuer saß. Die Rüstung, die unter einem Baum lag, verriet Dinadan, dass es sich um einen Ritter handelte, doch einen solchen Ritter hatte er noch nie gesehen. Die Rüstung sah sehr fremd aus, und außerdem war die Haut des Mannes dunkel und braun wie verwittertes Holz. Dinadan starrte ihn an. Er hatte von den Mauren gehört – dunkelhäutigen Rittern aus Spanien und Afrika, die gut und tapfer kämpften –, aber noch nie in seinem Leben hatte er einen von ihnen gesehen.

Der Mann sprang auf, als Dinadan sich näherte. »Ich wünsche Euch einen guten Abend, Reisender.« Seine Stimme war leise und freundlich, und seine Worte waren zwar deutlich zu verstehen, wurden aber auf eine fremde Weise ausgesprochen. »Wie Ihr seht«, sagte er nun, »werde ich bald ein köstliches Mahl zu mir nehmen. Es wäre mir eine Ehre, wenn Ihr es mit mir teilen wolltet.«

In der Abenddämmerung wirkten die Augen des Fremden ungewöhnlich groß, was aber vielleicht daran lag, dass sie die einzigen weißen Stellen in seinem Gesicht waren. Dann lächelte der Mann, zeigte funkelnde Zähne, und Dinadan lächelte zurück. »Eure Gastfreundschaft nehme ich gern an, mein Freund. Ich heiße Dinadan.«

Der Mann verbeugte sich höflich. »Es ist mir eine Ehre, mein Herr Dinadan. Der Name Eures Dieners ist Palamides.«

Dinadan stieg vom Pferd und verbeugte sich ebenfalls, weil er das Bedürfnis empfand, die Höflichkeit des Mauren zu erwidern. »Vergebt mir meine Neugier«, sagte er dann, als er sich wieder aufrichtete. »Aber habe ich aus Eurem Lager nicht auch Musik gehört?«

Wieder machte Palamides eine Verbeugung und zeigte dann auf ein seltsames kleines Instrument, das ein wenig aussah wie der Bogen eines Kindes und das mit vier Saiten bespannt war. Palamides strich mit den Fingern darüber, was einen hohen, aber angenehmen Klang ergab. »Ich habe nur gespielt, um mich in meiner Einsamkeit zu zerstreuen.«

Dinadan holte seine Laute hervor. »Das mache ich auch immer«, sagte er.

Die Förmlichkeit des Mauren schwand sichtlich dahin und sein Lächeln wurde breiter. »Das ist wirklich ein glückliches Zusammentreffen, mein Herr Dinadan. Wenn Ihr gegessen habt, können wir vielleicht ein wenig Musik teilen.«

Das Essen schmeckte hervorragend, es war perfekt gebraten und mit köstlichen, aber unbekannten Gewürzen angereichert, bei denen Dinadan das Wasser im Munde zusammenlief. Die Mahlzeit dauerte sehr lange, denn sein Gastgeber wollte erst zugreifen, nachdem Dinadan satt war. Obwohl Dinadan versuchte, Palamides zum gemeinsamen Essen zu überreden, lehnte der Maure das energisch ab, er sei wirklich nicht hungrig und es sei ihm eine Ehre, seine Mahlzeit Dinadan überlassen zu können. Als Dinadan dann satt war und auch auf dreimaliges Nötigen hin nicht reagierte, schien Palamides seinen Appetit zurückzubekommen und vertilgte eine gesunde Portion. Dinadan fand diese Höflichkeit zwar übertrieben, fühlte sich zugleich dadurch aber ungeheuer geehrt.

Als der Maure gegessen hatte, lächelte Dinadan und sagte: »Und jetzt, Eure Musik!«

Palamides senkte den Kopf und sagte: »Meine Fähigkeiten sind nur gering. Viel lieber möchte ich die Musik meines Herrn Dinadan hören, wenn Ihr gestattet.«

Dinadan grinste. »Na gut, mein Freund. Aber nur wenn Ihr versprecht, später für mich zu spielen.« Palamides erklärte wieder, keinerlei Begabung zu besitzen, aber seine Lippen kräuselten sich zu einem winzigen Lächeln und Dinadan wusste, dass er noch vor dem Einschlafen an diesem Abend Palamides' Kunst hören würde. »Das hier ist eine Heldengeschichte, die ich gehört, die ich jedoch nie gesungen habe.« Dinadan griff zu seiner Laute. »Ihr habt vielleicht von dem kühnen Ritter Sir Gawain gehört?«

Dann stimmte Dinadan das Lied über Sir Gawains Suche nach dem Grünen Ritter an. Dinadan experimentierte schon seit einiger Zeit mit verschiedenen komplizierten Techniken. Die Geschichte floss dahin, und obwohl es nicht ganz glatte Stellen gab, erwärmte Dinadan sich und ließ sich von dem Rhythmus der Heldenlieder davontragen, wenn er nicht ganz sicher war. Als er den Höhepunkt erreichte, wo Gawain den Zaubergürtel wegwirft, mit dem er sein Leben retten wollte, strömten die Worte nur so aus ihm heraus:

»Schaut her«, rief Gawain, »hier fällt meine Falschheit.
Ihr habt mich Feigheit gelehrt und Sorge um mein Leben.
Niemals habe ich Treue, Liebe und Großmut gesucht,
doch in der Falschheit finde ich nur Furcht.

Pack noch einmal, du Grüner Ritter, deine Axt
und schlag nach meiner Schande wieder zu.
Ich werde mich nicht wehren, so elend bin ich,
und fröhlich lege ich hier mein Leben nieder.«

Dinadan beendete die Geschichte und erzählte, wie der Grüne Ritter sich weigerte, das ihm angebotene Leben anzunehmen, und wie Gawain, durch sein Versagen weise geworden, an den Hof zurückkehrte. Dinadan spielte noch einen letzten Refrain auf seiner Laute, dann senkte er den Kopf, er war mit sich zufrieden und rechnete mit Applaus. Als der ausblieb, schaute er hoch. Palamides nickte mit ernster Miene und spitzte die Lippen.

»Wie gut, dass wir einander begegnet sind«, sagte dann der Maure. »Denn ich bin in dieses Land gekommen, um solche Dinge zu lernen.«

Dinadan legte den Kopf schräg und fragte: »Was für Dinge meint Ihr?«

»Ich meine die Sitten der Ritter.« Palamides verstummte für einen Moment. »Auch ich bin ein Ritter, wenn dieses Wort in meiner Heimat auch nicht benutzt wird. Ich habe in Jerusalem gegen viele Eurer Ritter gekämpft und sie als würdige und mutige Gegner kennen gelernt. Ich bin hergekommen, um das Geheimnis ihres Heldentums zu lernen, denn ich glaube, nur wer durch die Stärke anderer lernt, kann selber stark werden. Ich würde diesen großen Mann, diesen Gawain, gern kennen lernen.«

Dinadan nickte. »Er ist wirklich ein so großer Mann, wie es in diesem Lied heißt, auch wenn er normalerweise nicht so geschwollen redet. Aber Ihr habt versprochen, dass ich Euren Gesang hören darf. Wie nennt Ihr dieses Instrument?«

Palamides lächelte bescheiden und sagte: »Das hat keinen Namen, denn es ist eine Kleinigkeit, die ich selber hergestellt habe und die mit keinem mir bekannten Instrument Ähnlichkeit hat. Aber mein Herr Dinadan hat so vollendet gesungen, ich würde mich schämen, ihm darin zu folgen. Ihr dürft das nicht von mir verlangen.«

Dinadan deutete diese Mitteilung so, dass er Palamides sofort bitten sollte, ein wenig zu singen, und das tat er dann. Nach einer weiteren höflichen Ablehnung ließ Palamides sich überreden. Er griff zu seinem Instrument, spielte eine langsame, zitternde Melodie und sang leise und in einer fremden Sprache. Dinadan beugte sich beim Zuhören vor, und obwohl er kein Wort verstehen konnte, war er fasziniert von den fremden Rhythmen und den seltsamen Akkorden. Als Palamides verstummte und sein Instrument beiseite legte, fragte Dinadan: »Was bedeuten diese Worte?«

Palamides runzelte nachdenklich die Stirn. »Es fällt mir schwer, das in Eurer Sprache zu sagen, denn die Worte sollen füreinander in Klang und Bedeutung ein Echo sein. Aber es ist ein Gedicht, das einer der größten Dichter meiner Heimat verfasst hat, und es heißt ›Sand des Lebens‹. Darin heißt es, dass die Zeit wie Sand ist, der durch die Wüste geweht wird und Muster und Wellen bildet, die sich bei jedem neuen Windstoß ändern. Es heißt, dass wir lebenden Wesen nur kleine tönerne Gefäße sind, die für einige Zeit aus den Sandkörnern des Lebens geformt und dann wieder vom

Wind zerstreut werden, als kleine Teilchen, die keinen besonderen Sinn ergeben.«

Dinadan nickte langsam. »Ach«, sagte er.

»Dieses Gedicht wird in den Palästen und Bibliotheken meiner Heimat sehr bewundert.«

»Ein echter Ohrwurm, was?«, fragte Dinadan und nickte noch einmal. »So ein Lied habe ich noch nie gehört.«

Palamides verbeugte sich. »Ihr seid zu gütig.«

Dinadan erwiderte diese Verbeugung. »Nicht doch«, murmelte er höflich.

Abgesehen von dieser entmutigenden Poesie fand Dinadan Palamides sehr sympathisch, und der Maure schien diese Gefühle zu erwidern. Am nächsten Morgen ritten sie, in stillschweigendem Einvernehmen, gemeinsam weiter. Palamides wollte die ruhmreichsten Ritter Englands kennen lernen, und Dinadan hatte nichts dagegen, und deshalb taten sie sich zusammen. Palamides stellte viele Fragen über die Ritter der Tafelrunde. Es enttäuschte ihn, dass Sir Lancelot, dessen Ruhm sogar in ferne Lande vorgedrungen war, den Hof verlassen hatte, doch er hoffte anderen Rittern zu begegnen und von ihnen zu lernen. Und deshalb war Palamides entzückt, als sie nach etwa einer Stunde das unverkennbare Klirren von Schwertern und Rüstungen hörten. Irgendwo vor ihnen waren mindestens zwei Ritter aneinander geraten. »Na los, Lord Dinadan, wir wollen sehen, was da vor uns passiert.«

Dinadan konnte das nicht ablehnen, aber er gab seinem Pferd doch mit sehr viel weniger Begeisterung die Sporen, und sein geringes Interesse war sofort verflogen, als sie das Schlachtfeld erreichten. Dort kämpften zwei Ritter miteinander, und einer trug eine funkelnde goldene Rüstung. »Oh, verdammt«, murmelte Dinadan.

»Was ist los?«, fragte Palamides.

»Nichts. Nur glaube ich, dass ich den einen Ritter kenne, den Burschen in der goldenen Rüstung.«

»Ist er Euer Feind?«, fragte Palamides mit ernster Miene.

»Mein Feind? Ach nein, ich habe keine Feinde«, erwiderte Dinadan.

Palamides hob die Augenbrauen und starrte Dinadan überrascht an. »Keine?«

»Nein, ich glaube nicht. Na ja, da gibt es einen Kaufmann in Wales, aber ich glaube, das ist der Einzige. Tristan ist kein Feind, der geht mir nur auf die Nerven.«

»Tristan? Sir Tristan de Liones?«, fragte Palamides aufgeregt. »Aber von dem habe ich doch gehört. Der ist ja wohl einer der größten lebenden Ritter.«

»Er kann sehr gut mit dem Schwert umgehen, soviel ich weiß«, sagte Dinadan vorsichtig. »Aber das werdet Ihr ja gleich selber sehen.«

Das stimmte. Der Kampf, der vor ihnen auf der Wiese hin und her wogte, war eine beeindruckende Vorführung ritterlicher Künste, die von beiden Rittern beherrscht wurden. Rein technisch gesehen hätte es ein unterhaltsames Schauspiel sein können, wenn es sich nicht so offenkundig um tödlichen Ernst gehandelt hätte. Tristan und sein Gegner schlugen aufeinander ein, und zwischen den Hieben überschütteten sie einander mit Schmähungen und Drohungen. Palamides runzelte die Stirn und Dinadan seufzte. »Ach«, sagte er. »Das ist bestimmt Sir Lamorak. Er und Tristan können einfach nicht miteinander auskommen, müsst Ihr wissen.«

»Reden englische Ritter immer so über würdige Widersacher?«, fragte Palamides angeekelt. »Das ist doch wohl eher eine Sprache für Marktweiber und nicht für Ritter.«

Dinadan zuckte mit den Schultern. »Für diese beiden ist das normal. Sie hassen einander seit Jahren, und überraschend an allem ist eigentlich nur, dass sie beide noch leben.«

Plötzlich war Dinadan schrecklich müde, so, als habe der Morgen sich von einer Sekunde zur anderen in Nacht verwandelt. Er kämpfte für einen Augenblick gegen seine Schläfrigkeit an, aber es war doch viel leichter den Kopf sinken zu lassen und im Sattel ein kleines Nickerchen zu machen. Einen Moment darauf – so kam es ihm jedenfalls vor – verflog die Müdigkeit wieder und ihm fiel auf, wie still doch alles war. Der Kampf war offenbar vorüber. Er hob die Augen und sah, dass Palamides schlaftrunken den Kopf schüttelte und dass Tristan allein vor ihnen im Gras lag. »Was ist passiert?«, fragte Dinadan.

»Wenn ich das wüsste«, antwortete Palamides. »Aber ehe der Schlaf über uns kam, sah ich am Wiesenrand eine Frau. Ich fürchte, wir sind verzaubert worden.«

Eine vage Erinnerung meldete sich zu Wort. »Ach ja. Tristan hat einmal gesagt, dass Lamorak eine Fee liebt, die ihn manchmal aus der Gefahr rettet.«

Tristan bewegte sich ein wenig und Palamides ritt zu ihm und schwang sich aus dem Sattel. »Sir Tristan, darf ich Euch behilflich sein?«, fragte er.

Tristan setzte sich auf und nahm den Helm ab. »Wer hat Euch meinen Namen genannt?«, fragte er.

Palamides kniff die Augen zusammen. »Das war Sir Dinadan dort hinten.«

»Dinadan?«, wiederholte Tristan. »Ich kenne niemanden dieses Namens.«

Palamides schaute sich verwirrt zu Dinadan um. »Keine Sorge«, sagte Dinadan und seufzte. »Das kränkt mich nicht weiter.« Er wandte sich Tristan zu. »Wir sind uns vor einigen Jahren zuletzt begegnet. Wie ist es Euch seither ergangen? Schmachtet noch immer nach Isolde, nehme ich an?«

Tristan riss die Augen auf. »Woher wisst Ihr von meiner Liebe? Das ist ein Geheimnis.«

»Ach ja, ein Geheimnis«, erwiderte Dinadan. »Das nur Euch und Isolde und jedem fahrenden Sänger in ganz England bekannt ist.«

Tristan kam mühsam auf die Beine und drehte sich zu Palamides um. »Ihr dürft das niemandem erzählen, versteht Ihr?«

»Nein, das nicht«, erwiderte Palamides gelassen. »Warum wollt Ihr Eure Liebe zu einer Frau geheim halten?«

Tristan kniff die Lippen zusammen und hob sein Kinn. Dinadan ging davon aus, dass sie jetzt alles über sein Schweigegelübde hören würden, und erklärte, um das zu vermeiden: »Sie ist schon mit einem anderen verheiratet.«

Wieder runzelte Palamides die Stirn. »Wenn das so ist, dann müsst Ihr sie vergessen. Sie hat einem anderen Treue geschworen und dieser Schwur muss von allen respektiert werden. Stimmt das nicht?«

Tristan wirkte überrascht. »Aber sie ist die einzige Frau, die ich jemals lieben werde. Wenn ich sie nicht haben kann, dann will ich keine.«

»Dann habt Ihr eben keine«, sagte Palamides. Er drehte sich zu Dinadan um und fragte: »Müssen englische Ritter die Treueversprechen anderer nicht respektieren?«

Dinadan antwortete wahrheitsgemäß: »Manche von uns respektieren sie, andere nicht.«

Tristan achtete nicht auf diesen kurzen Wortwechsel. »Aber wenn ich keine Dame habe, dann bin ich kein Ritter, denn wozu ist ein Ritter da, wenn nicht, um einer holden Dame zu dienen?«

Palamides schaute Tristan mit entsetzter Neugier an. »Das nennt Ihr den Sinn des Rittertums? Einer Dame zu dienen? Und das soll alles sein?«

»Was könnte ein Mann sich denn sonst noch wünschen?«

Palamides' Gesicht zeigte noch größere Überraschung, und dann wollte er etwas sagen, doch Dinadan räusperte sich und Palamides, der seinen Blick aufgefangen hatte, verstummte sofort. Dinadan trieb sein Pferd an und ritt an Tristan vorbei. »Sehr nett, Euch mal wiedergesehen zu haben, Sir Tristan«, sagte er höflich. »Ich wünsche Euch alles Gute beim Dienst an den Damen und überhaupt, aber wir müssen jetzt wirklich weiter.«

Palamides folgte ihm, und als Tristan außer Sichtweite war, hielt Dinadan an und schaute sich zu dem Mauren um. »Tut mir Leid, aber versteht Ihr, ich kenne den Burschen, und er redet immer solchen Unsinn, über Frauendienst und Liebe und jede Menge anderen Schrott, von dem er überhaupt keine Ahnung hat.«

»Aber spricht er die Wahrheit? Leben Ritter nur, um Damen zu dienen?«

»Das wird von manchen behauptet, vor allem von den französischen Troubadouren. Und einige Ritter glauben es auch. Ich habe keine Ahnung, wer zuerst auf diese Idee gekommen ist, König Artus war es jedenfalls nicht.«

»Was sagt König Artus?«

Dinadan überlegte kurz. »König Artus befiehlt seinen Rittern, den Hilflosen zu helfen. Ich nehme an, manche verstehen darunter die Frauen. Ich würde das ja nicht so sehen, aber so kann das alles angefangen haben. Und um gerecht zu sein, ist es doch besser, nehme ich an, etwas aus Liebe zu tun als aus Eigennutz. Wenn wir etwas aus Liebe tun, ist das doch wenigstens nicht selbstsüchtig.«

»Natürlich ist es das«, erklärte Palamides voller Überzeugung. »Eine Liebe, die jemanden dazu bringen will, sein Ehegelübde zu brechen, ist durch und durch selbstsüchtig. Wir können nur hoffen, dass der nächste Ritter, dem wir begegnen, mehr Ehrgefühl besitzt als dieser Sir Tristan.«

Unseligerweise lief ihnen als Nächstes der Möchtegernritter Culloch über den Weg. Sie saßen in einem kleinen Wirtshaus, in dem Dinadan oft einkehrte, denn der Wirt hörte gern ein schönes Lied und deckte für die, die ihm eins vorsingen konnten, großzügig den Tisch. Dinadan hatte gerade vorgetragen, wie Sir Lancelot die Burg von Garde Joyeuse eingenommen hatte, und saß nun mit Palamides vor einem köstlichen gebratenen Kapaun, als er aus dem hinteren Teil der Schankstube ein fröhliches Gebrüll hörte. »Ich wusste doch, dass ich dich schon mal irgendwo gesehen habe!«

Dinadan fuhr herum und sah einen stattlichen Ritter mit einem struppigen blonden Bart auf sich zukommen. Dinadan brauchte einige Sekunden, um diesen brüllenden Stier als Culloch zu identifizieren. Dinadan seufzte, doch als Culloch an ihren Tisch trat, zwang er sich zu einem Lächeln. »Hallo, Culloch. Wie geht's denn so?«

»Ho, ho! Ich habe dich gleich erkannt, als du gesungen hast. Nur hab ich deinen Namen vergessen.«

»Dinadan.«

Culloch schüttelte den Kopf. »Nein, nein, so nicht. Moment noch. Gleich hab ich ihn.«

Dinadan nickte. »Na, dann sag mir Bescheid, wenn es so weit ist. Und was hast du so getrieben? Du bist doch wohl nicht noch immer als König Isbads Laufbursche tätig, oder?«

»Ich suche das Schwert des Wyrnach.«

»Verzeihung?«

»Das Schwert des Wyrnach!«, wiederholte Culloch. Er beugte sich vor und fügte hinzu, als sei es ein Geheimnis: »Das ist ein Riese, musst du wissen.«

»Wer?«, fragte Dinadan.

»Wyrnach. Das ist meine nächste Aufgabe. Ich soll das Schwert von Wyrnach dem Riesen holen, damit wir damit den Hochzeitsbraten zerschneiden können.« Culloch zog sich einen Stuhl heran und nahm Platz. »Das ist keine so gute Aufgabe wie die letzte, aber sie ist ja doch nicht schlecht. Beim letzten Mal musste ich einen Zauberkessel holen, aber das war noch nicht alles. Er musste die ganze Zeit kochen, bis ich ihn in die Burg geschafft hatte. Unterwegs hab ich insgesamt vier Ochsenkarren verbrannt.«

Dinadan seufzte, dann wandte er sich an Palamides. »Sir Palamides, das ist ein alter Reisegefährte namens Culloch. Culloch, das ist Sir Palamides.«

Culloch sah Palamides zum ersten Mal an. »Ihr habt dunkle Haut«, teilte er mit. Palamides sagte nichts dazu, sah aber ein wenig müde aus.

»Sir Palamides ist ein Maure«, erklärte Dinadan.

»Kann er daran nichts ändern?«, fragte Culloch.

»Offenbar nicht«, erwiderte Dinadan und verkniff

sich eine scharfe Zurechtweisung. Er freute sich durchaus nicht über dieses Wiedersehen mit Culloch, aber jetzt, wo es doch passiert war, wollte er ihm einige Fragen stellen und da durfte er ihn nicht beleidigen. »Alle anderen Aufgaben hast du also gelöst?«

»Aber sicher, klar. Der pure Spaß, für den alten Issie Rittertaten zu vollbringen.«

»Rittertaten?«, fragte Palamides mit plötzlichem Interesse. »Seid Ihr ein Ritter?«

»Noch nicht, aber ich arbeite daran«, erklärte Culloch großartig. »Ein mächtiger König stellt mir Aufgaben.«

Dinadan räusperte sich. »Ich dachte, du machst das alles, um die Hand der holden Lady Olwen zu gewinnen.«

»Na ja, das auch. Aber wenn ich alle diese Aufgaben erfüllt habe, werden alle zugeben müssen, dass ich den Ritterschlag verdient habe.«

»Und was für Taten begeht Ihr, um den Ritterschlag zu verdienen?«, fragte Palamides.

Das wär's, dachte Dinadan resigniert. Und natürlich verbreitete Culloch sich jetzt begeistert über alle Heldentaten, die er für König Isbaddadon vollbracht hatte. Palamides' Gesicht wirkte immer ungläubiger, je mehr törichte Geschichten er sich anhören musste. Culloch schaffte es derweil, zwei Brathühner zu verzehren und mehrere Krüge Bier zu leeren, und deshalb waren seine Geschichten ebenso schwer zu verstehen, wie sie zu glauben waren. Als er immer weitererzählte, fürchtete Dinadan schon, er werde seine Fragen nicht mehr stellen können, ehe Culloch vom Schlaf überwältigt würde, aber dann nahm die Geschichte doch ein Ende und Culloch ließ sich auf seinem Stuhl zurücksinken und schien auf Beifall zu warten. Palamides war sprachlos.

»Und wann warst du zuletzt an Isbaddadons Hof?«, fragte Dinadan.

»Hä? Ist nicht lange her. Woche oder so.«

»Und, geht's allen da gut?« Culloch zuckte mit den Schultern und nickte, doch Dinadan ließ sich nicht mit so wenig abspeisen. »Was macht diese Hofdame, die wir bei unserem ersten Besuch mitgebracht haben, Lady Brangienne, ist die noch da?«

»Brangienne?«, wiederholte Culloch mit gerunzelter Stirn. »Ich glaube nicht, dass wir eine haben, die so heißt. Und ich kenne doch schließlich den ganzen Hof.«

»Brangienne ist nicht mehr da?«, fragte Dinadan langsam.

Plötzlich prustete Culloch los. »Ach, du meinst Bragwaine. Ho, ho. Frau Kalt und Steif, so nenne ich sie.«

»Sie heißt Brangienne«, sagte Dinadan gereizt.

»Issie nennt sie immer Bragwaine. Aber klar, die ist noch da. Wieso?«

»Pure Neugier«, sagte Dinadan. »Geht's ihr gut?«

Aber diese Frage konnte Culloch nicht beantworten, da er darüber noch nie nachgedacht hatte, und Dinadan musste sich mit dem Wissen zufrieden geben, dass Brangienne in Wales und noch immer am Leben war.

Bald danach nickte Culloch ein, und das bot Dinadan und Palamides die Gelegenheit, sich auf das Zimmer zurückzuziehen, das der Wirt ihnen für diese Nacht zugeteilt hatte. Palamides schwieg, bis sie die Tür hinter sich geschlossen hatten, doch dann sagte er mit vor Verachtung geradezu triefender Stimme: »*Das* war ein englischer Ritter?«

»Nein«, widersprach Dinadan sofort. »Und er wird wohl auch nie einer sein. Er hat Euch nicht alles gesagt.« Dann erzählte Dinadan, wie zwei von Artus' bedeutendsten Rittern mit Culloch losgeritten waren, um ihm zum Ritterschlag zu verhelfen, doch wie sie ihn am Ende dann aufgegeben hatten. »Versteht Ihr, Sir Keie und Sir Bediver waren von Cullochs Albernheiten ebenso angeekelt wie Ihr.«

Palamides dachte kurz über diese Auskunft nach, dann sagte er: »Mir scheint, ich muss den Hof Eures Königs Artus aufsuchen, um wahres Rittertum kennen zu lernen, denn die Ritter, die mir hier begegnen, sind wirklich nicht das, wonach ich gesucht habe.«

»Wir können uns gleich morgen auf den Weg machen«, versprach Dinadan.

Die beiden Ritter schlugen den kürzesten Weg nach Camelot ein und streiften dabei die Grenze zu Cornwall. Mitten am Nachmittag stießen sie am Ufer eines sanft plätschernden Flusses auf eine Jagdgesellschaft. Ein Dutzend elegant gekleidete Höflinge und mindestens ebenso viele Hofdamen saßen auf gelangweilt dreinblickenden Pferden, plauderten und ließen ab und zu einen livrierten Falkner einen Falken hochschicken. Im Mittelpunkt der Gesellschaft stand eine ungeheuer prachtvoll gekleidete Dame mit goldenen Haaren, und als Palamides und Dinadan näher kamen, flüsterte Palamides: »Wie überaus lieblich!«

Die Jagdgesellschaft hatte ihr Näherkommen schon bemerkt und verstummte, und alle schauten den beiden Rittern entgegen. Aller Augen richteten sich auf Palamides' dunkle Züge. Die goldhaarige Schönheit ritt einige Schritte vor, lächelte und sagte: »Willkommen, Ihr Reithenden. Oder thollte ich thagen, Ihr wandernden Ritter?« Dinadan starrte sie an. Das wunderschöne Gesicht der Frau hatte sich während dieser Rede auf fast kindische Weise schmollend verzogen. Sie schob ihre Lippen beleidigt vor und riss ihre Augen auf verwirrende Weise auf. Sie schien eine verwöhnte Fünfjährige nachzuahmen, und Dinadan konnte sich nicht vorstellen, wozu das wohl gut sein sollte.

Palamides verbeugte sich und sagte: »Wir sind in der Tat Ritter und stehen zur Euren Diensten, Herrin, denn Ihr tut uns schon einen Gefallen, indem Ihr uns den Anblick solcher Schönheit gewährt.«

Dinadan warf Palamides einen kurzen Seitenblick zu und verwünschte für dieses eine Mal die ungeheure Höflichkeit des Mauren. Nach Dinadans Erfahrung brachte es nichts, Damen allzu überschäumende Komplimente zu machen. Die Augen der Dame wurden noch größer. »Eth itht immer eine grothe Freude, abenteuerluthtige Ritter kennen thtu lernen. Ich bin von bereitth mehr als einem kühnen Helden auth tho mancher Notlage errettet worden. Darf ich um Eure Namen bitten?«

»Man nennt mich Palamides, ich bin ein Ritter aus dem fernen Arabien.«

»Und ich«, sagte Dinadan, »heiße Dinadan.«

Die Dame musterte sie abschätzend und für einen Moment nahm Dinadan in ihrem Blick etwas Berechnendes wahr, das zu ihrer hier gespielten Rolle kaum zu passen schien. »Eth muth Gotteth Wille thein, dath Ihr mich aufthucht, Ihr beide«, sagte sie dann endlich. »Thwei tho guothe Uitter, die angeuitten kommen, um einer Dame auth ihuer Not thu helfen.«

Während ihr künstliches Lispeln sich zusehends kindischer anhörte, verzog sich der Mund der Dame mehr und mehr zum Schmollmund. Dinadan wandte sich angewidert aber, während Palamides höflich sagte: »Ich bin in dieses Land gekommen, um alles über das Leben der Ritter zu erfahren, und einer hat mir gesagt, dass ein Ritter den Damen dienen sollte.«

Erschrocken schaute Dinadan auf. »Ja, aber vergesst nicht, dass Ihr das von einem Esel gehört habt.«

»Aber Ihr habt doch selbst gesagt, dass ein Ritter Not Leidenden helfen soll«, erwiderte Palamides. »Wie darf ich Euch behilflich sein, Herrin?«

Die Dame wimmerte und klimperte einige Male heftig mit den Wimpern, als habe sie ein Staubkorn ins Auge bekommen, dann seufzte sie. »Eth itht diethelbe Aufgabe, die ich allen Uittern thtelle, schon theit Jahuen und Jahuen und Jahuen, denn ich liebe thie tho thehr, dath ich niemalth dauin nachlathen uerde.«

»Was werdet Ihr nicht?«, fragte Dinadan.

»Darin nachlassen«, betonte die Dame und bedachte Dinadan mit einem scharfen Blick.

»Es muss schön sein eine zweite Sprache zu sprechen«, sagte Dinadan.

»Welche Dame liebt Ihr so?«, fragte Palamides.

»Meine geliebte Hofdame, die mir vor drei Jahren entführt worden ist«, sagte die Schöne und hatte ihr Lispeln plötzlich vergessen. »Ich fürchte, dass sie tot ist, aber ich muss es genau wissen. Bitte, großer Ritter aus Arabien, ich flehe Euch an, findet sie für mich. Sie heißt Lady Brangienne.«

Dinadan war für einen Moment mit Stummheit geschlagen, als ihm aufging, dass diese gerissene Person vor ihm keine andere war als Isolde, und in seiner Verblüffung dachte er nicht schnell genug nach. Ehe er wusste, wie ihm geschah, hatte Palamides sich auch schon verbeugt und gesagt: »Aber das ist kein Problem, Herrin. Lady Brangienne hält sich in Wales auf, am Hof eines gewissen Königs Isbadd – wie spricht man diesen Namen noch aus, Dinadan?«

Dinadan öffnete den Mund und klappte ihn dann wieder zu.

»Isbaddadon!«, sagte Palamides. »Ihr braucht Euch keine Sorgen mehr um sie zu machen, denn sie lebt und steht dort in Diensten der Königstochter. Hat das Euer Freund Culloch nicht erzählt, Dinadan?«

Dinadan schloss gequält die Augen, und seine Gedanken wirbelten durcheinander. Wenn Isolde Brangienne noch immer suchte, dann konnte das nur bedeuten, dass sie sie noch immer zum Schweigen bringen wollte. Und jetzt wusste sie, wo sie sie finden konnte.

Dinadan schaute auf. »Ja, das stimmt. Werdet Ihr jetzt einen Boten zu ihr schicken, Herrin?«

»Aber natürlich«, antwortete Isolde mit leuchtenden Augen.

»Dann lasst mich Euch den Weg zu König Isbaddadons Burg erklären«, sagte Dinadan.

Es tat Dinadan Leid, den Mauren, der ihm ans Herz gewachsen war, verlassen zu müssen, aber er hatte keine Zeit zu verlieren. Er musste vor Isoldes Boten bei Brangienne eintreffen. Dieser Bote würde durch die falschen Wegbeschreibungen, die Dinadan Isolde gegeben hatte, aufgehalten werden, aber er wusste, dass das nicht für lange sein würde. In Wales würde ihm alle Welt den richtigen Weg zeigen können.

Dinadan ritt schnell, trieb seine Pferde an und gönnte ihnen nur kurze Ruhepausen. Er machte nie länger als für eine Stunde Rast, dann ging es weiter, durch den Abend und in die Nacht hinein und weiter bis in die schwarzen Stunden vor der Dämmerung. Seine Pferde stolperten und schnappten nach Luft. Dinadan wusste, dass sie dringend Ruhe brauchten, aber er konnte sich von dem Gedanken nicht befreien, dass im selben Moment die von Isolde gesandten Mörder vor Brangienne stehen konnten. Er trieb seine Pferde an, versuchte sich mitten auf dem Waldweg zu halten und betete, dass seine Pferde durchhalten würden.

Das taten sie nicht. In den schwarzen Schatten unter gewaltigen alten Bäumen mitten im Wald verfehlte Dinadan den Weg und sein Pferd geriet ins Straucheln. Beide gingen zu Boden und wurden dann unter dem Packpferd begraben. Die Pferde konnten sich wieder aufrappeln, sie waren also nicht ernsthaft verletzt, aber als Dinadan sie nach Luft schnappen hörte, wusste er, dass in dieser Nacht an Reiten nicht mehr zu denken war. Er trat vor sie hin, sang ein beruhigendes Lied und streichelte ihre Nüstern. Erst als ihr Atem regelmäßiger wurde, griff er zum Sattel, um festzustellen, ob seine Laute den Sturz überlebt hatte. Zu seiner Erleichterung war sie unversehrt, und das brachte ihn auf eine Idee.

Er nahm die Laute vom Sattel, stimmte sie in aller Eile und fing an zu spielen. Er spielte so laut und klar er konnte und versuchte, seine Musik erzählen zu lassen, wie dringlich sein Anliegen war. Er spielte eine alte Ballade, die er zuerst von Thomas dem Reimer gehört hatte, doch selbst dem ehrwürdigen Thomas wäre es schwer gefallen, in dieser hektischen, schnellen Version sein Werk zu erkennen. Dinadan spielte vielleicht zehn Minuten lang, obwohl es ihm länger vorkam, als er eifrig auf jedes Waldgeräusch horchte, doch endlich wurden seine Ohren durch leise Flötentöne belohnt, die jede Sekunde lauter wurden und mit Dinadans tanzenden Akkorden Schritt hielten. Eine Minute darauf erklangen sie gleich hinter ihm und Dinadan spielte eine letzte geschwungene Klangfolge, dann verstummte er.

»Du hast gerufen, Dinadan?«, fragte eine vertraute Stimme.

»Ja, obwohl ich kaum zu hoffen wagte, dass du mich hören würdest, Sylvanus«, sagte Dinadan.

»Du brauchst Hilfe?«

Dinadan nickte. »Ich muss zu König Isbaddadons Burg. Es geht um das Leben einer Freundin, die dort lebt.«

»Erzähl.«

Dinadan holte tief Atem. »Sie heißt Lady Brangienne. Sie allein kennt das Geheimnis der Königin Isolde von Cornwall, und deshalb versteckt sie sich seit über drei Jahren vor ihr. Aber jetzt weiß Isolde, wo sie sie finden kann, und ich muss Brangienne warnen, ehe ihr etwas Schlimmes passiert.«

Sylvanus schwieg für einen Moment, dann sagte er: »Sei unbesorgt. Isolde hat Boten gesandt, aber die haben sich gewaltig verirrt. Sie können nicht vor morgen Abend in König Isbaddadons Burg eintreffen.« Dinadan seufzte erleichtert auf. »Aber wieso weiß Königin Isolde erst jetzt, wo Lady Brangienne sich versteckt?«

Dinadan zögerte nicht eine Sekunde. »Das war meine Schuld. Ich hatte mich bei jemandem, der bei ihr am Hof gewesen war, nach ihr erkundigt, und dabei habe ich unvorsichtigerweise ihren Namen in der Öffentlichkeit genannt. Bitte, Sylvanus, wenn Isoldes Leute noch eine Tagesreise vom Isbaddadons Burg entfernt sind, wie weit ist es für mich?«

»Für dich sind es nicht einmal zehn Minuten, mein Freund«, kam die Antwort, und als der Waldgeist das gesagt hatte, schienen die Schatten in ihrer Umgebung sich in Bewegung zu setzen. Dinadan starrte sie an, bis seine Augen schmerzten, aber später wusste er dann nur noch, dass er das Gefühl gehabt hatte, die Welt bewege sich, und während er und seine Pferde still standen, kam dann Isbaddadons Burg auf ihn zu. Er wusste wirklich nicht, wie das möglich gewesen war, und war einfach nur dankbar.

Dinadan brauchte dann länger, um sich Zugang zur Burg zu verschaffen, als er für den Weg aus dem Wald gebraucht hatte, doch endlich tauchte ein Wächter auf, der sich von dessen früheren Besuchen her an Dinadan erinnerte. Als er dann aber in der Burg stand, wusste Dinadan zuerst nicht weiter. Er wollte Lady Brangienne von dort wegholen, er glaubte, es sei die beste Möglichkeit, das in der Nacht zu tun und solange Isbaddadon und Olwen aus dem Weg zu gehen, nur wusste er nicht, wo Lady Brangiennes Kammer liegen mochte. Er ließ seine Pferde auf dem Burghof stehen und suchte den einzigen Ort auf, der ihm einfiel – die Küche.

Die war leer. Plötzlich merkte Dinadan, dass er großen Hunger hatte, und er nahm sich ein Stück Rinderbraten, während er versuchte sich daran zu erinnern, durch welchen Gang Brangienne bei ihren früheren Begegnungen in ihre Kammer zurückgekehrt war. Er streckte gerade die Hand nach einem zweiten Stück Fleisch aus, als hinter ihm eine gelassene Stimme sagte: »Ich dachte schon, wir würden Euch nie wiedersehen. Hattet wohl Heimweh nach unserer Speisekammer, was?«

Dinadan lächelte und atmete auf. Ohne sich umzudrehen, sagte er: »Es ist doch seltsam, dass ich Euch immer antreffe, wenn ich diese Küche aufsuche.« Er biss in sein Fleisch, dann drehte er sich um. Brangienne wirkte älter und auf irgendeine Weise ernster, aber ihre Augen waren noch immer lebhaft und intelligent. »Na, Ihr seht ja nicht schlecht aus. Die letzten Jahre waren hoffentlich nicht zu hart.«

Brangiennes Augen verdüsterten sich. »Davon könnt Ihr Euch überhaupt keine Vorstellung machen. Aber was führt Euch her?«

»Ich wollte Euch sprechen«, sagte Dinadan.

»Wie schmeichelhaft«, sagte sie sofort. »Dass Ihr dermaßen um mich besorgt seid – wo Ihr Euch drei Jahre und vier Monate nicht habt sehen lassen.« Sie sagte das in einem ungeheuer spöttischen Tonfall. »Erzählt mir doch einfach mal, warum Ihr wirklich hier seid.«

Dinadan merkte, dass er rot anlief. »Ja, es war wohl eine zu lange Zeit. Aber ganz ehrlich, ich habe in diesen Jahren oft genug an Euch gedacht, nur wollte ich nicht noch einmal in Cullochs idiotische Unternehmungen hineingezogen werden. Das ist sicher kein großes Kompliment für Euch, oder? Dass ich an Euch gedacht habe, dass ich aber keine Unannehmlichkeiten auf mich nehmen wollte, um Euch zu sehen.«

Brangienne zögerte. »Nein, das ist es wirklich nicht«,

sagte sie dann endlich. »Aber mir würde es auch so gehen. Er ist der totale Esel und Olwen ist genauso schrecklich. Aber was führt Euch denn nun her?«

Dinadan kniff die Augen zusammen, als er plötzlich an den Sinn seines Besuches erinnert wurde. »Ich will Euch von hier fortbringen. Isolde weiß, dass Ihr hier seid, und deshalb seid Ihr in Gefahr.«

Brangienne schwieg sehr lange. Endlich sagte sie: »Wirklich? Das frage ich mich ja doch. Will sie nach dieser langen Zeit noch immer meinen Tod?«

»Sie hat Soldaten nach Euch ausgesandt.«

»Seid Ihr sicher?«

»Ich habe absolutes Vertrauen zu dem, der es mir gesagt hat. Er sagt, dass sie bald hier sein werden. Ihr müsst sofort aufbrechen.«

Brangiennes Gesicht bewegte sich nicht. »Woher weiß sie es?«, fragte sie plötzlich.

Dinadan schluckte. »Meine Schuld. Ich war mit einem Freund unterwegs, und da sind wir auf Culloch gestoßen. Ich habe ihn nach Euch gefragt und nicht daran gedacht, dass ich nicht allein war. Ein oder zwei Tage darauf lief uns Isolde über den Weg, und mein Freund, in seiner Unschuld, hat Euch erwähnt.«

»Ihr habt Euch nach mir erkundigt?«, fragte Brangienne langsam. Dinadan zuckte mit den Schultern. »Und dann seid Ihr sofort hergekommen, um mich zu warnen?«

»Ich musste Isoldes Boten doch zuvorkommen«, erklärte Dinadan. »Isolde hat keine Zeit verschwendet, wenn sie nur noch eine Tagesreise von hier entfernt sind, wie mir gesagt worden ist.«

»Wer hat es Euch gesagt?«

Dinadan leckte sich kurz die Lippen. »Das ist nicht ganz einfach zu erklären. Er ist nicht … na ja, ich weiß, dass auf ihn Verlass ist, aber ich kann nicht …«

»Handelt es sich um ein schattenhaftes Wesen mit Hörnern?«, fragte Brangienne plötzlich.

Dinadan nickte und ließ Brangiennes Gesicht dabei nicht aus den Augen. »Ihr kennt Sylvanus?«

»Heißt er so? Nein. Nein, kennen wäre zu viel gesagt. Aber ich bin hergekommen, weil jemand mich geweckt und in die Küche geschickt hat. Ich sollte wohl wirklich aufbrechen.« Ihre Stimme klang bemerkenswert ruhig, fand Dinadan, als plane sie, eine kleine Besorgung zu erledigen, statt den Ort zu verlassen, an dem sie seit mehr als drei Jahren lebte. Dann schaute sie ihm in die Augen. »Nur, wohin?«

Dinadan sagte: »Ich dachte, ich könnte Euch an Artus' Hof bringen.«

»Nein.« Ihre Stimme klang noch immer ruhig und gelassen.

»Nein?«

»Nein«, sagte Brangienne energisch. »Ihr habt ja keine Ahnung, was eine Hofdame für ein Leben hat; die ganze Zeit muss sie törichten Frauen dabei helfen, die Dinge zu tun, die sie ganz bestimmt auch weiterhin töricht sein lassen. Ich will nie mehr an einem Hof leben müssen.«

»Dann … dann wohin? Ich weiß wirklich nicht, wo Ihr sonst in Sicherheit wärt.«

»Wie wäre es mit einem Kloster?«, fragte Brangienne.

»Mit einem Kloster? Für Euch?«

Brangienne lächelte. »Glaubt nicht, das sei übereilt von mir. Ich plane das seit ewigen Zeiten. Jede Nacht träume ich davon, wie ich diese Burg verlasse, aber ich will nicht einfach eine Burg mit der anderen vertauschen. Ich möchte mit vernünftigen Menschen zusammenleben, und das bedeutet mit Frauen, aber nicht mit adligen Frauen. Kennt Ihr irgendein Kloster, das in ein oder zwei Tagen zu erreichen ist?«

Dinadan dachte kurz nach. »Ich kenne eine Abtei – St. Anselm –, und ein Freund von mir ist dort Mönch. Er weiß vielleicht ein passendes Kloster für Euch. Wie lange braucht Ihr zum Packen?«

Brangienne lachte. »Ich habe seit drei Jahren gepackt. Stehen Eure Pferde auf dem Hof? Dann treffen wir uns dort.«

Und so kam es, dass Dinadan eine Woche darauf, nachdem Bruder Eliot ihm den Weg zum Kloster der Schwester der Freude erklärt hatte, Brangienne in der Obhut einer grimmig dreinschauenden Frau mit schweren Wangen und buschigen Augenbrauen unter einer beeindruckenden Haube ließ. Die Nonne nahm Brangienne ohne ein Wort auf, starrte dabei aber Dinadan an, als habe sie einen Mörder vor sich. Dinadan kniff unter ihrem wütenden Blick die Augen zusammen und fragte leise: »Wisst Ihr wirklich, was Ihr tut, Brangienne?«

Brangienne schaute Dinadan an und ihr Blick wurde weich. »Hier wird es mir gut gehen, Dinadan. Ich danke Euch.« Dann ging sie durch das Klostertor, wobei ihr elegantes Kleid neben der schlichten Nonnentracht ihrer Begleiterin seltsam fehl am Platze wirkte, und das Tor schlug hinter ihr ins Schloss.

Igraines Horn

Dinadan ließ Brangienne zwar nur ungern bei der übellaunigen Nonne zurück, aber für den Moment war sie dort immerhin in Sicherheit. Sollte Isolde jedoch weiterhin nach ihr suchen, dann würde diese Sicherheit nicht von Dauer sein. Dinadan hatte sich das alles genau überlegt und wusste jetzt, was er zu tun hatte. Wenn Isolde Brangiennes Tod wünschte, um die Geschichte des Zaubertranks vertuschen zu können, dann musste er ihr klar machen, dass ein solcher Mord alles nur noch schlimmer machen würde. Und deshalb ritt Dinadan zurück nach Tintagel.

Gegen Mittag am vierten Tag auf seinem Ritt nach Cornwall hörte er ein vertrautes Geräusch, nämlich fremdländische, melodiöse Saitenklänge. Dinadan blieb stehen. »Palamides?«, rief er. Die Musik verstummte und gleich darauf tauchte Palamides aus seinem hinter den Bäumen gelegenen Lager auf.

»Seid Ihr es wirklich, mein Freund? Ich bin von Freude überwältigt«, sagte der Maure.

»Was macht Ihr hier? Wolltet Ihr nicht nach Camelot?«, fragte Dinadan, sprang aus dem Sattel und umarmte den Mauren.

»Nein, mein Freund. Ich war noch keine Achtelmeile

geritten, als mir aufging, dass ich ohne Euch nicht weiterreisen wollte.« Dinadan kniff die Augen zusammen, dann lächelte er. »Und deshalb, mein Freund, habe ich auf Euch gewartet«, erklärte Palamides.

»Aber woher wusstet Ihr, dass ich hier vorüberkommen würde?«

»Das wusste ich natürlich nicht, aber es lag doch ziemlich nahe. Wegen einer Bemerkung von Königin Isolde musstet Ihr plötzlich dringend etwas erledigen. Und da dachte ich, etwas, das so dringend ist, würde Euch vermutlich auch zu ihr zurückführen.« Dinadan schwieg und Palamides fügte hinzu: »Ich habe nicht gefragt, was so wichtig war.«

Dinadan nickte. »Ja, und dafür danke ich Euch, aber ich glaube, ich sollte Euch ins Vertrauen ziehen. Versteht Ihr, nicht Isolde hat das gesagt, was mich fortgejagt hat; es war eine Bemerkung, die *ich* über Lady Brangienne gemacht habe. Isolde will verhindern, dass sie ein Geheimnis weitererzählt. Brangienne versteckt sich jetzt seit drei Jahren vor Isolde, doch durch meine Achtlosigkeit hat Isolde von ihrem Aufenthaltsort erfahren.«

Palamides biss die Zähne zusammen. »Aber das habe doch ich der Königin erzählt. Habe ich damit wirklich das Leben einer Dame in Gefahr gebracht?«

»Ihr wusstet das doch nicht«, sagte Dinadan. »Und jetzt ist es ja auch kein Problem mehr. Brangienne ist an einem anderen Ort wieder in Sicherheit.«

Palamides' Augen loderten. »Ich will aber auch ohne

mein Wissen bei keiner Schandtat behilflich sein«, erklärte er wütend. »Ihr reitet jetzt zu Königin Isolde?«

Dinadan nickte. »Ich werde ihr erzählen, dass auch ich ihr Geheimnis kenne, und dass ich es in ganz England verbreiten werde, wenn Brangienne etwas zustößt.« Sie schwiegen einen Moment, dann schüttelte Dinadan seine ernste Stimmung ab. »Aber Ihr braucht wirklich nicht mitzukommen. Ihr sucht doch kühne Ritter, und in Tintagel haben sie nur Tristan zu bieten.«

»Vielleicht finde ich doch noch einen«, erwiderte Palamides gelassen. »Gestattet mir, mein Pferd zu satteln.«

Und danach ritten sie gemeinsam nach Tintagel, plauderten unterwegs miteinander und machten Musik.

Sie waren nur noch eine Stunde von Tintagel entfernt, als sie auf einen Ritter stießen, der auf einer Lichtung am Wegesrand Rast machte. Palamides ritt zu ihm, um ihn zu begrüßen, denn das machte er bei jedem Ritter so, und als Dinadan Sir Lamorak erkannte, war es zu spät zur Umkehr. »Mist«, murmelte Dinadan.

Palamides schaute zu ihm herüber. »Was ist los, mein Freund … ach, ich verstehe schon.«

»Hallo, Ihr guten Ritter«, sagte Sir Lamorak, der freundlich lächelnd auf sie zukam.

Sie hielten an. »Guten Tag, Sir Lamorak«, sagte Dinadan.

Sir Lamorak runzelte die Stirn. »Kenne ich Euch?«, fragte er überrascht.

»Das weiß ich wirklich nicht«, sagte Dinadan. »Mein Name ist Dinadan und das hier ist Sir Palamides.«

Sir Lamorak starrte, wie alle, die ihm begegneten, Palamides' dunkle Haut an. »Aber Euch habe ich schon einmal gesehen! Ich kämpfte auf Leben und Tod gegen Sir Tristan, und ein dunkelhäutiger Ritter kam des Wegs und sah uns dabei zu. Das wart dann offenbar Ihr, Sir Palamides.«

»Richtig«, erwiderte Palamides gelassen. »Ich finde es beeindruckend, dass Ihr sogar bei einem solchen Kampf noch Augen für uns hattet.«

»Seid Ihr mit Sir Tristan befreundet?«, fragte Sir Lamorak plötzlich.

»Nein«, antworteten Palamides und Dinadan wie aus einem Munde.

Nun lächelte Sir Lamorak wieder, zumindest mit den Lippen, und sagte: »Wie schade. Wisst Ihr, ich suche Freunde von Sir Tristan, die ihm etwas von mir ausrichten könnten.«

»Pech gehabt«, sagte Dinadan. »Dann sucht weiter. Irgendwo muss Tristan doch einen Freund haben.«

Sir Lamorak achtete nicht auf ihn. »Aber vielleicht könntet Ihr mir trotzdem helfen«, sagte er. »Ihr müsst wissen, dass ich ein schlechtes Gewissen habe, weil ich immer wieder gegen Sir Tristan darum kämpfen wollte, wer die schönere Dame liebt.«

»Dazu habt Ihr auch allen Grund«, sagte Palamides. »Sich wie Kinder über die Schönheit einer Dame zu zanken, bringt die Frau nur in Verruf.«

Sir Lamorak kniff die Lippen zusammen, doch dann lächelte er schwach. »Ihr habt ja so Recht. Und weil ich ein schlechtes Gewissen habe, möchte ich alles wieder gutmachen. Ich habe ein Geschenk für Königin Isolde. Ihr seid nicht zufällig gerade auf dem Weg nach Tintagel, oder?«

»Doch, das sind wir«, sagte Palamides.

»Welch ein glücklicher Zufall! Könntet Ihr wohl dieses Geschenk für mich überreichen? Ich weiß ja nicht mal, ob man mich dort einlassen würde, wisst Ihr, wo Tristan doch dort ist und überhaupt. Hier, ich zeige es Euch.« Er griff in seine Satteltasche und zog ein silbernes Horn hervor, das ein wenig grünlich schimmerte. »Das ist ein Wunderhorn, und es stammt von der wunderschönen Fee, die ich liebe. Sie sagt, es sei von der großen Zauberin Igraine persönlich besprochen worden, und sie schickt es mit ihren besten Empfehlungen. Der Zauber liegt darin, dass jede edle Seele, die daraus trinkt, schon nach einem Schluck doppelt so schön sein wird wie zuvor.«

»Und was passiert einer unedlen Seele?«, fragte Dinadan skeptisch. Das schien ja nun nicht gerade das passende Geschenk für Isolde zu sein.

Wieder lächelte Sir Lamorak. »Meine Herrin hat dieses Horn speziell für Königin Isolde ausgesucht, und sie weiß schließlich, was sie tut. Bitte, würdet Ihr es ihr für mich überreichen?«

»Wir reiten nicht hin, um Geschenke zu übergeben«, sagte Palamides.

»Aber könntet Ihr es nicht trotzdem mitnehmen?«, bettelte Sir Lamorak. »Ich habe meiner Herrin versprochen, das Horn überbringen zu lassen, aber wie soll ich das machen, wenn Ihr mir nicht helfen wollt?«

Er hörte sich so jämmerlich an, dass Dinadan angeekelt die Nase rümpfte, doch Palamides seufzte nur leise. »Weil Ihr es versprochen habt, werde ich Euch helfen«, sagte er und nahm das Horn.

Es war Abend geworden, als sie Tintagel erreichten. Palamides hielt vor den gewaltigen Burgtoren an und verlangte Eintritt, wie es das Recht jedes fahrenden Ritters war. Die Tore wurden geöffnet. Gemeinsam ritten sie auf den Burghof, überließen ihre Pferde einem alten Stallmeister und erfuhren, dass König und Königin beim Essen saßen. Die Ritter zögerten, doch ein Burgverwalter versicherte ihnen, dass König Marke alle fahrenden Ritter sofort nach ihrem Eintreffen zu sehen wünschte.

»Überaus gastfreundlich«, sagte Palamides, aber Dinadan war sich da nicht so sicher.

Der Verwalter führte sie zur Banketthalle, die Dinadan und Palamides dann betraten, ohne angekündigt worden zu sein. Dienstboten liefen mit Tabletts hin und her, und etwa ein Dutzend Damen und Ritter saß an der langen Bankettafel. Den Vorsitz führte ein bleicher, dünner Mann, der eine große und offenbar schwere Krone trug, die seine Augenbrauen verdeckte und auf seinen Ohren ruhte. König Marke, wie Dinadan erkannte. Ihm gegenüber saß Isolde und neben ihr saß Tristan.

»Aber hallo!«, rief Tristan, sprang auf und starrte Palamides an. Er trat einen Schritt vor, wie um die Reisenden willkommen zu heißen. »Was für eine Überraschung, Euch wiederzusehen. Sir Dinomides, nicht wahr?«

»Ich heiße meine Gäste selber willkommen, Tristan«, sagte König Marke verärgert. Seine Stimme klang so dünn und schwächlich, wie er aussah. »Also? Was wollt Ihr?«, fragte er.

»Ja, das ist ein viel besserer Willkommensgruß«, murmelte Dinadan. Er deutete eine Verbeugung an und sagte etwas lauter: »Ich bin Sir Dinadan, von König Artus' Hof, und das ist mein Freund Sir Palamides.«

»Freund, ja?«, gab König Marke zurück. »Mir kommt er ja vor wie ein verflixter Maure.«

Palamides schwieg, doch Dinadan sagte, so freundlich er nur konnte: »Er ist ein Maure, was vielleicht erklären mag, dass er wie einer aussieht.«

König Marke kniff die Augen zusammen, sagte aber nur: »Nun?«

»Wenn Eure Hoheit gestatten, so soll ich Königin Isolde unter vier Augen etwas ausrichten. Es tut mir Leid, dass wir Euch beim Essen gestört haben, und ich würde deshalb gern bis nachher damit warten.«

»Etwas unter vier Augen ausrichten?«, fragte König Marke. Seine Augen waren jetzt zu winzigen Schlitzen geworden.

»Das gestatte ich nicht!«, erklärte Tristan plötzlich.

König Marke richtete nun seine misstrauischen Augen auf Tristan. »Du gestattest das nicht?«, wiederholte er.

Tristan hob sein Kinn. »Die Königin und ich haben keine Geheimnisse.«

König Marke lief rot an und Isolde sagte: »Schweigt, Sir Tristan.«

»Keine Geheimnisse?«, fragte König Marke verbissen. »Habt ihr beide also keine Geheimnisse vor mir?«

Königin Isolde riss die Augen auf und sprach mit der kindischen Stimme, die Dinadan und Palamides bei ihrer ersten Begegnung von ihr gehört hatten. »Aber natürlich nicht, Majethtät. Wovon redet Ihr denn nur?«

Einige Sekunden lang starrte König Marke Isolde und Tristan schweigend an, während die übrigen Damen und Ritter bewegungslos ihre Teller betrachteten. Dinadan schloss daraus, dass sie solche Wortwechsel gewohnt waren und dabei versuchten, mit ihrer Umgebung zu verschmelzen und keinerlei Aufmerksamkeit auf sich zu lenken. Wie Igel, überlegte er.

Palamides erhob nun zum ersten Mal seine Stimme. »Wenn Eure Hoheit gestatten, so wollen wir weder Euch noch die Königin beleidigen. Wir bringen Nachrichten über die ehemalige Hofdame der Königin, Lady Brangienne. Diese Nachrichten sind nur für die Königin von Interesse, und wenn wir sie ausrichten dürfen, dann werden wir Euren Hof sofort verlassen und Euch nicht weiter belästigen.«

Als sie Brangiennes Namen hörte, schaute Isolde eifrig auf. »Ist sie tot?«

Dinadan musste mit einem Ekelgefühl kämpfen, atmete aber tief durch und sagte: »Darüber wollte ich ja gerade mit Euch sprechen.«

Isolde wollte aufstehen, doch König Marke hielt sie zurück. »Niemand spricht ohne meine Zustimmung mit meiner Frau.«

Tristan hob begütigend die Hand und sagte zum König: »Ich habe eine Lösung, mit der alle zufrieden sein können. Diese Ritter sagen mir, was sie zu sagen haben, und ich erzähle es Isolde später, wenn wir allein sind.«

»Still, Tristan«, zischte Isolde. König Marke sah die Königin und Tristan an, sein Gesicht war knallrot und an seinem Hals quoll eine Ader hervor.

»Du hast keinen Grund, mit meiner Frau allein zu sein! Und was euch beide angeht«, brüllte er Palamides und Dinadan an. »Raus hier!«

Isolde fing Dinadans Blick auf und beschenkte ihn mit allerlei Zwinkern und Nicken und komischen Grimassen. Sie schien irgendeinen Anfall zu erleiden, doch Dinadan ging davon aus, dass sie ihm etwas mitteilen wollte, vermutlich, dass er draußen auf sie warten solle. Dinadan schaute zu Palamides hinüber. »Na dann. Gehen wir.«

»Nein«, sagte Palamides. »Wir müssen mit Königin Isolde sprechen. Und außerdem haben wir doch ein Geschenk für sie.«

Isolde strahlte. »Ein Geschenk? Ihr habt ein Geschenk für mich?«

»Ich verbiete Euch meiner Frau Geschenke zu machen«, schrie König Marke.

»Das stammt nicht von uns«, erklärte Palamides gelassen. Er zog das Wunderhorn hervor. »Es handelt sich um ein Geschenk von Sir Lamorak und seiner Dame. Sir Lamorak erfleht die Vergebung der Königin dafür, dass er ihre Schönheit geschmäht hat, und sendet ihr das Horn der Igraine. Es gilt als Wunderhorn und soll die Schönheit aller verdoppeln, die daraus trinken, wofern sie ein edles Herz besitzen.« Isolde quietschte aufgeregt, doch Palamides achtete nicht auf sie. Er legte das Horn neben ihr auf den Tisch und schaute zu König Marke hinüber. »Ich überlasse Euch Eurem Mahl, aber wir werden mit Eurer Dame sprechen, ehe wir Tintagel verlassen.«

Der König gab keine Antwort. Er sah Isolde zu, die das Horn an sich gerissen hatte und es eilig mit Wein aus ihrem eigenen Becher füllte. »Doppelte Schönheit«, keuchte sie und hob das Horn an ihre Lippen.

Wein spritzte in alle Richtungen, ergoss sich über Isoldes Gesicht und strömte über ihr Kleid. Isolde kreischte vor Ärger und Zorn. »Wer hat mich angestoßen?«, wollte sie wissen. Ein Weintropfen hing zitternd an ihrer Nasenspitze und fiel dann herab. »Das kostet dich den Kopf, wer immer du sein magst. Wer war das?«

»Niemand hat Euch berührt«, sagte Palamides gelassen, aber Isolde achtete nicht auf ihn.

»Seht euch nur mein Kleid an! Ruiniert! Der ganze

Wein vergossen! Nicht einmal einen Schluck habe ich abbekommen.«

»Was für eine Verschwendung des guten Weins«, murmelte Dinadan.

Einige Damen wollten der Königin helfen und betupften ihr Kleid mit ihren Taschentüchern, was natürlich überhaupt nichts brachte. Isolde schimpfte weiter und Dinadan sah allem voller Interesse zu. Während Isolde also beschäftigt war, nahm eine ihrer Damen ihr behutsam das Horn aus der Hand und füllte es heimlich wieder mit Wein. Offenbar wollte sie ihre eigene Schönheit verdoppeln, solange diese Möglichkeit bestand. Sie hob das Horn an ihre Lippen, und der Wein ergoss sich über ihr Kinn und ihre Brust. Sie schrie vor Enttäuschung auf und lenkte damit Isoldes Aufmerksamkeit auf sich. Isolde schrie noch lauter. »Das gehört mir! Gib es her!« Mit einer Hand entriss Isolde der Dame das Horn, mit der anderen packte sie deren Haare und riss wütend daran.

Palamides wandte sich angewidert ab, Dinadan aber sah dem Handgemenge mit steigender Begeisterung zu. Isolde mochte zart und zerbrechlich wirken, aber offenbar war sie stärker, als sie aussah. Niemand konnte ihre Hand vom Horn oder aus den Haaren der Dame lösen. »Das gehört mir, mir, mir«, schrie sie immer wieder. Und zwischen den wütenden Frauen steckte Tristan, der ebenfalls vor Wein triefte, und versuchte erfolglos, sich aus dem Gewirr zu befreien.

Von den hinter König Marke gelegenen Türen ertönte nun ein leises Lachen, und alle fuhren herum und erblickten eine wunderschöne Frau in einem gespenstisch leuchtenden, prachtvollen Kleid, die soeben die Halle betreten hatte. Die Damen, von denen jede sich auf Haare und Augen ihrer Widersacherin konzentrierte, bemerkten die Besucherin als Letzte, doch dann verstummten sogar sie. Isolde hörte auf zu kreischen und zu zerren, obwohl sie die Haare der anderen noch immer nicht losließ. »Ich sehe, Ihr habt mein Geschenk erhalten«, sagte die Fremde mit boshaftem Lächeln. Alles schwieg, und gleich darauf sagte die Besucherin: »Aber vielleicht hat mein junger Liebhaber den Zauber nicht vollständig erklärt, denn ich sehe wirklich keinen Grund, warum man darum kämpfen sollte. Ich hoffe viel eher, dass der ganze Hof daraus trinken kann.«

Die Frau schritt in majestätischer Haltung weiter und trat dann neben König Marke. »Denn wisset, o König. Dieses Horn stellt die Menschen auf die Probe. Nur wer in der Liebe treu bleibt, darf daraus trinken. Wer untreu ist und trinken will, wird vom Wein übergossen.«

»Was?«, brüllte König Marke. Jetzt quoll die Ader an seinem Hals wieder hervor.

Isoldes Augen weiteten sich, als sie König Marke ansah. »Du … du glaubtht diether Perthon doch thicher nicht, oder, mein Liebthter?«

»Ich hab's ja gewusst«, brüllte König Marke. »Du treibst es mit diesem Tristan, was? Du hältst dich vielleicht für raffiniert, aber ich bin kein Idiot!«

»Nein, nein!«, sagte Isolde mit ernster Miene. »Dath bildetht du dir nur ein!«

Die Dame, deren Haare Isolde noch immer gepackt hatte, sagte mit scharfer Stimme: »Na, wenn, dann bilden sich das wohl alle ein. Um Himmels willen, alle Welt weiß doch, dass Ihr etwas mit Sir Tristan habt!«

König Marke lief lila an und Tristan trat vor. »Das ist unmöglich«, erklärte er. »Ich habe es keiner Menschenseele erzählt!«

Isolde schrie: »Du Idiot!«, und König Marke brüllte unzusammenhängende Beschimpfungen und sprang auf und ab. Ein Ritter, der neben ihm saß, tat es ihm nach, er war offenbar der Gatte der anderen weinübergossenen Dame. Er hatte wohl eben erst begriffen, was das Horn ihm hier mitgeteilt hatte, und er war ebenso erbost wie der König. Dinadan sah Tristan an und schüttelte den Kopf, wobei er sich fragte, ob er denn wirklich mit diesem Hohlkopf verwandt sein könnte.

»Du Dirne«, brüllte der neben König Marke sitzende Ritter. »Wer ist dein Liebhaber? Mit wem hast du dich eingelassen? Mutter hat ja immer schon behauptet, dass du nichts taugst.«

»Sie sind allesamt Dirnen«, kreischte König Marke außer sich. »Alle Frauen sind falsch. Sie werden alle aus dem Horn trinken. Allesamt. Wer macht den Anfang?«

Die Damen schrien entsetzt auf, einige Männer schlossen sich ihnen an und flehten den König an, seine Entscheidungen nicht zu überstürzen. Einige Damen steuerten die Tür an, eine fiel in Ohnmacht oder tat zumindest so. König Marke und der andere Ehemann tobten weiter, Isolde und die andere nasse Dame redeten ihnen gut zu, und Dinadan stellte fest, dass in dem ganzen Wirrwarr die schöne Fee wieder verschwunden war.

König Marke schien sich an der ganzen Gesellschaft dadurch rächen zu wollen, dass er jede Dame zwang aus dem Horn zu trinken. Er befahl ihnen gerade, sich aufzustellen, als Palamides mit vor Ekel verzerrtem Gesicht einschritt. Er trat vor und nahm das Horn vom Tisch. »Hört auf mit diesem Unfug«, sagte er mit ruhiger Stimme.

Die Ader an König Markes Hals schwoll noch weiter an und war jetzt dicker denn je. Dinadan sah interessiert zu, wie heftig sie pochte, dann sagte er: »Ich glaube, Ihr steht kurz vor einem Schlaganfall, Majestät. Nicht dass mir das etwas ausmachen würde, aber ich dachte, es könnte Euch interessieren.«

König Marke achtete nicht auf ihn. »Wagt Ihr es, Euch meinem Willen zu widersetzen?«, herrschte er Palamides an.

Palamides erwiderte den Blick des Königs, und der König schlug die Augen nieder. »Ja, das wage ich«, antwortete Palamides. »Wenn Ihr die Damen dazu zwingt, aus diesem Horn zu trinken, dann ist es nur recht und billig, dass auch die Herren das tun. Und Ihr als König solltet den ersten Schluck nehmen.«

Alle in der Halle verstummten und zum ersten Mal seit einer Viertelstunde hörte er der König auf, wütend herumzukreischen. Er riss die Augen auf.

Palamides wartete, bis vollkommene Stille eingekehrt war, dann ließ er das Horn auf den steinernen Boden fallen und setzte seinen Fuß darauf. Er zerbrach es und zerstampfte es zu Staub, dann machte er auf dem Absatz kehrt und verließ in großen Schritten die Halle.

Dinadan trat neben Isolde, lächelte freundlich und sagte: »Ihr kriegt ja wohl immer Ärger, wenn Ihr aus dem falschen Gefäß trinkt, was?«

Isolde brauchte einen Moment, dann hatte sie begriffen und starrte Dinadan entsetzt an.

»Genau«, sagte Dinadan leise. »Ich weiß alles über den Trank auf dem Schiff. Und wenn Lady Brangienne etwas zustößt, dann weiß es bald ganz England. Habt Ihr verstanden?« Isolde rührte sich nicht, und Dinadan lächelte nicht mehr. Er beugte sich ganz dicht über ihr Gesicht und fragte noch einmal: »Habt Ihr verstanden?«

Isolde nickte.

»Braves Mädchen«, sagte Dinadan und lächelte jetzt wieder. Dann wandte er sich zu König Marke um, dessen Gesicht noch immer lila loderte und der offenbar Atembeschwerden hatte. »Ich danke Euch für einen überaus angenehmen Abend, Majestät. Ich habe mich köstlich amüsiert.« Dann ging er und zog leise hinter sich die Tür zu.

Die Ballade von Sir Palamides

Dinadan holte Palamides auf dem Hof ein und sie verließen Tintagel zusammen. Der Maure schien in Gedanken versunken zu sein, was Dinadan respektierte, und deshalb schwieg er einige Meilen lang. Als dann aber die Sommersonne unterging, fragte Dinadan freundlich: »Werden wir über Nacht Pause machen?«

»Wie Ihr wollt, mein Freund«, erwiderte Palamides.

Dinadan nickte. »Ja, ich mache das meistens so«, sage er.

Sie schlugen ihr Lager auf einer weiten, baumlosen Wiese auf. Sie waren schon so lange miteinander unterwegs, dass sie alles im Griff hatten und ihre Pferde versorgen und ihr Essen wortlos zubereiten konnten, nach dem Essen aber ließ Palamides sich gegen seinen Sattel zurücksinken und sagte: »Gelten Sir Tristan und Sir Lamorak wirklich als kühne Ritter?«

»Manche sehen das so.«

»Aber sie sind Toren und Schurken.«

»Na ja, schon, wenn Ihr es so genau nehmen wollt«, sagte Dinadan.

»Als ich herkam, glaubte ich zu wissen, was ein Ritter ist, aber jetzt bin ich mir nicht mehr sicher. Ich habe so unterschiedliche Exemplare gesehen. Bitte, mein

Freund, könnt Ihr mir sagen, was einen Mann zum Ritter macht?«

Dinadan zögerte und erinnerte sich peinlich berührt daran, wie er von seinem betrunkenen Vater zum Ritter geschlagen worden war. »Ich glaube nicht«, sagte er dann endlich. Er atmete langsam aus. »Irgendein Grieche hat gesagt, alles auf Erden sei nur ein Zerrbild seiner perfekten, idealen Form. Ich habe vergessen, wie der Bursche hieß.«

»Platon«, sagte Palamides. »Es überrascht mich, dass man in England von ihm gehört hat.«

Dinadan grinste. »König Artus ist sehr belesen und er hat ihn einmal erwähnt. Und ich denke manchmal über diese Vorstellung von der idealen Form nach. Gibt es eine Idealgestalt eines Ritters? Den ewigen Ritter, den jeder irdische Ritter widerspiegeln sollte?«

»Ja«, sagte Palamides. »Genau das möchte ich wissen.«

»Ich glaube, den gibt es nicht«, sagte Dinadan ganz offen. »Jeder hat eine andere Vorstellung vom perfekten Ritter, und deshalb strebt jeder einem anderen Ideal nach. Für Tristan und Lamorak ist der perfekte Ritter ein kühner Kämpfer, der für seine Geliebte Stöckchen apportiert. Für andere ist der wahre Ritter der, der die meisten Turniere gewinnt oder die eleganteste Kleidung trägt. Und der Himmel mag wissen, wie Culloch über diese Frage denken würde, wenn Culloch ein Gehirn hätte, mit dem er denken könnte.«

Palamides runzelte die Stirn. »Aber wenn jeder Ritter sich selber seine Vorstellung von einem Ritter macht, wie kann man sie dann beurteilen? Woher soll ich also wissen, was einen wahren Ritter ausmacht?«

»Ihr solltet Artus und Gawain und Bediver kennen lernen«, sagte Dinadan. »Dann wüsstet Ihr, wie ein Ritter sein soll. Und da wir nun in Tintagel genug Freude verbreitet haben, wollen wir jetzt nach Camelot reiten?«

Der Maure schaute Dinadan lange schweigend an und seine nachdenklichen Augen glühten im Feuerschein. Dann sagte er: »Von mir aus, aber nicht sofort. Mir scheint, mein Herr Dinadan, dass ich gern mehr von Britannien sehen würde – wenn Ihr mich dabei begleiten mögt.«

Dinadan staunte über diese Reaktion, hatte aber gegen den Vorschlag nichts einzuwenden. In einigen Monaten wollte er zum Kloster reiten, um nach Brangienne zu sehen, wenn sie sich dort erst eingelebt hätte, aber bis dahin hatte er keine weiteren Pläne. »Schon mal in Schottland gewesen?«, fragte er.

Die beiden Ritter waren zwei Monate lang unterwegs, sie besuchten Schottland und die Orkney-Inseln und ritten dann wieder nach Süden. Ab und zu begegneten sie anderen Rittern, oft stießen sie auf fahrende Sänger. Und von einem dieser Sänger hörte Dinadan, welche Folgen ihr Besuch in Tintagel gehabt hatte. König Marke hatte in seiner wütenden Eifersucht Isolde in der Burg eingesperrt und schloss sie nach Einbruch der Dunkelheit in einer Turmkammer ein. Fahrende Ritter wurden schon am Burgtor abgewiesen. Tristan stromerte angeblich durch England, ungewaschen und ungekämmt, ernährte sich von Wurzeln und forderte alle, die ihm über den Weg liefen, zum Zweikampf heraus. Alle glaubten, er sei aus Liebe wahnsinnig geworden, wie jemand in einer schlechten Geschichte. Dinadan wollte solche Gerüchte niemals glauben, aber wenn überhaupt jemand schwach genug wäre, um von Liebe dermaßen aus der Bahn geworfen zu werden, dann ja wohl Tristan.

An einem kühlen Herbsttag hatten die beiden Ritter eine der geheimnisvollen Begegnungen, die in Rittergeschichten immer zu Abenteuern führen. Von einem Hügel aus sahen sie ein schwarzes Boot, das am Ufer eines breiten Flusses ankerte, und neben dem Boot kniete ein graubärtiger Ritter, der eine Rüstung trug, neben einem grob gezimmerten Holzkreuz.

Als die beiden Ritter näher kamen, schaute er auf, und seine Augen waren müde und traurig. Er sagte kein Wort, erhob sich jedoch, zog sein Schwert und legte es auf den Boden. »Endlich«, sagte der Mann. »Ich bin bereit.«

Dinadan und Palamides tauschten einen Blick. Dinadan zuckte mit den Schultern und fragte: »Bereit wozu?«

»Ich werde Euch keinen Widerstand leisten«, sagte der Mann. »Ich war zu lange von meinem Bruder getrennt und jetzt bin ich bereit mich ihm anzuschließen.«

Dinadan kratzte sich am Kinn und schaute wieder Palamides an. Der Maure schwieg, runzelte die Stirn und ließ seinen Blick an dem Mann vorbei zum Boot wandern. Weil er das Gefühl hatte, einfach etwas sagen zu müssen, erklärte Dinadan endlich: »Na gut. Dann geht doch zu Eurem Bruder. Wir wollen Euch wirklich nicht aufhalten.«

Der alte Mann schaute Dinadan an und fragte mit gequälter Stimme: »Müsst Ihr Euch auch noch über mich lustig machen? Haben Eure Herren Euch aufgetragen, mich zuerst zu verhöhnen?«

Dinadan kniff die Augen zusammen, doch nun meldete Palamides sich zu Wort. »Ist das dort in dem Boot Euer Bruder, mein Herr?«, fragte er. Dinadan schaute hinüber und sah nun endlich, dass es sich bei dem Boot um ein Trauerfahrzeug handelte. Als ein Windstoß die Vorhänge hob, sah er den Leichnam eines weißhaarigen Mannes.

»Ja«, sagte der alte Mann. »Das ist König Hermance. Und ich bitte Euch nicht weiter zu zögern, sondern das zu tun, was man Euch aufgetragen hat.« Mit diesen Worten senkte der alte Mann den Kopf und entblößte seinen Nacken.

»Er will, dass wir ihn umbringen«, sagte Palamides zu Dinadan.

»Manche Leute sind ganz schön anspruchsvoll«, erwiderte Dinadan. »Wir haben ihn doch gerade erst kennen gelernt, meine ich.«

Der alte Mann schaute mit verwirrter Miene auf. »Soll das heißen, dass Ihr gar nicht von Helius und Helake kommt?«

»Genau«, sagte Dinadan. »Wer sind diese beiden eigentlich?«

Der Mann seufzte und schüttelte traurig den Kopf. »Ich muss schon sagen, das geht nun wirklich zu weit. Da bereite ich mich vor, und dann passiert gar nichts und ich muss wieder von vorne anfangen.«

Palamides glitt aus dem Sattel. »Verzeiht mir, mein Herr, aber warum wollt Ihr sterben?«

»Ach, ich will eigentlich gar nicht. Aber ich will meinen Bruder nicht wieder verlassen, und deshalb ist mein Tod unvermeidlich. Helius und Helake können mich nicht am Leben lassen, sonst ist ihnen der Thron nicht sicher.«

Dinadan stieg ebenfalls vom Pferd und trat neben Palamides. »Das klingt wie eine Geschichte. Wir haben gerade nichts Dringendes zu tun. Wollt Ihr uns nicht alles erzählen? Wer sind Helius und Helake?«

Der Mann sah jetzt nicht mehr so gequält aus und er nickte. »Meine Neffen«, sagte er. »Oder eher Stiefneffen. Zwillinge, die mein Bruder, der König von Withernsea, zu sich genommen hat, nachdem ihre Eltern bei einer Überschwemmung ums Leben gekommen waren.«

»Ganz schön anständig von ihm«, erklärte Dinadan.

»Es gab keinen freundlicheren und gütigeren Mann als Hermance«, sagte der Mann. »Deshalb war er ja ein so guter König, und deswegen hätte ich nicht an seine Stelle treten können. Niemals habe ich seine Geduld oder seine Güte besessen.«

»Aber warum hättet Ihr denn an seine Stelle treten sollen?«, fragte Palamides.

»Hermance hatte keine Kinder, müsst Ihr wissen.

Und als seine Frau starb und er schwor, nicht noch einmal zu heiraten, brauchte man kein Hexenmeister zu sein, um zu erkennen, wer sein Nachfolger sein würde. Hermance fing an, mich für den Thron vorzubereiten, aber davon wollte ich nichts hören. Ich sehnte mich nach Abenteuern. Also ging ich. Das ist über zwanzig Jahre her.«

»Und habt Ihr Abenteuer gefunden?«, fragte Dinadan.

»Nein«, sagte der Mann grimmig. »Das tut niemand. Abenteuer passieren immer anderen. Wenn sie einem selbst passieren, dann machen sie nur Ärger.«

»Ihr habt etwas Besseres gefunden als Abenteuer«, sagte Palamides mit ernster Stimme. »Ihr habt Weisheit gefunden. Vielleicht wärt Ihr da ja doch kein allzu schlechter König.«

Der Mann schüttelte energisch den Kopf, wie um eine Fliege zu verscheuchen, und sagte: »Es spielte aber auch kaum eine Rolle. Kurz nach meinem Verschwinden nahm Hermance diese beiden Bauernknaben zu sich, die ein Fährmann gefunden hatte, und erzog sie als seine Erben.« Der Mann schüttelte langsam den Kopf. »Das hat er wohl übel verpfuscht. Ich kann mir natürlich vorstellen, was passiert ist. Hermance hatte immer Mitleid mit allen, die ein Unglück erlitten hatten, und sicher hat er deshalb diesen kleinen Waisen alles gegeben, was sie nur wollten, und vermutlich sogar noch mehr.«

Dinadan nickte verständnisvoll. »Wahrscheinlich nicht die beste Methode, um weise und freigebige Könige heranzuziehen, meint Ihr?«

»Sie wurden zu bösen, habgierigen Männern, die Land und Leute ausplünderten und ihre Rechte und Privilegien schamlos missbrauchten. Sie wurden so unverschämt, dass die Kunde von ihren Untaten über Withernsea hinaus wanderte und ich davon hörte. Deshalb kehrte ich heim. Aber ich kam zu spät.« Er schaute sich über seine Schulter nach dem Trauerschiff um.

»Was ist dann passiert?«, fragte Palamides.

»Das weiß ich nicht. Vielleicht hat Hermance seine Adoptivsöhne zur Rede gestellt. Vielleicht hatten sie ihn einfach satt. Jedenfalls haben sie ihn ermordet und seinen Leichnam in den Fluss Humber geworfen.« Er schaute auf und verzog schmerzhaft das Gesicht. »Warum in den Fluss? Warum haben sie das getan?«

»Ist das der Fluss, in dem ihre wahren Eltern ertrunken sind?«, fragte Palamides.

»Ja«, sagte der alte Mann. »Der Fluss, in dem sie auch hätten ertrinken sollen.«

»Wie ist König Hermance auf dieses Schiff geraten?«, fragte Dinadan mit sanfter Stimme.

»In der Nähe der Burg lebt ein Fährmann, ein guter Mann. Er hatte Helius und Helake gefunden und zu meinem Bruder gebracht. Und zwanzig Jahre später fand er dann den Leichnam meines Bruders. Und dann beging der Fährmann eine sehr mutige Tat: Er fand, die Menschen in Withernsea müssten wissen, was passiert war. Und deshalb machte er aus seinem Boot ein Trauerschiff und fuhr damit den Fluss hinauf, und dabei rief er, alle sollten kommen und ihren ermordeten König sehen.«

»Diesen Fährmann würde ich gern kennen lernen«, sagte Palamides.

Der alte Mann zeigte auf das Holzkreuz, vor dem er gekniet hatte. »Das ist sein Grab. An dieser Stelle haben die Soldaten der Brüder ihn eingeholt. Sie haben mit Pfeilen auf ihn geschossen, und weil er noch lebte, wollten sie ihn aufhängen, als ich hier eintraf. Ich habe sie daran gehindert und vertrieben. Der gute Fährmann hat noch lange genug gelebt, um mir seine Geschichte zu erzählen. Und seither warte ich hier.«

Dinadan runzelte die Stirn. »Worauf wartet Ihr? Ach … natürlich. Ihr habt den Mördern gesagt, wer Ihr seid, nicht wahr?«

Der alte Mann nickte. »Ja. Ich habe ihnen gesagt, sie sollten sich davonscheren, im Namen Hermінds, des Prinzen von Withernsea. Das bin ich. Das war natürlich nicht sonderlich klug von mir, das ist mir auch schon aufgegangen. Es war vorgestern. Und ich stelle mir vor, dass Helius und Helake bald neue Leute schicken werden.«

Dinadan und Palamides tauschten schweigend einen Blick, dann seufzte Dinadan. »Ich sollte wohl meine verdammte Rüstung anlegen. Ich hoffe, die passt mir überhaupt noch.«

Die Mörder kamen später an diesem Tag, sieben berittene Männer. Dinadan sah sie näher kommen, und obwohl sein Herz vor Aufregung hämmerte, sagte er gelassen: »Ich scheint ja einen gewaltigen Ruf zu haben,

Hermind, wenn die Brüder so viele Leute schicken müssen.«

»Nein«, sagte Palamides. »Das zeigt, welche Angst sie haben. Nur Feiglinge ziehen zu siebt gegen einen Einzigen aus. Also los, Freunde.« Er stieg auf sein Pferd. Dinadan überlegte, dass Palamides ihn sicher auch für einen Feigling halten würde, wenn er wüsste, wie wenig Lust Dinadan auf diesen Kampf hatte. Aber dann folgte er dem Beispiel des Mauren.

Die sieben Ritter ritten den Hang zum Fluss hinunter und hielten dort an. Einer fragte: »Welcher von Euch ist Hermind, der Usurpator?«

Sir Hermind zog sein Schwert. »Ich bin Sir Hermind, der Bruder des guten Königs Hermance, der hier tot liegt, ermordet von denen, die er geliebt hat, aber ein Usurpator bin ich nicht.«

»Wer sind die anderen?«, fragte der Ritter. Seine Stimme bebte ein wenig.

Palamides antwortete. »Heute sind wir alle Hermind. Um ihn zu töten, müsst Ihr uns alle töten.«

Der Ritter zögerte. »Wir ... wir wollten nur ... niemand hat gesagt, dass Ihr zu dritt seid!«

Palamides ritt los und die beiden anderen folgten. Dinadan schaffte es, sein Schwert zu ziehen, ohne seinem Pferd die Ohren abzuschneiden, und er traf sogar die Hand eines Ritters, worauf der Ritter sein Schwert fallen ließ und so heftig zurückfuhr, dass er dabei vom Pferd fiel, ansonsten konnte er zu dem nun folgenden Gefecht nur wenig beitragen. Das war aber auch nicht nötig. Sir Hermind hob zwei der angreifenden Ritter aus dem Sattel, und Palamides schien es mit den übrigen vier problemlos aufnehmen zu können. Dinadan hatte Palamides noch nie kämpfen sehen und der Maure beherrschte diese Kunst bis zur Perfektion. Im Handumdrehen saß nur noch einer der sieben Angreifer auf seinem Pferd, aber das auch nur, weil er nun in gestrecktem Galopp die Flucht ergriff.

Palamides sprang aus dem Sattel und trat zwischen die sechs gefallenen Ritter. Drei waren offenbar tot, die anderen bewegten sich noch. Palamides suchte sich den am leichtesten Verletzten aus – den, dem Dinadan eins auf die Finger gegeben hatte – und riss ihn auf die Füße. »Wo sind deine Herren?«, fragte der Maure mit gebieterischer Stimme.

»Meine … meine Herren?«

Palamides schlug dem Ritter mit dem Handschuhrücken auf den Helm und der Ritter taumelte rückwärts und fiel auf ein Knie. »Deine Herren Helius und Helake«, sagte Palamides.

»Ich weiß nicht, was …« Palamides trat vor und hob abermals seinen Handschuh. »Die sind in Burg Withernsea, Euer Gnaden, und warten auf uns«, sagte der Ritter eilig.

»Dann führ uns zu ihnen«, sagte Palamides.

Jetzt lag der Ritter auf beiden Knien vor ihm. »Das geht nicht«, sagte er in flehendem Tonfall. »Dann bringen die mich um.«

»Von mir aus«, sagte Palamides. Er drehte sich zu Dinadan und Sir Hermind um. »Freunde, dieser Mann wollte einen Mord begehen. Wie lautet Euer Urteil?«

»Tod«, verkündete Sir Hermind grimmig.

»Klingt angemessen«, stimmte Dinadan zu.

Palamides hob sein Schwert und der Ritter rief: »Ich bringe Euch zu ihnen, wenn Ihr wollt.«

Sie ritten in zwei Zweierreihen zur Burg Withernsea, Palamides und der Gefangene vorneweg. Sir Hermind, der jetzt viel jünger wirkte als vor dem Kampf, hob sein Kinn und sagte zu Dinadan: »Ich weiß nicht, was ich getan hätte, wenn Ihr und Euer Freund nicht gekommen wärt.«

»Ich bin froh, dass wir das getan haben«, murmelte Dinadan höflich. »Und es war auch ein Glück. Denn wie groß war schon die Aussicht, dass zwei Ritter gerade dann auftauchen würden, als Ihr Hilfe brauchtet?«

»Das ist wirklich erstaunlich, denn Ihr wart nicht einmal die ersten Ritter, die vorüberkamen, als ich auf den Tod wartete.«

Dinadan hob eine Augenbraue. »Soll das heißen, dass vor uns schon jemand da war?« Sir Hermind nickte und Dinadan runzelte die Stirn. »Na, und was ist aus ihm geworden?«

»Er ist weitergeritten.«

»Habt Ihr ihm Eure Geschichte nicht erzählt?«, fragte Dinadan.

»Doch, zum großen Teil«, antwortete Sir Hermind, »aber als ich dann erzählt habe, wie Helius und Helake den Thron an sich gerissen haben, sagte dieser Ritter, er könne mir nicht helfen. Er sagte, ein wahrer Ritter dürfe nicht gegen Leute aus bäuerlichem Geschlecht antreten.«

»Blöder Esel«, sagte Dinadan. »Natürlich verbietet Artus seinen Rittern ihre Waffen gegen Bauern zu erheben, aber Euch wegen solcher Skrupel sterben zu lassen ... was muss dieser Ritter für ein Idiot gewesen sein. Ihr wisst nicht zufällig seinen Namen, oder?«

Sir Hermind schüttelte den Kopf. »Nein, aber er war schon seltsam. Seine Augen waren immer in Bewegung, und sogar während unseres Gesprächs murmelte er vor sich hin und zog zweimal sein Schwert, um sich gegen Feinde zu verteidigen, die nur er sehen konnte. Und obwohl er viel redete, sagte er, er dürfe nicht sprechen.«

Dinadan schloss die Augen. »Weil er ein Schweigegelübde abgelegt hatte?«

»Ja, in der Tat. Kennt Ihr diesen Ritter?«

»Das spielt keine Rolle«, erwiderte Dinadan. »Aber sagt, Sir Hermind, habt Ihr Euch schon überlegt, was wir machen sollen, wenn wir erst in der Burg sind? Ich meine, was habt Ihr mit diesen Brüdern vor?«

Sir Hermind runzelte die Stirn. Endlich sagte er: »Als ich heimgekehrt bin, hatte ich die Vorstellung, ich könnte Helius und Helake auf irgendeine Weise klar machen, dass sie ihre Schreckensherrschaft beenden müssen, aber das geht wohl nicht mehr, oder? Ich meine, sie haben doch Hermance ermordet, und da können sie wirklich nicht auf dem Thron bleiben, oder?« Dinadan schüttelte den Kopf. Sir Hermind runzelte noch energischer die Stirn. »Ich weiß nicht.«

»Ihr solltet es Euch aber überlegen«, sagte Dinadan und fügte aufmunternd hinzu: »Aber natürlich kommt es vielleicht gar nicht so weit, sie können uns doch auch umbringen.«

Burg Withernsea erwies sich als gewaltige Festung, mit hohen Bastionen, die sich aus dem Fluss Humber zu erheben schienen. Die Burg war an einer Flussbiegung errichtet worden, so dass der Fluss sie auf zwei Seiten umgab, während ein breiter Wallgraben die restlichen zwei Seiten schützte und die Burg auf diese Weise auf einer Insel lag. Es wäre fast unmöglich, sich gewaltsam Zutritt zu verschaffen, aber seltsamerweise war die Zugbrücke über den Wallgraben herabgelassen und das Tor stand offen.

»Da ist die Burg, Euer Gnaden«, sagte Palamides' Gefangener. »Bitte, zwingt mich nicht, weiter mitzukommen. Die Brüder haben ihren Thronsaal in dem Eckturm dort hinten eingerichtet, wo sie fast ihr ganzes Königreich überblicken können. Ihr werdet sie auch ohne mich finden.«

Palamides nickte zustimmend und der gefangene Ritter riss sein Pferd herum und galoppierte davon. Palamides sah die anderen an. »Seltsam, dass die Tore geöffnet sind. Kann das eine Falle sein?«

»Wahrscheinlich«, sagte Dinadan. »Aber spielt das eine Rolle?«

Palamides schüttelte den Kopf. »Nein. Ob Falle oder nicht, wir würden sonst doch nie in die Burg gelangen. Ich schlage vor, dass wir jetzt hineingehen und das Abenteuer bestehen, das sich dann ergibt.«

»Dann los«, sagte Dinadan mit einer Munterkeit, die er gar nicht empfand. Sie ritten in die Burg.

Die war fast verlassen. Sie stiegen aus dem Sattel, zogen ihre Schwerter und sahen sich um. Einige Dienstboten kamen an ihnen vorbei, zeigten jedoch keinerlei Überraschung beim Anblick der drei bewaffneten Ritter, die durch Hallen und Höfe streiften. Endlich fanden sie eine lange Wendeltreppe, die in den Thronsaal führte, und stiegen in den Turm hinauf.

Der Thronsaal war fast leer. Er enthielt nur einen hölzernen Thron, der der Tür den Rücken wandte und auf ein riesiges Fenster hinausblickte. Die drei blieben für einen Moment an der Tür stehen und fragten sich, wo sie noch suchen sollten, aber dann hörten sie eine Stimme, die hinter dem Thron herkam. »Hereinspaziert, hereinspaziert.«

»Seid Ihr Helius und Helake?«, fragte Sir Hermind.

»Ich bin einer von beiden«, erwiderte die Stimme. »Kommt doch her, damit ich Euch sehen kann.«

Sir Hermind und Palamides umrundeten den Thron und sahen den Mann an, der darauf saß. Dinadan rührte sich nicht. »Wo ist Euer Bruder?«, fragte Palamides.

Die Stimme auf dem Thron erwiderte: »Ach, woher soll ich das wissen? Bin ich denn der Hüter meines Bruders?« Dinadan blieb weiterhin stehen und versuchte, kein Geräusch zu machen, während er sich im Thronsaal umsah. Er fand es seltsam, dass nur einer der Brüder hier war, alle, die sie erwähnt hatten, hatten immer von beiden zusammen gesprochen.

»Vielleicht ist Euer Bruder Euch egal«, sagte Sir Hermind. »Mir geht das mit meinem nicht so. Ich bin Hermind, der Bruder des guten Königs Hermance, den Ihr ermordet habt.«

Die Stimme fragte in spöttischem Tonfall: »Und da seid Ihr zur Beerdigung gekommen, ja?«

»Ihr habt ihm keine Beerdigung gegönnt.«

»Ich rede nicht von seiner«, sagte die Stimme. »Sondern von Eurer.«

Hinter Palamides und Sir Hermind bewegte sich etwas an dem Fenster, auf das der Thron blickte. Dinadan erblickte einen kräftigen jungen Mann, der von einem Erker zum Fenster lief und nach einem gefährlich aussehenden Jagdspeer griff, um Palamides damit von hinten zu durchbohren. Dinadan dachte gar nicht weiter nach, er ließ sein Schwert fallen und rannte los, wobei er Sir Hermind gegen Palamides stieß. Er zog den Kopf ein, stürzte sich auf den Mann mit dem Speer, und dann fielen beide aus dem Turm in den Fluss.

Es war ein langer Fall, lang genug, um Dinadan, der unnatürlich ruhig blieb, unterwegs allerlei Gedanken einzugeben. Er hoffte, der Fluss sei so tief, dass sie nicht auf den Boden aufprallen würden, aber dann überlegte er sich, dass tiefes Wasser auch nicht viel besser wäre, da er ja seine Rüstung trug und wie ein Stein untergehen würde. Er wünschte sich leicht gereizt, dass sein Begleiter bei diesem Sturz nicht so schrill kreischte, und endlich, unmittelbar ehe sie das Wasser erreichten, hoffte er noch, dass Brangienne sich im Kloster wohl fühlte.

Dinadan prallte mit voller Wucht auf das Wasser auf. Später überlegte er sich, dass er wohl nur wegen seiner Rüstung überlebt hatte, doch zugleich verlor er durch den Aufprall das Bewusstsein. Seine Erinnerung endete mit dem Aufschlag auf die Wasseroberfläche, als er einige Stunden später am Flussufer zu sich kam. Es war dunkel, doch am Himmel funkelten die Sterne, und vor dem Himmel zeichnete sich eine schmale, gehörnte Gestalt ab.

»Sylvanus?«, fragte er.

»Schön, dich wiederzusehen, mein Freund«, sagte die Gestalt.

»Lebe ich noch?«

»Aber natürlich. Sonst hättest du nicht solche Schmerzen.«

Sylvanus hatte Recht. Jeder Muskel in Dinadans Körper tat weh. »Aber wieso? Wie konnte ich den Sturz und den Fluss überleben?«

Die Umrisse von Sylvanus' Wange änderten sich ein wenig, und deshalb wusste Dinadan, dass der Waldgeist lächelte. »Der Fluss wollte nicht dich, mein Freund, sondern den, den du mitgebracht hast. Der gehörte dem Fluss, und seit er einst, vor vielen Jahren, um ihn betrogen worden war, hatte der Fluss geduldig gewartet. Vielleicht war er dir dankbar und hat dich deshalb der Luft zurückgegeben.«

»Dann sollte ich wohl ebenfalls dankbar sein. Aber wieso bist du hier? Kamst du zufällig hier vorbei?«

Sylvanus lachte, und sein Lachen klang wie Musik. »Kaum. Ich habe die Pferde deiner Freunde zu dir geführt. Sie hatten den ganzen Nachmittag nach dir gesucht, waren jetzt aber kurz vor dem Aufgeben, und da musste ich doch helfen. Da kommen sie.«

Sylvanus verschwand und gleich darauf hörte Dinadan Hufschläge und ernste Stimmen. Er erkannte Palamides und Hermind und richtete sich mühsam auf einem Ellbogen auf. »Ich hoffe, Ihr habt auch meine Pferde mitgebracht«, rief er. »Mir ist jetzt wirklich nicht nach einem Spaziergang zu Mute.«

Dinadan und Palamides blieben noch zwei Wochen auf Burg Withernsea, und am Ende dieser Zeit war Dinadan schon längst wiederhergestellt. Er hatte sich nichts gebrochen, doch so, wie Sir Hermind und das Burggesinde ihn verwöhnten, hätte man glauben können, er liege auf dem Sterbebett. Endlich konnte er alle davon überzeugen, dass er weiterreiten könnte, und er und Palamides nahmen Abschied. Sir Hermind oder, genauer gesagt, König Hermind wollte sie noch einmal zum Bleiben überreden und erklärte zum tausendsten Mal, er habe die Königswürde nicht verdient. Schließlich habe

Dinadan den einen Bruder getötet und Palamides den anderen – er hatte ihn voller Zorn gepackt und aus dem Fenster geworfen, nachdem Dinadan und der erste Bruder hinausgefallen waren. (Dinadan konnte nie in Erfahrung bringen, ob er Helius oder Helake mit in den Fluss genommen hatte, aber er fand diese Frage auch nicht wirklich wichtig.)

»Aber ich sage Euch, Ihr habt die Usurpatoren besiegt, und da müsstet Ihr doch eigentlich an meiner Stelle hier die Könige sein.«

»Kein wahrer König wird durch Gewalt dazu«, sagte Palamides. »Ihr seid König, weil es Euer Recht ist.«

»Aber ich wollte niemals König sein«, sagte Sir Hermind.

»Umso besser«, erklärte Dinadan lachend. »Die Brüder wollten das, und wir haben ja gesehen, was dabei herausgekommen ist. Nein, Ihr seid hier zu Hause, nicht wir. Und Ihr müsst jetzt in Eurem Zuhause bleiben.« Mit diesen Worten schwangen die beiden Freunde sich in den Sattel und ritten davon.

»Und wohin jetzt?«, fragte Dinadan endlich.

»Wie Ihr zu Hermind gesagt habt«, erwiderte Palamides. »Nach Hause. Für mich wird es Zeit, nach Arabien zurückzukehren.«

Verwirrt schaute Dinadan den Mauren an. »Aber was ist mit Camelot? Wolltet Ihr nicht dort die größten Ritter im Land kennen lernen?«

Palamides zog die Zügel an und betrachtete Dinadan mit liebevollem Blick. »Dazu brauche ich nicht nach

Camelot zu reiten, mein Herr Dinadan. Ich habe gefunden, was ich gesucht habe, und jetzt darf ich heimkehren. Würdet Ihr mich an die Küste begleiten?«

In seiner Verwirrung konnte Dinadan nur nicken, und sie ritten weiter südwärts in Richtung Dover.

Sie kamen jedoch nicht sehr weit. Nur wenige Stunden später trat ihnen ein Ritter in den Weg – ein wilder, heruntergekommener Ritter in einer verschmutzten goldenen Rüstung. Dinadan stöhnte leise. »Haltet an und kämpft, Ihr schnöden Abtrünnigen!«, schrie Tristan mit schriller Stimme.

»Nein«, antwortete Palamides verächtlich. Er wollte weiterreiten.

»Dann werde ich Euch wie Hunde erschlagen«, kreischte Tristan. Er zog sein Schwert und schwenkte es wütend über seinem Kopf.

»Leg das Schwert hin, Tristan«, sagte Dinadan streng. »Um deiner Mutter willen, der Lady Giselle von den Marschen, leg dieses Schwert weg.«

Tristan erstarrte. »Mutter?« Er starrte Dinadan an und brach dann in Tränen aus. »Aber ich liebe sie, Mutter. Und König Marke hat sie mir weggenommen und jetzt habe ich nichts.« Er ließ sein Schwert sinken.

Palamides musterte Dinadan voller Neugier. »Er ist Euer Bruder«, sagte er. Das war keine Frage.

»Ja. Er ist ein Verräter, ein Esel und jetzt auch noch ein Verrückter, aber außerdem ist er mein Bruder.« Dinadan schluckte. »Ich bringe ihn wohl besser nach Hause.«

»Dann trennen sich jetzt unsere Wege«, sagte Palamides. Er legte Dinadan die Hand auf die Schulter. »In Arabien werde ich Eure Lieder singen.«

Dinadan grinste. »Und England wird die Ballade von Sir Palamides hören.«

Die Leier

Als Kind hatte Dinadan manchmal von dem Tag geträumt, an dem er Seite an Seite mit seinem ruhmreichen älteren Bruder heimkehren würde. Sie wären dann natürlich beide berühmte Ritter und ihre Rückkehr würde alle zu Jubel und Bewunderung veranlassen. Er hatte seit Jahren nicht mehr an diesen Traum gedacht, seit diesem würdelosen Ritterschlag, zu dem sein Vater ihn gezwungen hatte, und seinem Schwur, nie mehr einen Fuß in sein Elternhaus zu setzen. Aber das zeigte nur, fand er, dass unsere Träume und Absichten weit entfernt sind von dem, was wir am Ende unternehmen. Hier kehrte er nun trotz seines Schwurs nach Hause zurück, und diese Rückkehr hätte sich von der aus seinem alten Traum wohl kaum drastischer unterscheiden können. Dinadan kehrte als Pfleger eines Irren heim.

Auch Tristan hatte sich gewaltig verändert. Zwar murmelte er ab und zu noch etwas über sein Schweigegelübde, aber Dinadan hätte seinen Bruder sonst wohl kaum erkannt. Tristan hatte jetzt einen Bart, seine Haare waren lang und verfilzt und sein ungewaschener Leib stank. Er bewegte sich nicht mehr mit der Eleganz des geborenen Athleten, sondern ruckhaft und unbeholfen.

Seine Hände machten sich nervös an seiner Rüstung, seinem Sattel, der Mähne seines Pferdes und seinem Schwertknauf zu schaffen, und alle zwei oder drei Minuten zog er das Schwert aus der Scheide. Seine Augen waren groß und leer, er starrte ausdruckslos seine Umgebung an, sie füllten sich mit Tränen oder jagten nervös hin und her, als sei jeder Baum, an dem sie vorüberritten, ein heimlicher Feind.

Dinadan hätte seinen nervösen Bruder vielleicht überhaupt nicht nach Hause bringen können, wenn er nicht entdeckt hätte, dass Musik auf Tristan beruhigend wirkte. Und deshalb saß Dinadan Meile um Meile mit übereinander geschlagenen Beinen im Sattel und improvisierte auf seiner Laute besänftigende Melodien. Diese Behandlung beruhigte Tristan nicht nur für den Moment, sondern schien überhaupt eine heilende Wirkung zu haben. Nach zwei Tagen bewegte er sich schon weniger hektisch und seine Augen waren nicht mehr ganz so leer. Als sie am dritten Abend am Feuer saßen, fing Tristan an zu sprechen und hörte sich dabei fast normal an.

»Wer seid Ihr, Sir?«, fragte er plötzlich.

Normal, aber nicht unbedingt gescheit. »Ich heiße Dinadan.«

»Ich glaube, ich habe diesen Namen schon einmal gehört.«

»Wir sind uns mehrere Male begegnet, Sir Tristan, auf allerlei Reisen.«

»Nein, ich meine, vor langer Zeit. Ja … so hieß mein

Bruder.« Dinadan wartete schweigend ab, er wusste nicht so recht, ob er erkannt werden wollte, aber Tristan sah ohnehin keinen Zusammenhang. »Ich habe meinen Bruder nie wirklich gekannt«, sagte Tristan langsam. »Er war viel jünger und ich dachte damals nur an Rittertum und Ruhm.« Dinadan seufzte. »Ich wollte der größte Ritter von allen werden«, sagte Tristan jetzt. »Aber da kannte ich Isolde noch nicht. Danach vergaß ich dann Ehre und Ruhm ganz und gar.«

»War sie es wert?«, fragte Dinadan.

Aber der lichte Moment war verstrichen. Als im Wald hinter ihnen eine Eule schrie, sprang Tristan auf, packte sein Schwert und starrte drohend in das gefährliche Nichts. Dinadan rollte sich in seine Decken und schlief ein.

Am Abend des vierten Tages kamen sie ins Dorf Fenton, das keine halbe Stunde von Sir Meliodas' Burg entfernt lag. Sie waren fast zu Hause, doch Dinadan wollte nicht durch das Dorf reiten, ohne bei seinem alten Freund und Lehrer Thomas dem Reimer vorbeizuschauen. Thomas lebte bei seinem Sohn, einem Fassbinder, und obwohl Dinadan dessen Haus nie besucht hatte, fand er es doch problemlos. Er stieß dort auf einen kräftigen Mann mittleren Alters, der gerade Fassdauben zurechtlegte. »Guten Tag, mein Freund Fassbinder«, sagte Dinadan freundlich. »Wohnt hier Thomas der Reimer?«

Der Fassbinder richtete sich langsam auf und sah zuerst Dinadan an, dann Tristan und dann wieder Dinadan. »Ja, der hat hier gewohnt«, sagte er. Dinadan schaute ihn fragend an und der Mann fügte hinzu: »Seid Ihr Freunde meines Vaters?«

»Ich zumindest«, sagte Dinadan. »Wo ist er? Es geht ihm doch hoffentlich gut?«

Der Fassbinder zögerte, dann sagte er: »Kommt herein, Euer Gnaden. Und trinkt mit mir ein Glas Bier, wenn Ihr mögt.«

»Sehr gern, mein Freund«, sagte Dinadan und glitt aus dem Sattel. Langsam überkam ihn ein Gefühl von Trauer. Er folgte dem Fassbinder in die hinter der Werkstatt gelegenen Räume und ließ Tristan draußen bei den Pferden zurück. Der Fassbinder zog den Stöpsel aus seinem Krug und füllte zwei Becher mit schäumendem braunem Bier, dann hob er unbeholfen seinen, um Dinadan zuzutrinken. »Er war ein guter Mann, nicht wahr?«

Dinadan schloss die Augen. »Er ist also tot?«

»Seit etwas mehr als einem Jahr.«

Dinadan trank dem Fassbinder zu und gemeinsam stießen sie auf den Mann an, den sie beide geliebt hatten. »Das tut mir Leid«, sagte Dinadan.

Der Fassbinder lächelte. »Ach, so schlimm ist es nun doch nicht. Sterben müssen wir alle, und mein Vater ist so gestorben, wie er es sich gewünscht hätte, so, als habe er die Geschichte seines eigenen Todes geschrieben.«

»Wie ist er gestorben?«

»Er saß in der Schenke und trug eine Geschichte vor, und er unterbrach sich einmal, bat um ein Glas, sank dann über dem Tisch zusammen und war tot. Dabei hatte er seine Laute nicht einmal mehr losgelassen, und deshalb haben wir sie mit ihm begraben.«

Dinadan lächelte. Der Fassbinder hatte Recht. Für Thomas war das ein guter Tod gewesen. »Welche Geschichte trug er gerade vor?«, fragte Dinadan.

Der Fassbinder lächelte wieder. »Die, die in seinen letzten Jahren seine Lieblingsgeschichte war. Das Heldenlied des Sir Dinadan.«

Dinadans Augen füllten sich mit Tränen, seine Lippen dagegen lächelten glücklich. Er stellte seinen Becher auf den Tisch. »Ich danke Euch für das Bier, mein Freund. Euer Vater war auch für mich fast ein Vater, mehr als mein eigener. Ich bin Sir Dinadan.«

»Das habe ich mir schon gedacht. Ich habe die Laute an Eurem Sattel gesehen und mein Vater hat immer gesagt, Ihr seid der beste Musiker, den er je gesehen habe. Deshalb habe ich Euch hereingebeten. Ich habe etwas für Euch.« Der Fassbinder öffnete einen Schrank, nahm Thomas' alte Leier heraus und reichte sie Dinadan. »Er hat einmal gesagt, er bereue, sie Euch nicht vor Eurem Aufbruch gegeben zu haben. Ich bitte Euch, sie jetzt anzunehmen.«

Thomas' zwei Söhne grinsten einander kurz zu, doch dieser schöne Augenblick wurde dann verdorben. Tristan schaute durch die Tür und rief: »Eine Leier!«

Verärgert warf Dinadan seinem Bruder einen Blick zu. »Richtig«, sagte er kurz.

»Ich habe früher Leier gespielt. Wo habt Ihr diese her?«

»Sie ist ein Geschenk dieses guten Mannes«, sagte Dinadan.

Tristan starrte den Fassbinder an. »Aber Ihr seid ein Bauer. Wieso könnte ein Bauer so ein Instrument besitzen?«

Dinadan runzelte die Stirn, schaute Thomas' Sohn an, wie um ihn um Entschuldigung zu bitten, dann schob er Tristan zurück zu den Pferden. »Das spielt keine Rolle. Ich danke Euch für alles, mein Bruder, aber wir müssen jetzt weiter, wenn wir die Burg erreichen wollen, ehe sie die Tore schließen. Sir Meliodas lebt noch, nehme ich an?«

»Ja, meines Wissens wohl.« Der Fassbinder hob zum Abschied die Hand und Dinadan und Tristan ritten weiter.

Als sie die Burg erreichten, waren die Tore jedoch verschlossen. Sie riefen und schlugen mit den Fäusten dagegen, aber weder Wächter noch Bedienstete ließen sich blicken. Hoch oben im Bergfried jedoch sah Dinadan ein Fenster, hinter dem ein trübes Licht brannte, und einmal hörte er das unverkennbare Klirren von zerbrechendem Glas vom Burghof her, offenbar hatte jemand eine Flasche aus dem Fenster geworfen. Niemand hörte ihr Rufen und endlich schlug Dinadan vor dem Tor ihr Lager auf. Beim Einschlafen fürchtete er sich vor dem Wiedersehen mit seinem Vater, das am nächsten Morgen stattfinden würde.

Doch zu diesem Wiedersehen sollte es dann nicht kommen. Als Dinadan kurz vor dem Morgengrauen erwachte, war Tristan verschwunden. Er hatte es auf irgendeine Weise geschafft, sich mit seinem Pferd und seiner Rüstung davonzustehlen, ohne Dinadan zu wecken. Er hatte noch etwas anderes mitgenommen: die Leier Thomas' des Reimers.

Einige Tage darauf erreichte Dinadan Burg Tintagel. Unterwegs hatte er in Schenken und von Leuten, die er angesprochen hatte, über einen bärtigen Sänger namens Tantris gehört, der auf seiner Leier ermüdende Liebeslieder spielte, aber Dinadan hätte auch ohne diese Mitteilungen gewusst, welche Richtung Tristan eingeschlagen hatte. Sowie er das Fehlen der Leier entdeckt hatte, war ihm klar gewesen, dass Tristan unterwegs zu Isolde war.

Als er die Burgtore erreichte, fiel ihm ein, dass König Marke fahrenden Rittern den Zutritt verwehrt hatte, und deshalb gab er sich als Troubadour aus. Der Torwächter schnaubte angeekelt und sagte: »Scher dich weg. Wir haben schon eine ungeheure Menge Sänger hier.«

»Ich wusste nicht, dass man zu viele Sänger haben kann«, widersprach Dinadan.

»Das zeigt, dass du keine Ahnung hast«, erwiderte der Wächter. »Wir haben nur einen, und der ist mehr als zu viel. Den ganzen Tag zupft er an seiner Harfe herum und stöhnt, und er kann kein einziges lustiges Lied.«

»Was, so was kann er nicht?«, fragte Dinadan und zog die Laute aus der Schlinge, mit der er sie hinter seinem

Sattel befestigt hatte. Er stimmte sie rasch und sang dann sein Spottlied über die Damen, und als er mit der Frage endete: »Wen geb ich auf, wen hol ich mir, den Lindwurm oder die Holde?«, brüllte der Wächter vor Lachen und öffnete das Tor.

»Na gut, kannst reinkommen. Und wenn dieser andere Trottel abhauen würde, wäre alles gut.«

Der »andere Trottel« war nicht schwer zu finden, König Marke und Königin Isolde saßen im Thronsaal und Tristan kauerte zu ihren Füßen, zupfte an der Leier und trug ein langes eintöniges Lied vor, in dem »Sonne« und »Wonne« eine große Rolle spielten, zusammen mit »Herz« und »Schmerz«. Dinadan konnte hinter einer kleinen Gruppe von Höflingen unbemerkt in den Saal schlüpfen und sich alles genau ansehen. Tristans Bart und sein heruntergekommenes Aussehen hatten offenbar dafür gesorgt, dass König Marke ihn nicht erkannte, aber Isoldes leuchtende Augen, mit denen sie den Sänger »Tantris« anhimmelte, zeigten deutlich, dass sie alles wusste.

Dinadan wollte seinen Bruder nicht verraten, aber er wollte ihm auch nicht Thomas' Leier überlassen. Er bahnte sich einen Weg durch die versammelten Höflinge und wartete, bis Tristan sein Lied beendet hatte. Es hatte noch allerlei Strophen, in denen »Leid« sich auf »Freud« reimen sollte und »Heimkehr« auf »nimmermehr«. Endlich jedoch endete das Lied und der ganze Saal seufzte erleichtert auf. Dinadan trat vor und räusperte sich. »Verzeihung, Majestät.«

Marke schaute auf. »Ihr! Ihr gehört zu denen, die dieses verdammte Horn an meinen Hof gebracht haben!«

Dinadan nickte. »Na ja, das schon. Aber vergesst nicht, ich wusste doch nicht, was das für ein Horn war!«

»Wie könnt Ihr es wagen, Euch hier noch einmal blicken zu lassen!«

»Ich will ja gar nicht lange bleiben, Majestät. Versprochen«, sagte Dinadan begütigend. »Ich wollte nur schnell dem Sänger Tantris die Leier wegnehmen.«

Hinten im Saal sagte eine Männerstimme klar und deutlich: »Hört, hört.«

»Nein«, sagte Tristan.

»Doch«, erwiderte Dinadan energisch. »Sie gehört mir und ist ein Geschenk eines alten Freundes. Und Ihr habt sie mir gestohlen. Also gebt sie jetzt bitte wieder her.«

»Hört, hört«, war die Stimme wieder zu hören. Der ganze Hof murmelte zustimmend.

»Ihr sagt, dieser Sänger habe Euch dieses Instrument gestohlen?«, fragte König Marke. Dinadan nickte und der König erklärte: »Dann muss er bestraft werden!«

»Hört, hört!«

»Runter mit seinem Kopf«, schlug eine weitere Stimme vor.

Isolde runzelte die Stirn und sagte eilig: »Man kann doch niemanden hinrichten, bloß weil er eine Leier gestohlen hat.«

»Wie wäre es dann mit einem anderen Grund?«

»Egal, wofür!«

»Hört, hört!«

»Und außerdem«, sagte Isolde zum König, »haben wir nur das Wort dieses Mannes als Beweis dafür, dass unser guter Troubadour das Instrument gestohlen hat. Wir müssen die beiden auf die Probe stellen, Majestät.«

»Aber wie?«, fragte der König.

Das hatte Isolde sich offenbar noch nicht überlegt, aber nach einem Moment der Verwirrung sagte sie mit triumphierender Stimme: »Wir lassen beide auf der Leier spielen und stellen fest, wer der bessere Musikant ist«, erklärte sie. »Es wird ein musikalischer Test sein.«

»Sehr gut«, sagte Tristan. »Ich fange an.«

Der ganze Hof wurde laut, denn alle, außer Dinadan und der Königin, versicherten Tristan aufs Eifrigste, dass sie seine Musik doch eben erst gehört hätten und sie kein zweites Mal hören müssten, vielen Dank. König Marke machte dem ganzen Durcheinander ein Ende, indem er sich erhob, Tristan die Leier aus der Hand nahm und durch den Saal schritt, um sie Dinadan zu überreichen.

Dinadan kniff die Augen zusammen. Thomas hatte ihm zwar einmal Leier-Unterricht gegeben, aber Dinadan war damals zu sehr damit beschäftigt gewesen, die Laute in den Griff zu bekommen, und deshalb hatte er nicht richtig zugehört. Und so entsetzlich Tristans Lied auch gewesen war, als Leierspieler war er Dinadan doch turmhoch überlegen. Dinadan schaute sich im Thronsaal um und sah die mitfühlenden, ermunternden und sogar eifrigen Gesichter der Damen und der Höflinge.

Er lächelte Isolde an. »Nun gut, aber wenn ich gespielt habe, dann muss der ganze Hof das Urteil fällen, das darf nicht Euch und dem König überlassen werden. Der Hof soll entscheiden.«

»Hört, hört«, sagten mehrere Stimmen in der Menge.

Dinadan schlug einmal kurz die Leier an, und dann improvisierte er schneller denn je und sang:

»Der beste Sänger ist überall?
– derjenige, der auf jeden Fall
nicht geigt,
sondern schweigt.«

Dinadan schlug noch einmal die Leier an und verbeugte sich vor der Menge, die zögerte und dann in begeisterten Applaus ausbrach.

»Hört, hört!«

»Wunderschön! Wunderschön!«

»Da bleibt kein Auge trocken!«

»Das ist der Sieger, einwandfrei!«

»Zugabe! Ich meine, *keine* Zugabe!«

»Hört, hört!«

Das Urteil wurde einstimmig gefällt. König Marke schaute seine Höflinge an, dann nickte er Dinadan zu, um zu zeigen, dass die Leier ihm gehörte. Dinadan verbeugte sich noch einmal, machte dann kehrt und verließ unter den fröhlichen Rufen der Anwesenden den Thronsaal. Er begab sich auf direktem Weg in den Stall, denn er wollte sofort aufbrechen, doch er war nicht schnell genug. Als er seine Pferde aus dem Stall führte, holte Tristan ihn ein und starrte ihn aus großen, flehenden Augen an.

»Bitte, mein Freund, Ihr müsst mir die Leier lassen.«

»Nein. Sie bedeutet mir viel, als Geschenk.«

»Das Geschenk eines Bauern!«

»Das Geschenk eines fähigen, ehrenwerten Mannes.«

»Aber ohne die Leier kann ich meine Geliebte nicht umwerben. Ihr wisst doch, dass ihr mein Herz gehört? Habt Ihr vorhin mein Liebeslied nicht gehört?«

»O doch!«

»Und hat es keine Wirkung auf Euch ausgeübt?«

»Aber natürlich hat es das«, sagte Dinadan und schwang sich in den Sattel. »Mir ist verdammt schlecht davon geworden.« Er versetzte seinem Pferd einen Tritt und trottete an Tristan vorbei, der allein und verloren auf dem Burghof stand. Dinadan musste aber noch ein Hindernis überwinden, denn am Tor wartete Isolde auf ihn. Dinadan zog die Zügel an. »Guten Tag, Majestät.«

Isolde verlor keine Zeit. »Ihr wart derjenige, der wusste, wo Lady Brangienne sich aufhält.«

Dinadan nickte langsam. »Und Ihr wisst sicher noch, was ich gesagt habe. Nämlich, dass ich in ganz England über Eure Untreue singen werde, wenn ihr etwas zustößt.«

Isolde nickte und ihre Augen schienen weich zu werden. »Das weiß ich. Aber ich will ihr nichts mehr antun. Bitte, ich möchte ihr nur sagen, dass sie von mir nichts mehr zu befürchten hat. Ich weiß, dass sie nicht bereit wäre, wieder in meine Dienste zu treten, und deshalb biete ich ihr nicht ihre alte Stelle an, aber ich möchte ihr doch sagen, dass ich falsch gehandelt habe, und ich möchte sie um Verzeihung bitten.«

Isoldes Stimme bebte vor Rührung, und einmal musste sie sich unterbrechen und einige Tränen wegwischen. Dinadan konnte keinen Hinweis darauf entdecken, dass sie nicht ehrlich war. Trotzdem schwieg er.

Isolde legte Dinadan eine Hand aufs Knie. »Könnt Ihr mir nicht sagen, wo sie ist?«

Langsam schüttelte Dinadan den Kopf. »Nein, Majestät.«

Isolde schlug die Augen nieder. »Das kann ich verstehen und ich mache Euch keine Vorwürfe. Aber wenn ich es ihr also nicht selber sagen darf, würdet Ihr es ihr von mir ausrichten?«

Dinadan holte tief Luft. Es wurde ohnehin Zeit, nach Brangienne zu sehen. »Na gut, Herrin.« Danach ritt er durch das Tor und lenkte seine Pferde nach Norden, wo Brangiennes Kloster lag.

Liebeslieder

Dinadan ließ sich bei seinem Ritt zu Brangiennes Kloster Zeit. Zwar fehlte Palamides ihm, er fand es aber auch angenehm, nun wieder allein unterwegs zu sein. Er spielte fast ununterbrochen Laute und zog immer, wenn er Halt machte, allerlei Publikum an. In Dörfern und Schenken scharten die Leute sich um ihn. In den Wäldern lockte er Vögel und kleine Tiere herbei. Wenn er mit den Tieren allein war, legte er manchmal die Laute weg und übte auf Thomas' Leier, doch sofort verzogen sich dann die Tiere, was ihm klar machte, dass er an diesem neuen Instrument noch sehr viel arbeiten musste.

Am Ende des zweiten Tages jedoch ging es Dinadan auf, dass er gar nicht allein war. Er hatte mehrere Male hinter sich leise Stimmen gehört, doch obwohl er langsam ritt und oft anhielt, wurde er niemals überholt. Am dritten Tag beschloss Dinadan, auf seine geheimnisvollen Verfolger zu warten. Er verbarg seine Pferde in einem kleinen Wald, dessen Bäume so dicht beieinander standen, dass sie eine fast undurchdringliche Wand bildeten. Dort wartete er zwischen den Zweigen einer großen Ulme. Er brauchte nicht lange zu warten. Es waren noch keine zehn Minuten vergangen, als zwei bewaffnete Männer in der Livree von Burgwächtern vorsichtig über den Pfad ritten und durch einen glücklichen Zufall gleich unter ihm anhielten.

»Wo steckt dieser Mistkerl denn bloß?«, murmelte der erste Wächter, eher an sich gerichtet.

»Er muss weitergeritten sein«, sagte der andere. »In diesem Dickicht kann er ja wohl nicht angehalten haben.«

»Würd ich nicht drauf wetten«, sagte der erste Wächter und grunzte. »Hab noch nie einen wie den gesehen, der hält doch alle zehn Minuten an und pflückt blöde Gänseblümchen. Wenn er irgendwohin will, warum reitet er dann nicht dahin? Das möchte ich ja wirklich wissen. Wir könnten jetzt schon wieder in der Burg sein.«

Der andere zuckte mit den Schultern. »Mir macht das nichts aus. Solange Marke stocksauer ist und die Königin alle herunterputzt, und wo jetzt auch noch dieser neue Sänger da rumlungert, will ich eigentlich gar nicht in Tintagel sein.«

»Vielleicht, aber da gibt's besseres Essen. Wir haben schon fast keinen Proviant mehr. Wenn wir die Hexe nicht bald finden und umbringen können, müssen wir auf dem Rückweg nach Cornwall Hunger leiden.«

»Na, dann weiter«, sagte der zweite Wächter. »Der Kerl kann ja nicht weit vor uns sein.«

Sie ritten los und Dinadan kochte vor Wut, als sie sich entfernten. Isolde hatte diese Männer also losgeschickt, damit sie ihm zu Brangienne folgten und diese dann ermordeten – aber warum? Was konnte sie dadurch gewinnen? Dinadan wartete noch zehn Minuten, damit die Wächter außer Hörweite gelangen konnten, dann stieg er aus dem Baum, holte seine Pferde und ritt zurück nach Tintagel.

Als er dort eintraf, hatte er Isoldes Motive noch immer nicht durchschaut, und die Szene, die sich ihm dort darbot, half ihm auch nicht weiter. In der Burg herrschte das Chaos, Ritter und Wächter rannten eilig herum und schienen doch keinen sichtbaren Zweck zu verfolgen. Pferde wurden gesattelt, Hunde bellten, Ritter gaben einander widersprüchliche Befehle, und im Mittelpunkt des Ganzen stand ein vor Wut tobender König Marke. Dinadan brauchte einige Minuten, bis er jemanden fand, der sich die Zeit für eine Erklärung nahm, doch endlich erfuhr er dann, was passiert war.

In der Nacht waren der Sänger »Tantris« und Königin Isolde miteinander entflohen. Offenbar hatte Isolde in ihrem Turmgemach ein langes Seil verborgen, war zu Tristan auf den Burghof hinuntergeklettert und mit ihm verschwunden. Sie hatten das alles sehr genau geplant. Isolde hatte einen Schlüssel für das Burgtor gehabt und sogar ihre oberste Hofdame dazu überredet, dem König mitzuteilen, Isolde sei krank, weshalb ihr Verschwinden fast einen Tag lang unbemerkt geblieben war. König Marke hatte die Hofdame bereits enthaupten lassen und schwor jetzt allen Rache, denen er sonst noch etwas vorwerfen konnte.

Dinadan stand im Schatten und sah zu, wie sich alle Ritter und Wächter vor König Marke versammelten.

Marke richtete sich zu seiner vollen Höhe auf, was nicht sehr viel war, und erteilte seinen Männern Befehle. Sie sollten Isolde und ihren Liebhaber in Fetzen reißen und denn den Vögeln zum Fraß vorwerfen. Dinadan staunte über die Ausmaße, die Verbitterung und Hass dieses Mannes annahmen. Als der König fertig war, galoppierten die Männer vom Hof und jagten die Hauptstraße nach Osten entlang, während König Marke weiterhin auf dem Burghof stand. Der König wartete einen Moment, dann fiel er auf die Knie und brach in Tränen aus. Verlegen wandte Dinadan sich ab.

Endlich kehrte der König in den Bergfried zurück und Dinadan ritt davon, versunken in düstere Gedanken. Er hatte nie darum gebeten, in die Liebesaffären anderer Leute hineingezogen zu werden, aber er schien das eben nicht vermeiden zu können. Darüber konnte man wirklich Lust bekommen, auf diese ganze idiotische Liebe zu verzichten. Entweder war alles nur Lug und Trug, wie bei Culloch und Olwen, oder es war unerträglich schmerzhaft, wie bei König Marke, oder es war selbstsüchtig und grausam, wie bei Tristan und Isolde oder Lamorak und seiner geliebten Fee. Dinadan würde nie begreifen, wieso man einen Menschen verletzen wollte, weil man ihn liebte – oder warum man deshalb einem anderen Schaden zufügte. Das alles hinterließ in seinem Mund einen bitteren Geschmack und er sehnte sich danach, mit einem vernünftigen Menschen zu sprechen. Es wurde wirklich höchste Zeit für einen Besuch bei Brangienne.

Er entschied sich für den am wenigsten benutzten Weg, der von Tintagel wegführte, folgte einem überwucherten Pfad in felsige Hügel, und schon nach einer Viertelstunde wusste Dinadan, dass sein tückisches Geschick ihn schon wieder in eine widerwärtige Liebesgeschichte hineingezogen hatte. Vor ihm auf dem Pfad sah er zweierlei Fußspuren, und die eine gehörte einwandfrei einer Frau. Seltsam, dass Tristan und Isolde zu Fuß geflohen waren. Sie konnten doch nicht damit rechnen, schneller zu sein als die Pferde ihrer unvermeidlichen Verfolger. Sie hatten offenbar ein bestimmtes, nahe gelegenes Ziel gehabt. Dinadan wusste, dass es besser gewesen wäre, sofort kehrtzumachen und in eine andere Richtung zu reiten, aber das tat er nicht. Er stieg vom Pferd und folgte den Spuren.

Zwanzig Minuten darauf hatte er sie gefunden, in einer kleinen offenen Stelle zwischen spitzen Felswänden. Irgendwer hatte sich große Mühe dabei gegeben, diesen Felsensaal für die Liebenden vorzubereiten – vermutlich die Hofdame, die Isolde ihrem tödlichen Schicksal überlassen hatte. Dinadan sah prachtvolle Sessel und gewebte Teppiche, auf den Tischen standen goldene Kerzenleuchter und Schüsseln. Hinter dem Felsensaal befand sich der Ausgang einer Höhle, und über dieser Öffnung stand in großen Buchstaben das Wort »Minnegrotte«. Tristan und Isolde schliefen eng umschlungen in einem Himmelbett. Angewidert machte Dinadan kehrt und kroch zurück zum Pfad, wo er seine Pferde zurückgelassen hatte. Er spielte kurz mit dem Gedanken, König Marke alles zu erzählen, aber diese Idee gab er schon nach einer Sekunde wieder auf. Er hoffte, alle drei niemals wiedersehen zu müssen. Und zum zweiten Mal in dieser Woche verließ er Tristan und Isolde und machte sich auf den Weg zu Brangienne.

»Ich wusste doch, dass Ihr wiederkommen würdet«, sagte die grimmige Nonne, die Brangienne damals aufgenommen hatte. »Ich freue mich, Euch zu sehen.« Sie lächelte und sah überhaupt nicht mehr grimmig aus.

»Ganz meinerseits«, konnte Dinadan höflich murmeln.

Die Nonne sah, wie überrascht er war, und schmunzelte. »Ich fürchte, ich habe Euch nicht gerade höflich behandelt, als Ihr Brangienne hergebracht habt. Ich hoffe, Ihr könnt mir verzeihen.«

»Aber bitte, Herrin …«

»Bitte, nennt mich nicht so«, sagte die Nonne gelassen. »Wir haben hier keine Titel und heißen nur Schwester – oder, in meinem Fall, Mutter. Ich bin Mutter Priscilla.«

»Es freut mich, Euch zu sehen – diesmal.«

Wieder lächelte Mutter Priscilla. »Ihr müsst wissen, dass Ihr nicht der erste Ritter seid, der eine Dame zu unserem Tor bringt. Meistens passiert das, wenn der Ritter der Dame überdrüssig ist und sie auf irgendeine Weise loswerden will. Ich hatte Euch für einen solchen

Mann gehalten, und als Brangienne mir die Wahrheit erzählt hatte, wart Ihr schon längst davongeritten. Und deshalb warte ich seit drei Monaten auf die Möglichkeit, Euch um Entschuldigung zu bitten.«

Jetzt begriff Dinadan. »Natürlich, Her … äh … natürlich, Mutter Priscilla.«

»Ihr möchtet also Brangienne sprechen, nehme ich an.«

»Ja.« Dinadan runzelte die Stirn. »Aber solltet Ihr nicht Schwester Brangienne sagen?«

»Nein«, sagte Mutter Priscilla. »Sie hat noch kein Gelübde abgelegt. Aber Ihr wartet, Sir. Ich hole jetzt sofort Brangienne.«

Sie verschwand im Haus und war gleich darauf mit Brangienne wieder da. Brangiennes Gesicht strahlte, als sie Dinadan sah, und sie lief mit ausgestreckten Händen auf ihn zu. Dinadan nahm ihre Hände und erwiderte ihr Lächeln. »Dinadan!«, sagte sie. »Wie schön, Euch zu sehen.« Dann wurde ihr Lächeln schwächer. »Aber Ihr wollt mich doch nicht von hier fortholen, oder? Denn, das sage ich Euch, diesmal komme ich nicht mit.«

»Nein, nein. Ich wollte nur mal nach Euch sehen. Wisst Ihr, als ich Euch hergebracht habe, kam Mutter Priscilla mir so beängstigend vor, dass ich mir Sorgen um Eure Sicherheit gemacht habe.«

»Ach, das war doch, weil … aber ich sehe, sie hat das schon erklärt.« Brangienne schaute kurz zu Mutter Priscilla hinüber.

»Ja, das habe ich, Liebes. Und jetzt lasse ich euch allein.«

Brangiennes Augen lachten. »Was? Allein mit einem Mann?«

»Ich glaube kaum, dass du hier mitten auf dem Hof in Gefahr schwebst. Bis nachher, Brangienne.«

Mutter Priscilla entfernte sich mit energischen Schritten. »Sie ist wirklich ein Schatz«, sagte Brangienne, die ihr hinterherschaute. »Sie versucht streng zu sein, aber die Schwestern würden ohnehin alles für sie tun, und da könnte sie sich die Mühe auch sparen.«

»Ihr seid hier also glücklich?«, fragte Dinadan.

Brangienne nickte. »Ja. Höchstens …«, sie zögerte.

»Ja?«

»Manchmal frage ich mich, ob es Euch gut geht. Aber das sehe ich ja jetzt. Und nun erzählt. Was habt Ihr erlebt, seit Ihr mich hier verlassen habt?«

Dinadan erzählte. Es war seltsam, dass er, der so oft und vor so unterschiedlichem Publikum Geschichten vortrug, Probleme damit hatte, hier kurz und schlicht über sein Leben zu berichten, aber so war es eben. Zuerst erzählte er äußerst unbeholfen darüber, wie er und Palamides Isolde zur Rede stellen wollten, welche Verwirrung dann das Wunderhorn ausgelöst hatte, und wie er Isolde am Ende doch noch hatte warnen können. Brangienne lief rot an und schlug die Augen nieder, und deshalb erzählte Dinadan eilig weiter. Er erzählte, wie er und Palamides Helius und Helake besiegt hatten – seinen Sturz in den Fluss ließ er aus – und wie

Tristan verrückt geworden war. Brangienne versuchte ein mitfühlendes Gesicht zu machen, aber das gelang ihr nicht so recht. Dinadan lachte und fragte: »Das macht Euch nichts aus, was?«

»Nein, Tristan ist mir egal«, sagte sie daraufhin. »Der Unterschied zwischen einem Irren und einem Narren ist nicht gerade groß, nur richten Irre wahrscheinlich weniger Schaden an. Aber ich will Euch nicht unterbrechen. Ist er geheilt worden?«

Dinadan schüttelte den Kopf. »Nein, er wurde einfach wieder zum Narren.«

»Wie dumm von ihm. Aber jetzt seid Ihr ihn ja los. Wie habt Ihr das geschafft?«

»Dafür hat er selbst gesorgt. Unterwegs wurde mir eine Leier geschenkt – ein richtig schönes Instrument übrigens –, die mir ein alter Sänger hinterlassen hatte. Diesen Sänger habe ich als Kind geliebt. Und Tristan sah sie und …«

»Er hat sie doch nicht gestohlen?« Dinadan nickte. Brangienne schloss die Augen. »Also wieder Tantris?«

Dinadan grinste sie beifällig an. »Wisst Ihr, am besten gefällt mir Euer Verstand. Ich brauche mich nie durch Erklärungen zu langweilen.«

»Ich sollte mich wohl geehrt fühlen, aber da Ihr mit Tristan zusammen wart, zählt das Lob ja kaum. Wahrscheinlich kommen Euch auch Eure Pferde im Vergleich zu ihm scharfsinnig vor.«

»Ja, aber ich finde Euch sogar noch scharfsinniger als meine Pferde«, sagte Dinadan mit aufgesetztem Ernst.

»*Merci du compliment*«, erwiderte Brangienne lachend. »Habt Ihr Eure Leier zurückbekommen?«

Dinadan erzählte vom Sängerwettstreit und als er damit fertig war, wischte sie sich ihre Lachtränen ab. Dinadan ließ sie zu Atem kommen und sagte danach mit ernsterer Stimme: »Dann ist etwas anderes passiert. Und auch deshalb bin ich hier. Versteht Ihr, als ich die Leier an mich gebracht hatte, hielt Isolde mich auf und sagte, sie wolle Euch um Verzeihung bitten, wenn ich ihr nur sagte, wo Ihr Euch aufhaltet.«

»Das habt Ihr doch nicht getan, oder?«, fragte Brangienne mit scharfer Stimme.

»Nein, zweimal bin ich nie so töricht. Aber ich habe ihr gesagt, dass ich Euch ihre Botschaft übermitteln würde.«

»Wurdet Ihr dann verfolgt?«

»Ja, von zwei Burgwächtern, die Euch umbringen sollten. Aber die habe ich abgeschüttelt.« Er schaute Brangienne fragend an. »Warum will sie Euch noch immer töten? Sie hätte doch nichts davon.«

Brangienne runzelte die Stirn. »Ihr versteht nicht, was Isolde für eine Frau ist. Sie sieht in jeder anderen eine Konkurrentin, und sie wird jede, die ihr in irgendeiner Weise überlegen ist – die zum Beispiel ihr Geheimnis kennt –, hassen, solange eine von beiden lebt. Sie will meinen Tod, weil sie einfach schlecht ist, nicht weil sie irgendetwas davon hätte – das hätte sie sicher nicht. Ich stelle mir vor, dass inzwischen ganz England von ihrer Affäre mit Tristan weiß.«

»Und wenn nicht, dann wird das bald der Fall sein«, sagte Dinadan. Er erzählte ihr, dass Tristan und Isolde von König Markes Hof geflohen waren und dass er sie in ihrer »Minnegrotte« gefunden hatte.

Brangienne seufzte. »Wie idiotisch von ihnen! Was glauben sie denn, wie lange sie dort unentdeckt bleiben können? Wie lange wird ihr Proviant reichen? Und wie weit ist es bis Tintagel, habt Ihr gesagt?«

»Keine vier Meilen.«

»Dann wird das alles mit einer Tragödie enden. Mit einer von diesen sinnlosen Tragödien, die von zweitrangigen Sängern erzählt werden.«

Dinadan hob eine Augenbraue und blickte auf Brangienne herab. »Das kann ich nun wirklich nicht beurteilen«, sagte er gewichtig.

Brangienne kicherte, dann sagte sie: »Nein, das muss ich Euch lassen. Wenn Gott jemals einen Musikanten mit Talent beschenkt hat, dann Euch. Daran ist wirklich nichts zweitrangig.«

Gleich darauf erschien Mutter Priscilla. »Brangienne, wenn du zum Essen kommen willst, die anderen sitzen schon im Speisesaal.«

Brangienne sprang auf. »Ob ich komme? Aber natürlich, ich – ach Himmel, ist es schon so spät? Aber da müssen die anderen doch meine Arbeit mit übernommen haben!« Sie drehte sich zu Dinadan um. »Ich muss jetzt gehen, Dinadan. Danke für Euren Besuch. Es war so lustig, mit Euch zu reden. Und glaubt Ihr jetzt, dass ich es hier gut habe?«

Dinadan grinste und nickte. »Ja, aber das tut mir fast schon Leid. Dann habe ich doch keinen Vorwand mehr, um Euch weiterhin zu besuchen.«

Mutter Priscilla sagte gelassen: »Ihr braucht keinen Vorwand, Sir Dinadan. Kommt, sooft Ihr wollt. Aber jetzt müsst Ihr wirklich gehen.«

Dinadan hatte Artus' Hof seit fast sechs Monaten nicht mehr besucht, und jetzt, wo er Brangienne gesprochen hatte, hatte er Sehnsucht nach Bediver, Gaheris und seinen anderen Freunden, und deshalb schlug er nun die Richtung ein, in der Camelot lag. Er kam jedoch nur langsam voran, da er in jeder Schenke anhielt, die ihm gefiel, um sein neues Lied vorzutragen – »Die Ballade von Sir Palamides« –, das davon handelte, wie der edle maurische Ritter ganz allein die beiden schurkischen Brüder Helius und Helake bezwungen hatte. Rein historisch gesehen war diese Version nicht gerade korrekt, aber Dinadan war damit zufrieden, wie gut er Palamides' redliches und großzügiges Wesen eingefangen hatte, und ein edles Herz war doch sicher eine viel wichtigere Wahrheit als schnöde Tatsachen.

Er freute sich darauf, in einem Bett in einer ruhigen Kammer zu schlafen, als er endlich in Camelot eintraf, aber dann kam alles anders. Der Erste, den er sah, als er durch das Burgtor ritt, war Bediver, und als er das glückliche Gesicht seines Freundes erblickte, spürte Dinadan fast einen Kloß in seinem Hals. Dann sagte

Bediver: »Dinadan! Bei allem, was heilig ist, es ist wunderbar, dich zu sehen!«

»Geht mir genauso, Bedi…«

»Gerade dich hab ich schon herbeigewünscht.«

Dinadans Lächeln wurde ein wenig schwächer. »Und warum, wenn ich fragen darf?«

»Damit du mit mir kommst. Ich wollte das schon die ganze Zeit, aber du warst ja nicht hier und seit Monaten hatte niemand mehr von dir gehört. Und Keie will einfach nicht hin.«

»Wohin denn?«, fragte Dinadan misstrauisch.

»Zu Cullochs Hochzeit natürlich. Ein Bote hat vor drei Tagen die Einladung gebracht.«

»Cullochs Hochzeit! Du willst doch nicht sagen …«

»Doch, genau. Der alte Isbaddadon hat endlich nachgegeben.«

»Oder ihm fielen keine weiteren hirnrissigen Aufgaben für den kleinen Trottel ein. Nein, Bediver, diesmal hat Keie absolut Recht, finde ich. Ich will nichts damit zu tun haben.«

Bediver machte ein erstauntes Gesicht. »Aber Dinadan, du warst doch von Anfang an mit ihm zusammen, noch ehe ich dazugekommen bin. Willst du denn nicht sehen, wie das alles endet?«

»Nein.«

Bediver starrte ihn an. »Na, hattest du denn nie wenigstens ganz leichte Gewissensbisse, weil wir den Jungen einfach so seinem Schicksal überlassen haben?«

»Nein, nie im Leben.«

»Na, ich schon. Natürlich, ich weiß, dass es das einzig Richtige war, aber trotzdem denke ich oft, er wäre schon seit Jahren erlöst gewesen, wenn wir bei ihm geblieben wären. Du willst es also nicht Culloch zuliebe tun?«

»Nein.«

»Und was ist mit mir? Ich will nicht allein zu dieser Hochzeit reiten.«

Dinadan sah Bediver lange an. Endlich seufzte er. »Wenn man mit einem blöden Esel befreundet ist, begeht man manchmal mit ihm zusammen lauter Blödheiten, das ist das Problem.«

Bediver lächelte mitfühlend. »Vielleicht kommt es ja nicht ganz so schlimm«, sagte er hoffnungsvoll.

Natürlich war die Hochzeit so schrecklich, wie es zu erwarten gewesen war, eigentlich war sie noch viel schlimmer. Sie begann mit zwei Wochen, in denen an jedem Abend gefeiert wurde, die Bediver und Dinadan zu ihrer großen Erleichterung aber bereits verpasst hatten. Sie trafen am Vortag der Hochzeit ein und wurden von einem mürrischen Isbaddadon und einem aufgeregten Culloch empfangen. Sie konnten bald feststellen, dass Culloch nicht wegen der Hochzeit aufgeregt war, sondern wegen des Banketts am Polterabend. »Issie hat befohlen, dass alle Männer Schwarz tragen sollen. Versteht ihr? Wie zu einer Beerdigung, und nicht wie zu einer Hochzeit. Habt ihr je von so einer komischen Idee gehört?« Und dann prustete er wieder los und erklärte den Witz ein zweites Mal.

Bediver und Dinadan drückten sich vor diesem Fest. Und deshalb waren sie bei der Trauung am folgenden Morgen die einzigen Männer, die nicht verkatert waren. Aber diese Nüchternheit hatte auch ihre Nachteile. Als die Hochzeit beginnen sollte und Culloch noch immer nicht aufgetaucht war, mussten Dinadan und Bediver den Bräutigam aus dem Bett zerren, ihn mit kaltem Wasser übergießen, ihn in die prächtigsten Gewänder hüllen, die sie für ihn auftreiben konnten, und ihn dann während der Zeremonie stützen, die zwei Stunden später anfing als geplant. Lady Olwen, die die ganze Zeit vor dem Altar gewartet hatte, spuckte fast schon Feuer, und auch Isbaddadon, der kaum in besserem Zustand war als Culloch, sah reichlich wütend aus.

Der Priester hielt eine lange Rede aus Worten, die sich vage wie Latein anhörten, aber keins waren (»Pures Gefasel«, sagte Bediver später. »Der Kerl könnte sicher nicht mal zwei Wörter Latein herausbringen, wenn sein Leben davon abhinge«), dann wechselte er zu Englisch über und fragte Culloch, ob er diese Dame zu seiner Frau nehmen wolle. Culloch antwortete mit einem leisen Schnarchen. Er war im Stehen eingeschlafen und lehnte sich an Dinadan und Bediver.

»Du Trottel!«, kreischte Olwen. Sie hob den linken Arm, ballte eine überaus undamenhafte Faust und versetzte Culloch einen Hieb auf die Nase. »Du besoffener Idiot! Du Schweinegesicht! Du stinkender Kehrichthaufen!«

Culloch taumelte rückwärts und Dinadan und Bediver mussten sich alle Mühe geben, um ihn auf den Füßen zu halten. König Isbaddadon umklammerte seinen Kopf mit beiden Händen. »Ja, Liebes«, sagte er. »Aber musst du so schreien?«

»Das gilt auch für dich!«, brüllte Olwen. Sie versuchte ihren Vater mit der anderen Faust zu schlagen, doch in dieser Hand hielt sie einen Blumenstrauß und drückte deshalb dem König nur eine Hand voll Blüten ins Gesicht. Mit dem Kakeln einer Pute warf Olwen die Überreste des Straußes fort und trampelte aus der Kapelle.

Alle schwiegen für einen Moment. Dann schaute der Priester den König zaghaft an. »Na, damit ist die Hochzeit wohl abgesagt?«

Isabaddadon lief rot an. »Abgesagt? Nichts da! Mein Junge Culloch hier hat drei Jahre und mehr dafür geschuftet. Und bin ich Olwens Vater oder nicht? Bin ich König oder nicht? Weiter mit der Hochzeit!«

Dinadan und Bediver wechselten einen erstaunten Blick, und der Priester schnappte nach Luft. »Aber ohne die Braut …«

»Ich werde für sie antworten«, erklärte der König. »Wo waren wir? Ach, ja. Wollt Ihr diesen Mann. Genau. Sie will.«

»Oh … äh … na gut, Culloch, willst du … hm?«

Culloch hatte den Schluckauf und sackte nun in sich zusammen, weshalb Isbaddadon auch für ihn einsprang. »Ja.«

»Na, dann, ich … o Schreck, jetzt habe ich den Faden

verloren … also, hiermit erkläre ich euch zu … äh … Mann und Frau.«

Die versammelten Gäste brachen in halbherzigen Jubel aus, der bald wieder verstummte. Dinadan schaute zu Bediver hinüber, dann zuckte er mit den Schultern und stieß Culloch gegen Isbaddadon. »Na los, Knabe. Küss die Braut. Kommst du, Bediver?«

Die beiden Ritter ließen Culloch in Isbaddadons Armen zurück und entfernten sich mit energischen Schritten. Sie sagten kein Wort, bis sie ihre Pferde gesattelt hatten und Isbaddadons Burg hinter ihnen zurückblieb. Endlich holte Bediver tief Luft, stieß sie dann langsam aus und sagte: »Tut mir Leid, dass ich dich zum Mitkommen überredet habe, Dinadan. Das war widerlich. So was hab ich noch nie erlebt.«

»Ich war einmal bei einem Ritterschlag, der so ähnlich verlief«, sagte Dinadan. »Macht es aber auch nicht besser.« Nach kurzem Nachdenken fügte er hinzu: »Aber immerhin scheint das Paar doch sehr gut zueinander zu passen, findest du nicht?«

»Culloch und Isbad? Ja, die könnten füreinander geschaffen sein.«

»Und auf jeden Fall haben sie einander verdient«, Dinadan verzog das Gesicht. »Liebe! Das ist doch der pure Wahnsinn!«

Bediver schaute Dinadan neugierig an. »Ist dir denn nie eine Frau begegnet, die du geliebt hast?«

»Kann ich mir nicht vorstellen. Und daran würde ich mich doch erinnern, oder?«

»Das sollte man meinen«, sagte Bediver, der Dinadan noch immer ansah. »Weißt du, ich hab mir ja bei der Hochzeit die Gäste angesehen, aber die Dame, die wir am ersten Tag hingebracht haben, konnte ich nicht entdecken. Wie hieß sie doch noch gleich?«

»Brangienne«, erwiderte Dinadan. »Sie lebt nicht mehr dort.« Er grinste. »Das ist vielleicht das einzig Positive an dieser Farce, die wir da erlebt haben. Es wird großen Spaß machen, Brangienne davon zu erzählen.«

»Dann weißt du, wo sie ist?«

»Aber sicher. Sie ist diesem Irrenhaus mit heiler Haut entkommen und hält sich versteckt.«

Bediver machte ein fragendes Gesicht, aber Dinadan wich seinem Blick aus. Er hatte schon einmal durch eine achtlose Bemerkung Brangiennes Aufenthaltsort verraten, und diesen Fehler wollte er kein zweites Mal begehen. Endlich sagte Bediver: »Weißt du, ich habe Brangienne und dich immer für verwandte Seelen gehalten.«

Dinadan lachte. »Ja, irgendwie sind wir das auch, aber wie du das bei unserer ersten Begegnung gemerkt haben willst, kann ich mir nicht vorstellen. Du weißt doch noch, wie arg wir uns gestritten haben. Jahrelang habe ich geglaubt, dass sie mich hasst.«

»Aber das tut sie nicht?«

»Aber nicht doch.«

»Und du? Was empfindest du für sie?«

Langsam wandte Dinadan sich um und sah Bediver an. »Du meinst … du hast gedacht …? Aber nein, Bediver. Davon kann überhaupt keine Rede sein. Wirklich nicht.«

»Na gut. Sie liebt also einen anderen?«

Dinadan hätte fast losgelacht, als ihm einfiel, wo Brangienne jetzt lebte. »Nein, das kann ich mir wirklich nicht vorstellen«, sagte er.

Bediver hob die Augenbrauen. »Aber hast du nie mit dem Gedanken gespielt sie zu heiraten?«

»Nein, nie.«

»Und sie hat auch nie mit dem Gedanken gespielt dich zu heiraten?«

Dinadan kniff die Augen zusammen. »Na ja, woher sollte ich das denn wissen?«

Bedivers Stimme klang sanft. »Indem du dich fragst, ob sie jemals Interesse an einem anderen gezeigt hat. Indem du dich fragst, ob sie vielleicht unverheiratet geblieben ist, weil sie dich liebt. Indem du dich fragst, wie dir zu Mute wäre, wenn sie einen anderen heiratete.«

Dinadans Gedanken wirbelten wild durcheinander, aber er sagte kein Wort.

»Du sagst«, fragte jetzt Bediver, »dass Brangienne sich versteckt hält. Warum macht sie das?«

»Ach«, erwiderte Dinadan, denn er freute sich darüber, endlich eine Frage beantworten zu können. »Es gibt eine mächtige Frau – ihr Name spielt keine Rolle –, die keine Ruhe geben wird, solange Brangienne noch lebt. Die Frau, die bei unserer ersten Begegnung damals die Soldaten geschickt hatte.«

»Ach, und du hoffst also, dass diese Frau Brangienne ohnehin für tot hält?«

»Nein, das nicht. Es ist nur ...« Dinadan verstummte. »Aber das ist doch großartig, Bediver! Ich muss ihr nur einreden, dass Brangienne tot ist, und dann kann sie wieder ein normales Leben führen. Ich weiß wirklich nicht, warum ich noch nie auf diese Idee gekommen bin. Danke!«

Bediver grinste. »Ich nehme an, dass du mich jetzt verlässt?«

»Nimm das bitte nicht persönlich. Bloß weiß ich jetzt eben, wie ich der ganzen Geschichte ein Ende machen kann. Das nimmst du doch nicht übel, oder?«

»Aber überhaupt nicht. Nur, Dinadan? Vergiss nicht, was ich gesagt habe, ja?«

Dinadan nickte kurz – als ob das möglich wäre, jetzt, wo das Thema zur Sprache gebracht worden war! – und ließ sein Pferd wenden. Er musste ein weiteres Mal nach Cornwall reiten.

Ein Lied für eine Dame

Als Dinadan nach Cornwall ritt, machte er einen großen Bogen um Tintagel und schlug sofort den Weg zur Minnegrotte ein, nur näherte er sich diesmal aus der Gegenrichtung. Dieser Schlupfwinkel war so gut versteckt, dass er einige Stunden brauchte, um ihn wiederzufinden. Endlich aber blickte er über den Felsenkamm in Tristans und Isoldes Zufluchtsort.

Doch der war verwüstet worden. Die Möbel waren zerschlagen, die Teppiche zerrissen und alles war verbrannt. Kerzenleuchter und Schüsseln waren zu metallischen Klumpen geschmolzen und lagen in der Asche verstreut. Die Aufschrift »Minnegrotte« war mit dem Hammer vom Felsen gehauen worden. Brangienne hatte Recht gehabt. Sie hatten sich nicht lange verstecken können.

Dinadan kletterte die Felsen hinab und sah sich alles genauer an. Das Feuer war erloschen und die Asche war vom Regen zu einem dicken Brei aufgeweicht worden, und daraus schloss er, dass alles schon einige Tage her sein musste. Er fand jedoch keinen Leichnam, nichts wies darauf hin, dass die Liebenden zusammen mit ihrem Schlupfwinkel vernichtet worden waren. Er wandte sich wieder der Felswand zu und fing an zu seinen Pferden hochzuklettern, als er hinter sich ein leises Geräusch hörte. Er wollte herumfahren, doch es war zu spät. Eine kraftvolle Hand legte sich über seinen Mund und hinderte ihn am Sprechen. Starke Arme zogen ihn auf den Boden zurück und eine scharfe Spitze bohrte sich in die Haut unter seinem rechten Ohr.

»Wer seid Ihr?«, fragte jemand in rauem Flüsterton. Dinadan wollte antworten, aber die Hand über seinem Mund erstickte seine Worte. »Was? Lauter!«, verlangte das Flüstern.

Das musste Tristan sein. Mühevoll konnte Dinadan den Mund weit genug öffnen, um seine Zähne in die Hand zu bohren. Die Hand wurde für einen Moment zurückgezogen und Dinadan sagte eilig: »Ich kann Euch nicht antworten, solange Ihr mir den Mund zuhaltet.«

»Ach.« Die Arme lockerten ihren Zugriff und Dinadan durfte sich umdrehen, die Spitze jedoch blieb an seinem Hals. Es war wirklich Tristan, der einen zugespitzten Stock als Waffe benutzte. Er hatte einen eine Woche alten Bart und seine Augen wirkten irrer denn je.

»Ich bin's, Dinadan.«

»Kenne ich Euch?«, fragte Tristan misstrauisch.

»Nein, das habt Ihr nie getan«, antwortete Dinadan. »Aber ich kenne Euch trotzdem. Was ist hier passiert? Waren das Markes Soldaten? Und wo ist Isolde?«

Tristan verspannte sich und packte den Stock mit beiden Händen. »Wieso wisst Ihr von Isolde und mir?

Denn ich habe mit niemandem gesprochen. Ich habe ein Gelübde ...«

Dinadan schlug den spitzen Stock beiseite und fauchte seinen Bruder wütend an: »Halt den Mund! Hast du gehört? Halt den Mund, hab ich gesagt. Es reicht jetzt mit diesem Unsinn über dein Schweigegelübde! Du Spatzenhirn! Ganz England weiß doch, dass du etwas mit Isolde hast, und stell dir vor! Das interessiert keinen Menschen. Ihr zwei seid ungeheuer langweilig und niemand will noch von euch wissen, außer König Marke, und das liegt nur daran, dass er ebenso blöd ist wie ihr. Und deshalb leg jetzt sofort den Stock weg.«

Tristan ließ den Stock los und für einen Moment wirkten seine Augen weniger glasig. »Dinadan?«

»Ja. Dinadan. Dein Bruder.«

»Mein Bruder?«

»Ja, du Esel. Und jetzt beantworte meine Frage. Was ist hier passiert?«

Tristan ließ sich zwischen den Trümmern zu Boden sinken und schluchzte auf. Auch Dinadan setzte sich und ließ ihn eine Zeit lang weinen, dann wiederholte er seine Frage. Endlich konnte Tristan ihm erzählen, was er wusste. Er war auf Jagd gewesen – ihre Vorräte waren zur Neige gegangen, wie Brangienne es vorausgesagt hatte –, als König Markes Soldaten Isolde aus ihrem Versteck entführt hatten. Tristan hatte sie schreien hören und wollte ihr zu Hilfe kommen, doch als er eintraf, galoppierten die anderen schon davon. Am nächsten

Tag war König Marke mit seinem gesamten Heer zurückgekehrt und sie hatten sorgfältig alles zerstört, was sie hier finden konnten. Tristan hatte sie anfangs von einem Versteck in den Felsen aus beobachtet, dann war er davongeschlichen, in der Hoffnung, Isolde aus Tintagel retten zu können, während die Soldaten anderweitig beschäftigt waren.

»Aber das war unmöglich«, sagte Tristan. »Marke hat sie ganz oben in einem Turmgemach eingesperrt, das sie nie verlassen darf. Ich habe einen Weg gefunden, um über die Außenwälle der Burg zu klettern, aber auf den Turm konnte ich nicht steigen. Und dann hat sie mich weggeschickt, ehe Marke zurückkam. Seither lebe ich im Wald. Kannst du mir helfen, Dinadan?«

Dinadan schüttelte den Kopf. »Nein, jedenfalls kann ich dir nicht helfen Isolde zu befreien. Aber ich habe Proviant in meinen Satteltaschen. Komm mit, dann gebe ich dir etwas zu essen.«

Sie verließen die verwüstete Grotte und kletterten zusammen hoch zu der Lichtung, wo Dinadan seine Pferde zurückgelassen hatte. Dort schlugen sie ein Lager auf und aßen zusammen, dann drehte Tristan sich um und versank in einen unruhigen Schlaf. Dinadan sah ihm über das Feuer hinweg zu und fragte sich, was er jetzt machen sollte. Schon wieder war er in fremde Probleme hineingezogen worden. Er war gekommen, um Isolde mit tiefem Mitgefühl mitzuteilen, dass ihre geliebte ehemalige Hofdame Brangienne nicht mehr lebte, so dass Isolde sie vergessen könnte, aber das schien ihm jetzt nicht mehr der Mühe wert. Isolde hatte genügend andere Probleme. Aber da er versucht hatte, einem Menschen zu helfen, hatte Dinadan sich in die albernen Angelegenheiten von anderen verwickelt. Das schien wirklich sein Schicksal zu sein.

Als er an diesem Abend einschlief, wusste er noch immer nicht, was er als Nächstes machen sollte. Er konnte Tristan nicht allein und verrückt im Wald zurücklassen und einfach seiner Wege reiten, aber Tristans und Isoldes Probleme konnte er auch nicht lösen. Und deshalb war er doch ziemlich erleichtert, als er am nächsten Morgen aufwachte und feststellte, dass Tristan ihn während der Nacht verlassen hatte. Dinadan lächelte. Sein Ehrgefühl hatte keine Einwände dagegen, Tristan gehen zu lassen. Er sattelte seine Pferde und packte, doch dann fiel ihm etwas auf, das seine Stimmung wieder verdarb. Thomas' Leier war verschwunden.

Eine halbe Stunde darauf erreichte Dinadan das Haupttor von Tintagel. Zwei Wächter mit gefährlich aussehenden Hellebarden – über zwei Meter lange Kriegsäxte mit scharfen Spitzen – warteten schon auf ihn. »Bleibt stehen und sagt, was Ihr hier wollt«, befahl einer.

»Der ist schon in Ordnung«, sagte der andere Wächter. »Das ist der Sänger, der dem anderen Kerl die Leier weggenommen hat. Weißt du noch?«

Der erste Wächter nickte, sagte dann aber: »Aber Befehl ist Befehl. Wir müssen den König verständigen, sowie jemand hier hereinwill. Du! Sänger! Du bleibst hier und ich hole den König.«

Kaum hatte der erste Wächter sie verlassen, da wandte Dinadan sich an den, der ihn erkannt hatte. »Hier war ganz schön viel los, was?«

»Das hast du also gehört?«

»Ja. Der Sänger Tantris ist mit Königin Isolde durchgebrannt, nicht wahr?«

»Ha. Tantris, wenn ich das schon höre. Das war Sir Tristan, und das ging allen auf, als er sich mit der Königin davongemacht hat. Aber jetzt ist sie wieder da.«

»Und was ist mit Tristan?«, fragte Dinadan freundlich. »Hat der sich hier sehen lassen?«

Der Wächter lachte bellend. »Wohl kaum, was? Der müsste doch verrückt sein, um hier noch mal aufzukreuzen.«

»Richtig«, sagte Dinadan. »Sehr richtig.«

König Marke war offenbar in der Nähe gewesen, denn nun tauchten er und der erste Wächter auf. »Was wollt Ihr hier, Mann?«, fragte Marke.

Dinadan beschloss offen und ehrlich zu sein. »Dasselbe wie beim letzten Mal«, sagte er. »Tristan hat abermals meine Leier gestohlen und ich will sie wiederholen.«

»Na, der ist nicht hier«, sagte Marke.

»Er wird aber kommen«, antwortete Dinadan. »Und er braucht das Tor nicht. Er hat einen Weg über die Mauern gefunden.«

Marke lachte und sagte dasselbe wie vorher der Wächter. »Dann müsste er doch verrückt sein.«

»Ist er ja auch«, sagte Dinadan gelassen. »Darf ich reinkommen und auf ihn warten?«

»Nein«, fauchte Marke. »Hier kommt niemand rein! Vielleicht habt Ihr es auch auf meine Frau abgesehen? Ha? Was habt Ihr dazu zu sagen?«

Dinadan schaute Marke in die Augen und entdeckte darin ebenso viel Wahnsinn wie in Tristans. »Ich finde gar keine Worte für …«, setzte er an. Aber weiter kam er nicht. Denn von der anderen Seite des Burghofes her, vom Fuß des höchsten Burgturms, war der unverkennbare Klang einer Leier zu vernehmen.

Marke riss die Augen auf und stieß einen würgenden Laut aus, während alle sich auf dem Hof umschauten. Und dort stand Tristan, mit dem Rücken zum Tor, und zupfte fröhlich an der Leier Thomas' des Reimers. Marke knurrte wie ein verwundeter Hund und packte eine Hellebarde.

»Nein!«, rief Dinadan. Er streckte die Hand nach Marke aus, doch er war durch das verschlossene Tor von ihm getrennt. Marke richtete die Hellebarde auf Tristans Rücken und rannte los. Dinadan brüllte verzweifelt: »Aufhören, Marke! Tristan! Dreh dich um!«

Dann erschien im obersten Turmfenster Isolde. Sie sah Tristan und Marke, der auf ihn zustürzte. Sie schrie auf und lehnte sich aus dem Fenster. »Aufhören! Nein! Mein Geliebter!«

Die Hellebarde traf Tristan mitten im Kreuz. Er stieß keinen Laut aus, er fiel einfach vorwärts und war offenbar schon tot, noch eher er auf die Pflastersteine aufschlug. Isolde schrie noch einmal und fuchtelte mit den Händen in der Luft herum, doch ihre Trauer schlug in Angst um, als sie das Gleichgewicht verlor und stürzte. Sie landete mit dumpfem Aufprall vor König Markes Füßen, dann war alles still. Marke starrte zuerst Tristans Leichnam an, dann Isoldes, und dann brach er ohnmächtig zusammen.

Dinadan und die Wächter starrten bewegungslos die übereinander liegenden Körper an. Endlich sagte der freundliche Wächter: »Soll ich Euch die Leier holen, gnädiger Herr?«

Dinadan schüttelte den Kopf. »Begrabt sie zusammen mit Tristan.« Dann wandte er sich ab und ritt davon.

Mutter Priscilla begrüßte Dinadan mit einem warmen Lächeln. »Ich wusste doch, dass Ihr zurückkommen würdet«, sagte sie. »Aber so bald hatte ich Euch nicht erwartet.«

»Ich hatte das eigentlich auch nicht vor«, sagte Dinadan. »Aber ich muss Brangienne etwas ziemlich Wichtiges erzählen.«

Mutter Priscilla nickte. »Ich lasse sie sofort holen. Kommt mit in den Garten. Möchtet Ihr solange ein Glas von unserem Heidelbeerwein trinken?«

Dinadan nahm dankend an, ging in den Klostergarten und setzte sich auf eine grobe Holzbank. Gleich darauf erschien Brangienne, deren Wangen vor Freude glühten. »Dinadan! Was hat Euch so schnell wieder hergeführt?«

»Verschiedenes«, sagte er. »Seit ich hier war, habe ich zwei ereignisreiche Wochen durchlebt.«

»Wieso? Was ist passiert?«

Dinadan leckte sich die Lippen und zögerte. »Warum macht Ihr nicht den Anfang? Erzählt mir von Eurem Leben hier. Neulich haben wir nur über meine Angelegenheiten gesprochen.«

Brangienne schaute Dinadan fragend an, doch dann sagte sie: »Nun gut«, und erzählte Dinadan über das Leben im Kloster. Sie schilderte den Tagesablauf, die Stunden der Einsamkeit, die Stunden, in denen sie zusammen mit ihren neuen Freundinnen arbeitete, und das Gefühl des Friedens, das sich in ihr ausgebreitet hatte. »Es ist Euch vielleicht nicht aufgefallen«, sagte sie, »aber ich war nicht immer friedlich, ehe ich hergekommen bin.«

»Wirklich?«, sagte Dinadan höflich.

»Ich war wütend auf alle, glaube ich. Auf Ritter, Damen, Könige, Liebende, Männer, Frauen – hab ich irgendwen vergessen?«

»Nein, das reicht wohl. Aber seid Ihr jetzt nicht mehr wütend?«

Brangiennes Lippen zitterten. »Nein … meistens nicht. Ein paar Schwestern sind, sagen wir, Störfaktoren. Sie sind nicht boshaft, sie sind nur nicht übermäßig klug, und manchmal muss ich um Geduld beten. Aber nein, ich lebe jetzt nicht mehr mit meinem Zorn.«

»Wie gut«, sagte Dinadan, weil ihm nichts Besseres einfiel.

»Aber jetzt erzählt doch, warum Ihr hergekommen seid. Was hat Euch so bald wieder hergeführt?«

Aber Dinadan mochte noch immer nicht anfangen. »Nachdem ich Euch verlassen hatte, habe ich eine Hochzeit besucht.« Brangienne hob fragend die Augenbrauen und Dinadan grinste. »Culloch und Olwen.«

Brangienne verdrehte die Augen. »Ach! Na, ich nehme an, ich wünsche ihnen Glück.«

»Ich kann mir nicht vorstellen, dass die glücklich sein könnten«, sagte Dinadan nachdenklich. »Ob sie nun verheiratet sind oder nicht. Und den besten Anfang hatten sie jedenfalls nicht.« Dann erzählte er von der Hochzeit, und danach konnte sie nur entsetzt den Kopf schütteln.

»Manche Leute führen sich wirklich idiotisch auf«, sagte sie. Dann schaute wie wieder Dinadan an. »Aber Ihr seid sicher nicht hergekommen, um mir das zu erzählen.«

»Nein.« Jetzt musste er damit herausrücken. »Isolde ist tot.«

»Tot«, wiederholte Brangienne langsam. »Wie das? Durch Gewalt?«

»So könnte man das wohl ausdrücken.« Dinadan erzählte schlicht und einfach und ohne Bewegung, was passiert war.

Brangienne starrte zu Boden. »Als wir Kinder waren, habe ich sie geliebt. Ich nehme an, dass ich für sie nie mehr war als eine Dienerin, aber ich dachte, wir seien etwas anderes. Was für ein entsetzlicher, grauenhafter, unsinniger, sinnloser Tod!«

»Aber natürlich werden die Sänger das schon bald als edle Tat schildern und eine große tragische Liebesgeschichte daraus machen.«

»Ihr doch nicht, oder? Nein, natürlich werdet Ihr das nicht tun.«

Dinadan schüttelte den Kopf. »Aber ich dachte, Ihr solltet wissen, dass die Frau, die Euren Tod wollte, nicht mehr da ist. Jetzt kann Euch nichts mehr passieren.«

Brangienne nickte, ihre Augen waren leer, und Dinadan sah, dass sie in Gedanken versunken war. Er schwieg einige Minuten und wartete auf sie. Sein Magen krampfte sich zusammen und sein Mund wurde trocken. Das Atmen fiel ihm immer schwerer. Endlich schaute Brangienne auf. »Danke dafür, dass Ihr es mir erzählt habt, Dinadan.«

Dinadan nickte. »Brangienne?«

»Ja?«

»Ich habe außerdem noch eine Frage.«

»Was denn?« Ihre Stimme klang sehr ruhig.

Dinadan packte den Stier bei den Hörnern. »Würdest du mich heiraten?«

Brangienne schwieg sehr lange. »Dinadan, du bist der einzige Mann auf der Welt, den ich jemals heiraten könnte«, sagte sie dann endlich. Dinadan schluckte und seine Brust schien bersten zu wollen. »Aber wenn es dir nicht allzu viel ausmacht, dann würde ich doch lieber darauf verzichten.«

Dinadan stieß die Luft als tiefen Seufzer aus. »Ach, Gott sei Dank«, sagte er.

Brangienne lachte fröhlich auf. »Was soll das denn heißen?«, fragte sie schließlich. »Willst du mich denn überhaupt nicht heiraten?«

Auch Dinadan lachte jetzt. »Mir geht es so wie dir, meine Liebe. Ich könnte keine andere heiraten, aber nein, nein, ich will auch nicht.«

»Warum hast du dann gefragt, du Idiot? Wenn ich nun ja gesagt hätte?«

»Weil Bediver nach Cullochs Hochzeit eine Bemerkung gemacht hat. Er sagte, er habe immer das Gefühl, dass zwischen uns etwas wäre.«

»Ja, und das ist es doch, oder?«

»Natürlich ist es das, aber ich weiß ums Verrecken nicht, wie ich es nennen soll. Aber damit hat er mich auf die Idee gebracht, dass du vielleicht in mich verliebt bist und keinen anderen heiraten willst, weil du wartest, dass ich dich frage.«

»Ach«, sagte Brangienne. »Ich verstehe. Und dann hast du dir ein Herz gefasst und mich gefragt, weil du dachtest, dass ich nur auf diese Weise glücklich werden könnte.«

Dinadan zuckte mit den Schultern. »So ungefähr.«

Brangienne beugte sich vor und küsste Dinadan sanft auf die Stirn. »Du bist wirklich ein Schatz, mein Lieber.«

Hinter ihnen fragte eine Stimme: »Damit ist dann alles abgemacht?« Es war Mutter Priscilla.

»Wie meint Ihr das, Mutter?«, fragte Brangienne.

Die Nonne sah Dinadan an. »Habt Ihr sie gefragt, ob sie Euch heiraten will?«

Brangienne machte große Augen. »Das habt Ihr gewusst?«

»Aber natürlich, du dummes Kind. Was glaubst du wohl, warum ich nicht gestattet habe, dass du dein Gelübde ablegst? Du musstest erst das hier hinter dich bringen. Und?«

Dinadan erhob sich und machte vor Mutter Priscilla eine Verbeugung. »Ja, ich habe sie gefragt. Und sie hat mich zum glücklichsten Mann der Welt gemacht.«

»Ach, wirklich?«, fragte Mutter Priscilla ruhig.

Brangienne kicherte. »Ja, wirklich. Ich habe abgelehnt.«

Dinadan saß mit übereinander geschlagenen Beinen im Sattel und spielte seine Laute. Er ritt mehr oder weniger in Richtung Camelot, aber wenn er nicht dort ankäme, würde es auch keine große Rolle spielen. Andere Ritter von König Artus' Hof gingen immer wieder auf Ritterfahrt – sie wollten unbedingt bestimmte Orte aufsuchen, um dort bestimmte Taten zu begehen –, aber Dinadan hatte sich damit abgefunden, dass er nicht so war. Ihm reichte es, unterwegs zu sein, er musste nicht unbedingt irgendwo ankommen. Wann immer er einen bestimmten Ort aufgesucht hatte, war er mit jemandem zusammen gewesen oder hatte nur hingemusst, um jemandem einen Gefallen zu tun. »Das bedeutet wohl, dass ich niemals so viele Heldentaten begehen werde wie die anderen«, sagte er laut. »Gott sei Dank.«

Er spielte achtlos auf seinem Instrument, dann fing er an zu singen, leise, ein kleines Lied ohne tieferen Sinn, an dem er herumspielte, seit er einen Tag zuvor Brangienne verlassen hatte.

Als ich ein kleiner Knabe war,
hei, ho, und der Wind und der Regen,
war törichte Liebe ein Spiel für mich,
doch der Regen ist manchmal ein Segen.

Doch als ich dann zum Mann gereift,
hei, ho, und der Wind und der Regen,
hat die Torheit der Liebe mich nicht mehr gestreift,
doch der Regen ist manchmal ein Segen.

Ich wurde für andere ein Kamerad,
hei, ho, und der Wind und der Regen,
und fand eine Liebe, die kein Ende hat,
doch der Regen ist manchmal ein Segen.

Vor langer Zeit war der Anfang der Welt,
hei, ho, und der Wind und der Regen,
aber das ist egal, wenn mein Lied nur gefällt,
und ich will Euch jeden Tag Freude machen,
mit Liedern, Geschichten und solchen Sachen.

Nachwort

Alle Geschichten, die ich über König Artus und seine Ritter erzähle, sind schon früher berichtet worden, manche hunderte von Malen. Die Geschichte von Culloch und den Taten, die er begehen musste, um die Hand der holden Olwen zu gewinnen, finden wir zum Beispiel in der alten walisischen Geschichte »Culhwchs Werbung um Olwen«, die aus der Textsammlung *Die vier Zweige des Mabinogi* stammt. Alle Aufgaben, die Culloch in meiner Version ausführen muss, stammen aus der Originalgeschichte – auch solche unsinnigen Dinge wie das mit der Hundeleine, die er aus den Barthaaren von Dillus dem Bärtigen flechten sollte (wer immer das nun wieder war).

Die wichtigste Quelle für dieses Buch aber ist die Geschichte von Tristan (oder Tristram) und Isolde (oder Iseult oder Isoud oder Isolt). Sie wird seit vielen Jahrhunderten erzählt, und es gibt alte Fassungen auf Walisisch, Kornisch, Französisch, Italienisch, Englisch und Norwegisch. Ich habe zwei dieser alten Berichte verwendet, das wunderbare Epos des deutschen Dichters Gottfried von Straßburg und die viel längere Darstellung von Sir Thomas Malory in seinem *Morte d'Arthur.* Aus diesen beiden Versionen habe ich die grundlegende Geschichte des Liebestranks genommen, dazu Details wie das Horn der Treulosigkeit und die Minnegrotte. Auch einige Nebenfiguren stammen von dort, wie Brangienne (die manchmal auch Bragwaine oder Brangwäne genannt wird) und Sir Lamorak und Sir Palamides (oder Palomides).

In Malorys Version tritt ein Ritter namens Dinadan auf, der aus irgendeinem Grund oft mit Tristan zusammen ist, obwohl er Tristan offenbar nicht sonderlich schätzt. Dinadan spielt bei Malory wirklich nur eine Nebenrolle, wenn auch eine beeindruckende, und als ich die Geschichte dieses durch und durch deprimierenden Liebespaars Tristan und Isolde las, wuchs mir Dinadan, im Gegensatz zu ihnen, immer mehr ans Herz. Er reißt Witze und singt und erzählt Geschichten und – sehr selten für Malorys Ritter – lehnt ab und zu auch einen Kampf ab. Hier, dachte ich, ist ein Ritter, der seine eigene Geschichte verdient hat, und deshalb habe ich Dinadan verwendet, um eine schon sehr oft erzählte Handlung auf neue Art zu erzählen.

Ich sollte vielleicht hinzufügen, dass diese Handlung auch schon oft gesungen worden ist. Die ältesten Artus-Geschichten wurden nicht aufgeschrieben oder erzählt. Sie wurden vertont und von fahrenden Sängern vorgetragen, die in England »Minstrels« oder »Troubadours« hießen, in Frankreich »Trouvères« oder »Jongleurs« und in Deutschland »Minnesinger«. Viele dieser Künstler konnten weder lesen noch schreiben, konnten aber stundenlang aus dem Gedächtnis perfekt gereimte Heldengesänge rezitieren. Wenn so viel Zeit nicht zur Verfügung stand, dann sangen sie Balladen, Liebeslieder und kleine poetische Rätsel. Die Lieder, die bei mir Dinadan und Wadsworth singen, basieren fast alle auf wirklichen Liedern aus dem Mittelalter oder der Renaissance. Es gibt tatsächlich ein Lied namens »Meyn feynes Lyeb verliesz myt myr« (aber das Original ist besser als meine Fassung), und in einem Gedicht aus der Zeit der Renaissance taucht die Zeile auf: »Cuckoo, jugjug, pu, we, to-witta, woo.«

Na gut, das war nicht der krönende Moment der englischen Literatur. Sie waren eben nicht alle Shakespeare. Aber ohne diese fahrenden Sänger wäre auch Shakespeare nicht Shakespeare gewesen. Damit will ich sagen, dass auch die größten Dichter der Renaissance – Shakespeare und Dante – in der Schuld der fahrenden Sänger standen. Beide kannten die alten Lieder sehr gut und griffen in ihren Werken oft darauf zurück. (Das Lied, das Dinadan am Ende des letzten Kapitels singt, lehnt sich an eins aus Shakespeares »Was ihr wollt« an.) Da alle, die auf Englisch schreiben, in Shakespeares Schuld stehen, stehen auch wir in der Schuld dieser namenlosen Dichter, dieser frühen Performance-Künstler, dieser wunderbaren Geschichtensänger.

Gerald Morris

Gerald Morris wurde in Riverside, Kalifornien, geboren und lebt heute mit seiner Frau und seinen drei Kindern in Norman, Oklahoma. Wenn er nicht gerade Bücher über Artus und die Ritter der Tafelrunde schreibt, die für ihre witzigen Dialoge und ihre lebendigen Charaktere hoch gelobt werden, unterrichtet er, liest oder backt Cremetorten.

Gerald Morris wurde in Riverside, Kalifornien, geboren und lebt heute mit seiner Frau und seinen drei Kindern in Norman, Oklahoma. Wenn er nicht gerade Bücher über Artus und die Ritter der Tafelrunde schreibt, die für ihre witzigen Dialoge und ihre lebendigen Charaktere hoch gelobt werden, unterrichtet er, liest oder backt Cremetorten.